恋した人は、妹の代わりに死んでくれと言った。
妹と結婚した片思い相手がなぜ今さら私のもとに？と思ったら
永野水貴
イラスト：とよた瑣織
TOブックス

e n t s

イラスト／とよた瑣織
デザイン／伸童舎

c o n t

序章　恋した人は、妹の代わりに死んでくれと言った。

（――来ないで）

ウィステリアは今にも泣き出してしまいそうなほどに、そう思った。

なんという弱さ。なんという愚かさ。なんと――滑稽《こっけい》な。

自分を嗤《わら》おうとしても、ばらばらに千切れた糸が二度と元には戻らないように、心に元の強さを取り戻すことはできなかった。

あれほど会いたいと、恋い焦がれ続けた男の顔を、今は一瞬でも見たくなかった。

彼は、自分ではなく妹を愛しているのだから。

（どうして、今さら）

会って話がしたいなどと言うのだろう。

――もしや、と浅ましい期待が胸をよぎる。

だめだと手を握っても、どくどくと愚かなほど鼓動が乱れる。

だってこのまま自分が黙っていれば、妹はいなくなる。

そうしたら、彼は。

あまりに醜く恥知らずな考えとわかっていながら、ウィステリアはただソファーに座って待っていた。

そうして、待ち人は応接間に入ってきた。

その顔には、ルイニングの〝生ける宝石〟と呼ばれた男とは思えぬほどに、隠しようのない陰が落ちていた。

輝く銀色の髪に、涼やかで凛々しい眉の下の、黄金色の目。真っ直ぐで高い鼻に形の良い唇。名画の中から抜け出てきたような造形のみならず、引き締まってすらりとした長身の青年。高名な魔術師を何人も輩出した名門、ルイニング公爵家の〝生ける宝石〟――ブライト・リュクス＝ルイニング。

その所以は造形の美しさだけではない。誰にでも分け隔て無く明るく親切で、快活そのものといった性質が内側からも光を放ってその姿を一層輝かせているからだ。

そのブライトが今、光を失っている。

――会いたかった。

――会いたくなかった。

ウィステリアは相反した気持ちの間で大きく揺れ動きながら、彼に向かい側のソファーを促《うなが》した。

応接間の扉は開けられており、未婚の淑女と紳士にやましいことがないよう図られている。

疲労の色濃いブライトは、ウィステリアにすすめられるままソファーに座った。

いつものような親しい会話はおろか、挨拶すらもない。

永遠にも思える息苦しい沈黙が、場に落ちた。

「……すまない、ウィス」

ブライトがわずかにかすれた声で切り出す。重く沈むような溜め息をついて目元を手で覆った。

闊達《かったつ》な彼のそんな仕草を、ウィステリアは初めて見た。

やがて、ブライトは顔を上げた。その顔に、疲労の影を超えて悲壮な決意が見えた。

ウィステリアに向いた金の目は、夕焼けよりもなお色濃く燃えている。

「簡潔に、言う。ロザリーの代わりに――《未明の地》に行ってくれ」

抑えた、だが冷徹な声だった。

ひゅ、とウィステリアの息が止まる。一瞬、目の前が真っ暗になり、氷の刃で心臓を深く刺されたようだった。

ブライトは鋭利に唇の端をつり上げ、冷たく吐き捨てた。

「私が代われるのならば、喜んで代わる」

ルイニングの太陽とも称された男の表情とは思えなかった。ウィステリアがかつて見たこともないほど暗く苛烈な目をしていた。

ぐらりとウィステリアの意識は遠のき、手放しそうになる。

この輝ける青年では身代わりになりえないことを、誰よりも知っていた。

「私は、ロザリーを失いたくない。ロザリーを《未明の地》の番人になどさせない」

――だから、代わりに。

愛した男の言葉が、ウィステリアを千々に切り裂いた。

いいいいいいい妹の代わりに死んでくれと言われたからだけではない。

そこまで口にするほどの――ブライトの覚悟、決断、冷酷さに、押しつぶされそうになっていた。

――自分なら身代わりになれるという事実を、ブライト本人に知られてしまった。

ウィステリアの指は急に温度を失い、小さく震えはじめる。

《未明の地》の番人にロザリーが選ばれたのは、まったくの悲劇でしかなかった。

番人に選ばれるというのは生贄と同意義でしかない。

だがその悲劇は、ウィステリアだけに別の意味をもたらした。

胸に覚えたのは世にも醜い感情。

ロザリーがいなくなれば、ブライトは自分の――。

「私を憎んでくれて構わない。君がロザリーの姉であることも、無二の才能を持っていることも
……それは、私にとって都合の良い言い訳の材料にしかなりえない」

先ほどまでの懊悩《おうのう》などなかったかのように、ブライトは眉一つ動かさずに続けた。

それでも、ウィステリアは血の気が引いてゆく中で、ブライトの開いた膝の間で組まれた手が白くなっているのを見た。奇妙なほど、はっきりとそれが目に映った。

「ただ、ロザリーを失いたくない。これは私の――醜悪で利己的な望みだ」

彼女を愛している――あの夜に聞いた言葉が蘇るようだった。

一瞬、かっとウィステリアの頭に血がのぼった。

(あなたが、それを言うの！)

他の誰でもないこの男が。

生涯で唯一、伴侶にと強く願い、そのためにすべてを擲《なげう》ってさえいいと思っていた男が。

（あなたの、ために）

――すべてを捧げてもいいと思った。彼以外には何も要らなかった。

彼と婚約することを望み、どんな悪評も甘んじて受けて研究を続けた。

その魔法の研究は、彼を心ない悪意から救うためでもあった。

この身の特異な体質さえ、それに役立つと思えば受け入れられた。


それは、決してこんなふうに、妹の代わりに死地へ赴くためのものではなかった。


立ち上がって怒声をあげ、カップの中身を浴びせかけるべきなのかもしれなかった。

なのにできなかった。血が上ったのは一瞬で、すぐにすうっと頭の芯が冷えていった。

（……これは、罰なの？）

浅ましくも、ブライトを伴侶にと望んでしまったから。

妹《ロザリー》に対して、愚かな嫉妬を覚えたから。生贄に選ばれた妹に、あまりにおぞましい感情を抱いたから。

自分なら妹の身代わりになれるとわかっていたのに、誰にも言わなかったから。

だから今、もっとも知られたくなかった人に、もっとも言われたくなかったことを突きつけられている――。

一章◆ある令嬢の終わり

悪しき令嬢の秘めた恋

――妹の代わりに死地へ赴くことになる二月前まで、ウィステリア・イレーネ＝ラファティの人生は概ね順調といえるものだった。

七歳のときに事故で実の両親を亡くしてはいたものの、社交界でも希有《けう》なほど評判の良い〝善良〟伯たるヴァテュエ伯爵ラファティ家に引き取られた。噂に違わぬ善良な当主夫妻に、実子ロザリーと変わらぬ待遇で育てられた。

それはまったく幸運と言っていい境遇であり、幸運はそれだけに留まらなかった。


「もう、信じられない！　ジョアン妃ったら本当に陰険なんだから！」

涼やかな秋の晩、和やかな晩餐《ばんさん》の場で、ウィステリアの妹――ラファティ家の実の娘、ロザリー・ベティーナ＝ラファティは眉をつり上げた。

ラファティ当主夫妻と二人の娘だけの私的な場とはいえ、年頃の淑女としてロザリーの言動は褒められたものではない。だが、ラファティ夫妻は穏やかな苦笑いで答えた。

「こらロザリー。そのような言葉を口にしてはいけません。ますます結婚できなくなってしまいますよ」

「だってお母様、私、ああいう陰湿なことは嫌いなんだもの！」

「わかっていますよ。それでも、口にしないことが慎みというものです。ウィステリアを見習いなさい」

温和な丸顔を裏切らず、ラファティ夫人の注意もまた優しげだった。

ロザリーはむっと不満げな顔をする。いつもそればかり、と言わんばかりの表情だった。それでも空気を険悪にするようなことがないのは、愛されて育った者特有の真っ直ぐさと明るさゆえかもしれない。

ロザリーの向かいに座っていた当のウィステリアは気恥ずかしくなった。養親に褒められると努力を認められたようで嬉しい一方、義理の妹にいやな思いはさせたくない。ロザリーが怒るのも、無理はないことなのだ。

「王宮は、大変そうね」

「陰険よ、陰険！　あんなところで暮らしたら息が詰まっちゃう！　取り巻きもそろって性格の悪い人たちばっかり！」

またも憤慨するロザリーに、今度は当主本人が優しくたしなめる。温和な夫人に劣らぬほど、ラファティ家当主も穏やかな父親だった。

ロザリーは今回、王妃主催の茶会に招かれて参加したものの、そこで行われた雑談がたいそう気に障ったということだった。姉にあたるウィステリアのことを遠回しに揶揄《やゆ》されたらしい。

ウィステリアもまた両親と同じように穏やかに言った。

「何を言われても、無視していいのよ。気にしていないから」

「ウィス姉様は優しすぎるの！　もう歯痒いんだから！　あーもう、《グロワール・マリー》のケーキも買えなかったし、今日は散々っ」

ロザリーは怒りながら紅茶を飲むという器用な真似をした。

それが幼い少女のようで、ふふ、とウィステリアは声を抑えて笑う。

ロザリーは今年で十七歳になるが、ウィステリアとは似ても似つかない容姿をしていた。明るい赤毛は背の半ばまであっても真っ直ぐで、大きく表情豊かな茶褐色の目や、果実のように血色の良い頬、瑞々しい唇などは溌剌《はつらつ》として愛らしさを感じずにはいられない。やせすぎず小柄な体つきも、余計にそう思わせるのかもしれなかった。

結婚適齢期になって求婚者も少なくないが、無邪気な妹はまるでその気がない。その娘を溺愛する両親も、急かすような真似はしなかった。

善良な両親から真っ直ぐな愛情を受けた、明るく咲く向日葵のような女性。それがウィステリアの義理の妹、ロザリーだった。

（……私はきっと、外見もあまりよくないから）

ロザリーを怒らせる噂には、おそらく自分のこの容姿の悪さも影響しているのだろう。ウィステリアはひそかにそう思ったが、ラファティ夫妻やロザリーの前では決して言葉にしなかった。

ウィステリアは、善良なラファティ当主夫妻、真っ直ぐなその娘の誰ともまったく似ていない。

ロザリーより三歳年上で、血の繋がりがないことを抜きにしても外見があまりにもかけ離れていた。

長い髪は緩く波打つ漆黒で、目は紫色だが光の加減で微妙に濃淡が変わって見える。肌や頬の色までロザリーと違い、血色が薄く青白く見えるほどだ。睫毛も黒く、余計に目元が際立って冷ややかな印象に捉えられる。鼻も真っ直ぐで高く、唇も薄めだった。

極めつけに、肉付きがさほどいいほうではないのに背ばかり高く、ロザリーと並ぶといかにも魔女のように見えてしまう。

好意的な人間、あるいは社交辞令を述べる人間は、藤の妖精とか月の女神などと表現してウィステリアの容姿を賞賛する。しかし一方で、人形のようだとか、いかにも冷血そうな容貌であるとか――善良な養親を利用しているとか、義理の妹と険悪であるなどと様々に噂される原因ともなった。

婚約者すらもいないまま、今年で二十歳を迎える。本来なら、結婚していないことを責められるべきは自分のほうだった。

それでも、容姿だけならそこまで悪評をたてられることはなかっただろう。

冷ややかな容貌の行き遅れた女――それだけのことで、求婚者も決して皆無なわけではない。

（……ご夫妻にも、ロザリーにもこれ以上迷惑をかけないように気をつけないと）

勝ち気で素直なロザリーの言動を見守りながら、ウィステリアはそっと気を引き締めた。


晩餐が終わった後は、各々の部屋に戻っていく。ウィステリアとロザリーの部屋は二階にあり、自然と二人で並ぶ。

ウィステリアの部屋の前に来たとき、ロザリーがためらいがちに言った。

「ウィス姉様……あの、やっぱりやめたほうがいいんじゃない？」

ロザリーはうかがうような目をして見つめた。その声には素直な気遣いしかない。

何を意味しているのか、ウィスティリアはすぐに理解した。——晩餐のとき、ロザリーが怒っていた噂の原因だ。——〝魔女〟と呼ばれる、容姿以外の要因。

ウィスティリアは少し言葉にためらった。

「……ごめんなさい、ロザリーにもいやな思いをさせて」

「ち、違うの！　私はどうでもよくて……っ、そ、その、つまり魔法に関する研究なんでしょう？　それはすばらしいことだと思うわ。役に立つわけだし……」

ロザリーは言い淀《よど》み、焦る。天真爛漫な妹にそんな反応をさせたことに、ウィスティリアは後ろめたさを覚えた。

魔法に関する研究は、本来は好意的に受け止められる。このマーシアル王国では一握りの者だけが魔法を扱えるが、それも貴族に偏っている。

ゆえに魔法を扱うのは高貴な証ともされ、それを向上させるための研究は個人的に支援する貴人も多い。新たに有用な発見をすれば大きな名誉、功績とされ、叙爵された例も少なくはない。

だがそんな魔法の研究でも、更にその先——《未明の地》に関する研究だけは、忌避されている。

そしてウィスティリアが手を出しているのは、《未明の地》に関することだった。

ロザリーは、そのことを危惧している。実際、ロザリーが正しいのかもしれない。

黒の魔女、藤色の悪女——ウィスティリアがそんな陰口をたたかれるのも、《未明の地》の研究に関わっているせいだ。

まともな伯爵家に引き取られ、令嬢として育てられておきながら、結婚もせずにわけのわからない研究に関わる――はしたない真似をする女。少なくない人間がそう思っていることは、ウィステリアもとうに知っていた。

その噂が求婚者をますます遠ざけることもわかっている。だがそのことにウィステリアは焦らなかった。怖れるのは、養親や妹に悪影響を与えてしまうことだけだった。

ウィステリアは静かに目を閉じ、そして開いた。

「結果を出して、役に立てるよう頑張るから。もう少しだけ、待ってほしいの」

「わ、わかってる。これまでウィス姉様が自分から何かをしたいと言ったことはなかったから、私も応援するつもりでいるの。お父様もお母様も許してくださっているわけだし。別に、急かしたりとかそういうのではなくて……」

ロザリーが慌てたように言うので、わかってる、とウィステリアも同じ言葉を返して微笑んだ。

反対されないだけで僥倖《ぎょうこう》だった。あなたが何かを強く願うなんて珍しい、と温厚な両親は笑って許してくれたのだ。

（……《未明の地》の研究で、何らかの発見ができれば……これまでの不名誉以上に、ラファティ家の役に立てるはず）

自分に、そう言い聞かせる。これだけは引けないのだ。

――だがそのとたん、ずいぶん耳触りのよい言い訳だと、頭の隅で嗤う声がする。

脳裏に、まばゆい銀髪と美しい金色の目をした男の姿がよぎった。華々しい美貌と爽やかな声。明るい笑顔――きらきらと輝く、けれど優しい目。

はじめて会ったとき、ウィステリアは衝撃を受けた。

『君がウィステリア？　珍しい目の色だ、よく見せて――ああ』

――なんて綺麗な色なんだろう。

その声を聞いたとき、言葉を聞いたとき、ウィステリアの世界は変わってしまった。

ウィステリアの中に焼き付き、芽吹いて根を張り枝を巡らせ――離れなくなってしまった。

ルイニング公爵家の〝生ける宝石〟。

どれだけラファティ家が善良でも、人望があっても、たやすく手を伸ばすことは叶わぬ存在。ましてラファティの養子にすぎず、妹のような魅力も他の才もない身ではあまりに大それた望み。

――だから、あの宝石を手に入れるためには誰もが認めるほどの功績が要るのだ。


その日の夜会を、ウィステリアはずっと楽しみにしていた。

浮かれた様子をなるべく表に出すまいと思っても、姿見の中で飾られていく自分の姿をつい何度も見てしまう。

黒髪は結い上げ、銀と真珠の髪飾りで留められている。深い紫色のドレスにも銀の刺繍や乳白色の宝石がちりばめられ、動くたびにきらきらと輝く。大きく開いた首元は雪のような白さで、細い首回りを飾るのはラファティ夫人から借り受けたダイヤの首飾りだった。

（……似合う、かしら？）

鏡の中の自分を見つめながら、ウィステリアは緊張した。しっかりと化粧をすると、なんだか落いないだろうか。そんなことが気になってしまう。

ち着かない。目元がきつく見えないだろうか。口紅は赤すぎないだろうか。頬紅は不自然に浮いて

——あの人の目にどう映るだろう。

やはり真珠を縫い付けた絹の手袋をした手で、どきどきと高鳴る胸を押さえる。

少しして、待ち人の来訪を告げる声があった。

「ルイニング公爵家のブライト様がいらっしゃいました」

ウィステリアははっと顔を上げた。一際心臓が跳ね、慌てて立ち上がる。ドレスの裾につまずいてしまいそうになり、侍女に笑われてしまった。

お気をつけて、と優しく注意され、扇子を持って部屋を出る。

逸《はや》る気持ちを抑えながら玄関広間に向かう。一階へと降りる階段まで来ると、曇りなき銀色の髪が目に飛び込んだ。ウィステリアの心臓は今度こそ悲鳴をあげる。

「……ブライト」

かすかに震える声で呼んだとき、銀髪の青年が目を上げた。

光そのものを刷いたような長い睫毛に縁取られ、金色の瞳が大きく見開かれる。

——初めて顔を合わせた日の、無垢な少年の顔と重なる。

瞳に純粋な賞賛の色がよぎり、形の良い唇が柔らかく微笑んだ。

「ああ、月の女神が私のもとに降りてきてくれたようだ」

よく通る心地好い声が、歌劇の主役のような典雅な響きで言う。

今度はウィステリアが目を丸くし、抗いようもなく顔中に熱をのぼらせた。たちまち鼓動が激しく乱れる。一歩下がって控えていた侍女さえ、まあ、と頬を染めるほど、ブライトは声も美しい。二十四を迎えた彼は、その輝きにますます磨きがかかっている。

「素晴らしいよ、ウィス。今日の夜会は君の崇拝者が列をなすことだろう」

軽やかに、ブライトは続けた。ウィステリアはぎゅっと扇子を握りしめたが、ふわふわと足が地面から浮き上がりそうで力が入らない。

誰のどんな賛美よりも、この金の双眸をした青年の言葉が嬉しかった。

「……あ、あなたも、その……すごく、素敵で」

ウィステリアはしどろもどろに言った。頭にまで熱がのぼってしまい、気の利いた言葉が出てこない。それがまた恥ずかしい。

――素敵などという、そんな陳腐《ちんぷ》な言葉ではブライトの美しさは表せないというのに。

ウィステリアの視界に映るブライト――ブライト・リュクス＝ルイニング公爵家の〝生ける宝石〟と謳《うた》われるにふさわしかった。

夜でもなお淡く光を帯びた銀色の髪は短く整えられ、くしけずられて後ろに撫でつけられた前髪の下、金の目が輝いていた。すっと横に引かれた凛々しい眉も、長く上向きな睫毛も銀色で、鼻は高く真っ直ぐで、薄桃色の唇の形すら美しい。頬骨や顎の線に男性らしい精悍さが付け加えられていることで、優美なだけに留まらない。

深い夜空のような色に金の刺繍のされた夜会服が長身を引き立て、もはや神話に出てくる美の神

のようだ。

何度も顔を見ているウィステリアですら、こうして着飾ったブライトを前にすると目が眩むようだった。

雲の上を歩いているように舞い上がっていたウィステリアは、ふいにブライトが「おっと」とおどけるような声を出したことで意識を戻した。

「ロザリー、元気そうで何よりだ」

「………何よ、その姉様に対するのと明らかな温度差は」

ウィステリアから少し離れたところでロザリーが立ち、ブライトを見下ろしていた。

他の女性とはまるで真逆の刺々しい視線を向けられても、ブライトはむしろ快活に笑った。

「ウィスは盛装していて、いまの君は違うだろ？　もちろん、君の盛装を見せてくれたら心から思ったことを言わせてもらうよ」

「なっ、お断りよ!!　どうせ私は姉様みたいに綺麗じゃないんだから!!」

「そんなことは一言も言っていないが。ウィスと君は違う人間で、ウィスにはウィスの、君には君の良さがあるだろ？　あ、もしかして妬いているのかな？　可愛いな、ロザリー」

「う！　うわっ、軽薄！　最低だわっ!!」

ロザリーは不埒なものを前にしたかのように頬を赤くして後退した。見上げるブライトの声もからかいの色が強くなる。

いつもの流れとはいえ、端から見れば卒倒されるような軽口の応酬に、ウィステリアはおろおろと見守るしかなかった。侍女は呆れたような顔をしている。

ルイニング公爵家といえばマーシアルでも筆頭公爵家にあたり、ヴァテュエ伯爵家とは比べものにならぬ格上中の格上たる家柄だった。家名がそのまま爵位に結びつけられているのも、それだけ特別に扱われているからだという。

ましてそのルイニングの嫡子であるブライトともなれば、本来、ヴァテュエ伯の娘程度ではこのようにたやすく口をきける相手ではない。

だが、たまたまルイニングの現当主――ブライトの実父――とヴァテュエ伯現当主が若い頃から気安い付き合いをしていたことから、その子女も自然と交流が増え、いつの間にかウィステリアとロザリーは、年の近いブライトとも交流するようになっていた。

善良伯とまで称されるほどのヴァテュエ伯夫妻の人柄の良さや無欲さが、ルイニング当主にも気に入られているからだとウィステリアは思っている。

ここでも自分は夫妻の慈悲と善良さの恩恵を受けているのだ。

――触れあうことすらできなかったはずのまばゆい宝石と、交流が持てるという幸運に。

「遠慮しなくていいさ、ロザリー。もちろん君が夜会に参加するときも喜んで同伴させてもらおう」

「だ、誰が頼むものですか！　少なくともあなたには絶対頼まない！」

息継ぎの間すら惜しむような掛け合いが続き、ウィステリアはぼんやりとした思索から現実に戻った。

――ふいに、胸の中に棘のように刺さるものを感じた。

ブライトのロザリーを見る目。猫のようなきらめき。

誰に対しても礼儀正しく気さくな彼が、ロザリーにはもっとも砕けて、一番親しく接しているように感じられてしまう。

(……愚かなことを考えてはだめ)

何もおかしなことではない。自分以外にとっても、ロザリーは妹のように愛すべき存在なのだから。

それ以上深く考えるのを拒み、ウィステリアはひそかに頭を振った。


ウィステリアはブライトに手を引かれて邸を出ると、馬車に揺られた。少しすると、会場に着く。

緊張しながら、差し出されたブライトの腕にそっと自分の手を絡めて広間へ入った。

きらびやかなシャンデリアの下、色とりどりの軽食がテーブルに飾られ、グラスを並べた盆を手に給仕が静かに立ち回っている。招待された妙齢の男女は皆着飾り、点々と散る鮮やかな花々のようだった。

だがウィステリアとブライトがやってくると、その視線が一斉に向いた。

――そのほとんどはブライトに向けられたものだ。

ウィステリアはブライトにエスコートされるたびにこの状況を経験してきた。だがいまだに慣れない。

広げられた扇子に隠れてひそひそと交わされる会話に、自然と肩が強ばってしまう。

年頃の令嬢たちが隠れて何をささやき合っているかなど、聞かなくてもわかる。

『ヴァテュエ伯の、それも養子の分際で……』

『なぜあのような慎みのない娘がブライト様と？』

『いまだ、わけのわからぬ研究に熱をあげているとか――』

夜会でなくとも、陰に陽に言われてきた言葉だった。

（……今は、仕方のないこと）

自分を落ち着かせるように、ウィステリアは何度も心の中で言い聞かせる。

――実際、どれも正しい言葉なのだ。

ヴァテュエ伯の、それも血の繋がりのない養子の自分がこれほどの待遇で育ててもらえただけでなく、ブライトと親しくするなど、信じられない幸運だ。

なのに、恥知らずにもそれ以上を望んでいるなどと知られたら、どれだけ非難されるかは考えたくもない。

「ウィス」

大きな声ではないのに、その声は他の何よりも鮮やかにウィステリアの耳に響いた。

知らずうつむきがちになっていたウィステリアは、はっと顔を上げていた。

宝石のように輝く金色の目に見下ろされ、鼓動が一つはねる。整った唇に、淡く優しい微笑みが浮かんでいた。

『大丈夫だ』

声なき声がそうささやいてくる。

——とたん、ウィステリアの全身は熱くなった。向けられる視線で萎縮しかけた体がゆっくりと解されていく。

神話の美神を思わせる青年は流れるようにウィステリアの右手を取り、その指先に唇を近づけた。

「地上に舞い降りた美しい人。最初の曲のお相手を務める栄誉を私に与えてくれますか？」

歌うように優雅な、だがわずかにいたずらめいた調子の声。

たちまちウィステリアの頬に熱がのぼり、気が利いた返事などできるはずもなく、ただうなずいた。

ブライトに優しく手を引かれ、シャンデリアの光の真下へと連れ出される。

手袋越しに重なった手は強く温かで、ウィステリアはぎゅっと胸が締め付けられるように感じた。

——ブライトは、いつもこうだ。

彼はただその容貌によって生ける宝石と言われているのではない。彼自身が内側から澄んだ光を放っていて、周りを照らしてくれる。見返りなど求めずに手を差し伸べてくれる。

手を重ねたままに向き合って、もう一方の手を伸ばし合う。ウィステリアの手は広い肩に、ブライトの大きな手は細い腰に触れる。

優しい金色の目がウィステリアを見つめる。かと思えばふいに、いたずら好きな少年のように片目をつぶっておどけてみせた。

その気安い仕草に虚を衝かれたのは一瞬で、ウィステリアは頬を緩めるだけで精一杯だった。

頭が一気に茹だったようにくらくらする。ブライトの戯れにまともに返せず、一人になったときはいつも後悔して、次こそ機知に富んだ返しをしようと思うのに——今日も、そんなことなどできそうになかった。

どくどくと鼓動が乱れる。このまま時間が止まってしまえばいい――。

（……あなたが好き）

決して口には出せないその言葉を、胸の中で一度だけつぶやいた。


「……ブライト、私なら大丈夫」

だが、とかすかに眉のあたりに懸念を滲《にじ》ませるブライトに、ウィステリアは微笑んでみせた。

「私だけがあなたを独占したら申し訳ないから」

浅ましい本心を隠して精一杯淑女らしく言うと、ブライトはくすっと笑った。

「今日はウィスに独占されるために来たんだ」

「！　そ、それは……」

「はは。でも私のほうが今夜の君を独占すると凄まじい嫉妬を買いそうだな。わかった、少しだけ離れるよ。すぐ戻る」

しばしのお別れです――ブライトは少しおどけた一礼をして、他の客人のほうへ歩いて行った。

ウィステリアは頬の熱を冷ませないまま、無意識にその後ろ姿を目で追ってしまった。遅れて気づいて、慌てて目を引き剥がした。

――寂しい、行ってほしくないなんて思うのはあまりに贅沢だ。

（……少なくとも今は、まだ）

ブライトはあくまで〝親しく付き合っている友人〟であり、ウィステリアの婚約者ではない。他の令嬢と同様、ウィステリアは結婚相手を探すために夜会に出ており、養親の幸運な交友関係のためにブライトが同伴者を買って出てくれることが多いというだけだった。

だがこの幸運で危うい均衡がいつまで続くかわからない。

結婚適齢期は十代半ばから後半であるのに、ウィステリアは二十を迎える年になってもなお婚約相手すらいなかった。十五を迎えた頃は、年の近い貴公子から若い後妻を探す裕福な男性まで、何度も話が持ち上がった。が、そのどれにもウィステリアは首を縦に振らないまま今日に至っている。

ロザリーに比べ、陰気と嗤われるほどにやや内気で従順だった娘がはじめてはっきりと拒否の姿勢を見せたことに、当時ラファティ夫妻は驚いたようだった。

しかし慈悲深い夫妻は決して無理強いすることも怒ることもなく、むしろウィステリアを案じた。

――あなたがそこまで拒むなんて。養親はそう驚き、気遣ってくれた。

どうしたの、と優しくたずねるラファティ夫人に、ウィステリアは口ごもった。夫妻に嘘はつきたくない。大恩あるラファティ夫妻に心配をかけないように、迷惑をかけないようにというのがずっとウィステリアの基準だった。だからひどく心苦しかった。

これが自分の我がままでしかないことを、よく理解していた。

――それでも、これだけは諦めたくないと思ってしまったのだ。

彼と出会い、この気持ちを知ってしまったから。

一度だけでいい。心から愛する人と結婚し、生を終えたいと。

夢物語と一蹴されてもおかしくなかったのに、ラファティ夫妻はそうしなかった。それなら、と理解を示してくれた。それはラファティ家の親戚が元から少なく、二人が地位や権力に無欲であるということ以上に、夫妻の仲が珍しいほど良好であるということも影響しているようだった。

――あなたが心から愛することができる相手を、早く見つけないとね。そう言って笑った夫人に、ウィステリアは後ろめたさを覚えながらうなずくしかなかった。

もうその相手を見つけてしまったとは言えなかった。

どれほど夫妻が寛大だろうと、謙虚な彼らにはとうてい言えない――身の程を知らぬ片恋だった。あるいはブライトが他の誰かと結婚していれば、他より親しく接してくれるということがなければ、とうに諦められていただろう。だが幸か不幸か、彼は幼い頃と変わらず優しく、また婚約者も得ていなかった。

社交界に大きな影響力を持つルイニング公爵家は長く盤石で、婚姻はむしろ相手の権勢を高めるほうへ働く。次期当主の結婚ともなれば影響ははかり知れず、国王の意向を汲む必要もあり、そのため代々ルイニング当主の初婚は遅くなりがちな傾向にあった。

現ルイニング公も嫡子の結婚に関しては慎重な姿勢を見せていた。だが、検討中ということは、それだけ周りを期待させ、躍起にさせるということでもあった。二十四を迎えた次期当主はますます容貌に磨きがかかり、権力をのぞいてもあわよくばと野心を抱く者たちが跡を絶たない。

ルイニング公爵家の縁戚にある人間は当主とは真逆に結婚を急かし、他人より少しでも近い関係を利用して自らが用意した女性をあてがおうとする。そうでなくともあらゆる未婚の淑女たち、あるいは未亡人が、ブライト・リュクス＝ルイニングの妻の座を狙っていた。

ウィステリアはそっとブライトを目で追った。輝く銀髪の青年はすぐに見つかり、友人らしき男性と談笑していた。だがまるで花に吸い寄せられる蝶のように、瞬く間に女性たちが加わる。

――ブライトのほうから声をかけられるのを待っていては、いつまで経っても話ができないからだろう。

頭ではわかっていても、ウィステリアの胸は騒いだ。

（……早く結果を出さなくちゃ）

ぎゅ、と扇子を握る。――《未明の地》の研究。

そうでなくとも、ロザリーにも心配されている。家のためにもなるなどというもっともらしいことを言ったが、本心はもっと浅ましく欲にまみれている。

研究で成果を出せば、その功績によって――ブライトとの婚約を望めるかもしれないからだ。

否。身分の差を考えるとそれしかない。

いくら他家より親しく付き合っているといっても、婚姻となれば話は別だ。

身分差があっても、結婚できた前例はいくつかあった。だがその場合、家を継げない身になったり、二人ともが放逐同然の扱いを受けたり、少なくはない代償を払わされる可能性が高かった。それによって後々二人の仲は険悪になり、離縁し、最終的には多くのものを失うだけに終わったということも少なくなかった。

ウィステリアはそれをおそれた。身分差があっても、ルイニング公爵家の力をもってすれば埋められないものではない。現ルイニング公が嫡子ブライトを溺愛しているのもあり、よほど問題のある相手を選ぶのでなければブライトが後継から外されるということも考えにくい。おそらく、ウィステリアが全身全霊で懇願すれば、ラファティ夫妻も味方して、ルイニング公に許しを乞うてくれるだろう。

だがそれは現ルイニング公爵やブライトに依存し、なんらかの代償を払わせる可能性がある。何より、ラファティ夫妻にもこの上なく迷惑をかけることになる。養子として引き取ってもらい、実子と本当の姉妹のように育ててもらった大恩も忘れ、ラファティ夫妻の人徳と交友関係を利用するなど、あまりにも恥知らずだ。

ブライトに何か犠牲を強いるようなことも、これ以上ラファティ家に迷惑をかけるようなこともしたくない。だがブライトをあきらめることもできない。

ひどく思い悩んだ末、なんとかたどりついたのが《未明の地》に関する研究だった。

《未明の地》に関する研究は、より魔法を根本的に研究するということだ。偏見が先行していまだ進んでいないが、そのぶん成果があげやすい分野とも考えられた。

他に比べて前例は少ないが、新たな発見をした功労者はその後、大いに賞賛され、少なくない褒賞を与えられている。一代限りの叙爵さえもあった。その功労者が全員、はじめは反発や偏見にさらされ、何度もくじけそうになりながら成しとげたというところも共通している。

結果さえ出せれば、魔法の力を有する王家や高位の貴人たちの覚えもめでたくなる。後ろ盾を得られることさえもある。

その恩恵はウィステリアという個人だけでなく、ラファティ家にも当然及ぶ。

犠牲を払わず、恩を返し、自分の力で何かをなして差を埋める――望みを叶えるために必要な、結果を出す。そのための唯一の手段だった。

だからどんなに嗤われようが、蔑まれようが、ぐずぐずしている暇はない。

手をこまねいていたら、あの美しい金の目をした人は永遠に手に入らない。

「ウィステリア嬢」

ふいに耳を刺すような声がして、ウィステリアははっとした。

顔を上げ、息を呑む。――眉の辺りが強ばったが、かろうじて堪えた。

「今宵のあなたは見違えるような麗しさです。哀れな男共の心をことごとく虜にする、麗しの魔女そのものだ」

「……お上手ですわ、ケネス様」

「これは僕の本心ですよ」

一見すると軽快な、だがブライトに比べると軽薄そのものの口調でケネスは言った。鳶色《とびいろ》の目と髪を持ち、くっきりとした目鼻立ちのケネスは美男子の部類に入る。ある伯爵家の長子でもあり、普通の令嬢ならぜひ友好的な関係を結びたい、あるいはぜひとも恋の駆け引きを楽しみたい相手になるだろう。しかしウィステリアにとっては会いたくない相手だった。これまでに数回遭遇しただけだが、友好的になれないと判断するには十分な相手だった。

――麗しの魔女、などという言葉も、賞賛なのか皮肉なのか区別のつきにくい言い方だ。

「今宵もまた、あの金眼の貴公子殿が同伴を？　あの方はあらゆる女性の心をすでに捕らえているというのに、この上、美貌の魔女殿にまで手を伸ばそうとされているわけですか」

「……ご厚意で同伴者になってくれたのですわ。お優しい方ですから」

ウィステリアはそれとなく扇子で口元を隠しながら、特別なことではないというように答えた。ケネスの矛先を、ブライトから少しでも逸らさなくてはならない。

だがケネスはなおも続けた。

「それはそれは。あの方の厚意を欠片でも欲しいと思うご令嬢はたくさんいらっしゃるでしょうに。……あるいは、あなたが特別なものをお持ちだからでは？」

ふいに語尾が尖った調子で響き、ウィステリアは心中で警戒した。

「私が何を持っていると？」

「あの方に唯一欠けておられるものです」

ウィステリアの心臓は跳ねた。――そんなはずがないのに、ブライトに欠けている唯一のものとは妻で、自分がそれであると言われたように錯覚した。

だがケネスがそんなことを言うはずがない。あまりに浮ついた考えに、遅れて自分が恥ずかしくなる。顔を引き締め、わかりません、とつとめて無表情に言う。

ケネスは冷笑を深め、もっと明確に告げた。

「あの方は、高貴にして魔術師の素質に恵まれたルイニング公爵家のご嫡子だ。魔術師のルイニングの正統なる継嗣《けいし》が一切の魔法を使えないというのは、運命もなかなか残酷なことをする」

ウィステリアは息を呑んだ。

もっとも、それぐらいの欠点がなければ他の男が哀れだと神が思し召しになったのか――ケネスは白々しくそう続けた。

「ウィステリア嬢。あなたは魔法に関する研究に参加されているとか。それが、魔法の使えないあの方にとって都合の良い……失礼、興味を引くものなのでは？」

「……私にはわかりかねます。当人ではないのにご意思を勝手に推測するなど畏《おそ》れ多いことです」

「ご謙遜を。少し考えればわかることだ。ルイニングは魔法を使えることを当然とした家系。そのご嫡子たる者がまったく使えないのでは、不便という言葉では済まされないでしょう。ご本人が気にしていないなどとは思えない」

やけに饒舌《じょうぜつ》なケネスの様子に、ウィステリアはふつふつと怒りが胸にわいてくるのを感じた。目の前の男には明らかに悪意が滲んでいる。

ブライトはいやでも同性の嫉妬を買う。裏表のない朗らかな性格であることも相まって友人や支持者のほうが多いが、嫉む者はどうしても魔法の欠如という部分を衝《つつ》いて彼を貶《おとし》めようとする。だがそれならまだしも、ケネスの滲ませる感情はただの嫉妬というには度が過ぎている。

――確かにブライトは魔法が使えない。現ルイニング公含め、ルイニングの血統は程度の差はあれ、ほとんど魔法が使えるから異例と言える体質だ。

だがそんな欠点すら、ブライト自身が放つ輝きに比べれば欠点らしい欠点にもならないとウィステリアは思う。

ウィステリアは自分の望み、ひいてはブライトのために《未明の地》と魔法に関する研究をしている。

——だがブライトがそれを利用しようとしたことは一度もない。

ケネスに向ける目が自然と睨むようなものになった。

ケネスは興醒めしたように一瞬表情を無くしたが、ふいに暗く冷ややかな微笑を浮かべた。

——ああ、こんな口さがないことを言う者もいます、とあたかも他人から聞いたように付け加えて。

「ルイニングは高貴にして超越した力を持つ者にのみ与えられる称号——魔法なくしてはルイニングの出来損ないにすぎぬ、とね」

唐突に悪意を露わにした言葉に、ひゅ、とウィステリアは息を呑んだ。

「あなたは……っ!!」

思わず声を荒らげたとたん、悲鳴が耳をつんざいた。

はっとそちらに顔を向け、ウィステリアは目を見開いた。

シャンデリアが異様な輝きを放ったとたん、火矢のようなものが飛び出した。下にいる人々に次々と襲いかかる。

その中にまばゆい銀の髪をした青年が見えたと思うと、ブライトは近くにいた者を庇うように覆い被さる。炎が一斉にブライトに躍りかかった瞬間、ウィステリアは自分の手を突き出した。

「——《吸着》!!」

そう叫んだと同時に、ブライトたちに躍りかかっていた火が一斉によじれ、ウィステリアのほうへ引っ張られた。

引き寄せられて歪んだ火は、手袋をした掌に集まったとたん、じゅっと音をたてて消失する。

一瞬で、すべての火が消えた。あたかもウィステリアの手で握りつぶされたかのように。

ウィステリアはかすかに息を乱しながら、握りしめた手を下ろした。

驚いたような顔をするブライトと、彼に庇われた何人かに怪我がないことを一瞬で確かめて、ケネスに目を戻す。

「一体どういうおつもりですか！　こんなこと、決して許されは――」

「何のことです？　いやおそろしい、誰かの無自覚な魔力が頭上の火に干渉してしまったのでしょうね。まったく危険なことです。ああ、この場で魔法が使える者は他にいなかったようですね。あなたがいて幸運でした」

きつく睨むウィステリアを、ケネスはまったく臆することなく受け止めて薄ら笑いさえ浮かべてみせた。

そして驚きすらしないケネスの背後で、こちらを見つめる視線――驚きではなく、冷ややかで軽蔑に満ちたものがあることに気づいた。

それは、いま起こったばかりの悪意ある事故が、ケネス一人の意図によるものではないことを示しているようだった。

「――あれくらいの手違いなど、ルイニングの魔法をもってすれば、わざわざ見せつけがましく自分の体で庇う必要もなかっただろうに」

冷ややかにケネスが嘲《あざけ》る。

ウィステリアがかっと怒りを募らせたとたん、

「ウィス！」

よく通る声に呼ばれ、振り向いた。

ブライトが真摯《しんし》な顔をして、ウィステリアの下に駆け戻ってきた。

「大丈夫か⁉　怪我は……！」

「わ、私は大丈夫です。あなたのほうこそ」

膨らんでいた怒りがふっと止まり、ウィステリアは改めてブライトの全身を確かめた。

怪我はないようだった。服も無事で、内心で安堵する。

気が緩みそうになったところを、はっとして振り向く。だがそこにもうケネスの姿はなかった。

広間の出口に、数名の取り巻きらしい男たちと共に退室していく背中だけがあった。

ウィステリアはきゅっと唇を引き結んだ。

糾弾したくとも、彼らがこの事故を引き起こしたという証拠はない。

――もしこの場に自分が居合わせなかったら、ブライトもその周りの人間も負傷していたかもしれない。ケネスへの激しい怒り以上に、ぞっとするような恐怖を覚えた。

この国で魔法を使えるのは貴族であることが多いが、貴族全体で見ると少数だ。今この場にいる貴人たちの中には、事故を引き起こしたと思われるケネスの仲間以外に、魔法を使える人間はいないようだった。あるいはだからこそケネスはそれを狙ったのだろう。

ウィステリアが胸に鬱屈した怒りを覚えると、ふいにブライトに手を取られた。

驚いて目を戻すと、金色の目に掌を見つめられていた。火を吸い寄せた手を確かめようとしているようだった。

「君が、魔法で助けてくれたのか」

ぽつりとつぶやかれた言葉のあと、長い指が掌をそっとなぞる。手袋越しのその感覚はくすぐったく、ウィステリアの背をかすかに震わせた。頬が熱くなる。

「あ、あの――」

そんな、大したことではない。魔法などというものではない。ただ、魔法を相殺して吸収しただけだ。ウィステリアにできるのは、それぐらいでしかない。

しかしブライトの眼指しが曇り、苦しげに眉根が寄せられた。

「すまない。君を守るために同行したというのに」

――何もできなかった。

ブライトのそんな声なき声が、ウィステリアの耳には聞こえた。端整な顔にはいつもの朗らかさはなりをひそめ、魔法が使えないということのために暗い影が落ちている。

ケネスたちの思わく通りにブライトが傷つけられていることに、ウィステリアは静かな怒りを覚えた。

――ケネスたちも、本気でブライトを害そうとしたのではない。

ただ、とっさに魔法が使えないということを彼に突きつけるためだけにこんな真似をしたに違いないのだ。

ウィステリアはつとめて明るく笑った。

「大丈夫。私はまったく無事ですし、他に怪我人も出ていないでしょう？」

魔法が使えずとも大事《おおごと》にはならない――そんな思いをこめて言っても、整った顔からすぐには憂いを払えなかった。

だがほんの一欠片の寂しさのようなものを滲ませながら、ブライトは穏やかな微笑とともにウィステリアを見た。

「君は、すごいな。本当に――月の女神のようだ」

賞賛の中に、羨望が混じっているような響きだった。超常の力を使えることに対する素直な、乾いた羨望。それがもの悲しさとなってウィステリアに染みた。

――ブライトが唯一、劣等感に苛まれ、表情を曇らせるのが魔法の欠如を突きつけられたときだ。

（……なんとかしなくちゃ）

《未明の地》に関する研究は、自分の望みのためだ。犠牲なくブライトに手を伸ばすための。

――だが魔法の欠如のためにこんな顔をするブライトから、影を振り払うことができればという気持ちも大きかった。

特異体質

このマーシアル王国の都は、王族の起居する王宮を中心に、人口が増えるにつれ円を拡大していくように発展してきた土地である。

その都の中心たる王宮から見て南東にあたる区画に、他とは趣の異なる古い館が建っていた。古い建築様式の三階建ての巨大な邸宅である。

かつて高名な貴族が建てたと言われるそこは、持ち主が没して手放されて以後、貴人とその使用人ではなく、傍目《はため》に繋がりのわからぬ者たちが出入りする場所となっていた。噂好きの者たちの間でしばしば不名誉な名前をつけられるその建物は、しかし歴とした研究所の一つだった。

ウィステリアが、妖女、悪女などと時に悪し様に言われるようになったのも、その研究所に出入りするようになったからだ。

今日もまた、ウィステリアは早朝からこの館を訪れ、三階の角部屋にこもっていた。

元は書斎だったと思われる部屋は、壁一面が棚と化し、書斎机のかわりに無骨で長大な机が置かれ、その上に種々の器具が並べられている。棚に収納されているのは中身が透けて見える瓶で、その中には植物や動物の骨らしきものや、黒い砂状のものが詰まっている。

よく見れば、その瓶の中身はどれもこちらの世界には存在し得ないものだとわかる。

ヴァテュエ伯爵家の令嬢であるウィステリアは今、黒髪をきっちり結い上げ、体は細身の脚衣に上着という乗馬服に似た出で立ちをしていた。その上に、薄いローブ状のものを羽織っている。令嬢の着るドレスや装飾品は、ここではまったく邪魔になるからだ。

ウィステリアの紫色の目は、長い机の上に整然と並べられた細長い管たちを眺めていた。管の中身はすべて黒い砂状の物質で、静かに漂っている。

室内にはウィステリアの他に、分厚い眼鏡に同じようなローブ状のものをまとった男性が二人いた。ここでは、年頃の淑女が付添人なしに異性と二人きりになってはいけないという常識も免除されている。――一歩研究所から外に出たらそのことで余計に悪し様に言われることになっても、ウィステリアはためらわなかった。

「ベンジャミン、お願いします」

ウィステリアの言葉に、分厚い眼鏡の奥で少し眠たげな目をした男――ベンジャミン＝ラブラがうなずき、そっと手をかざす。

すると一番端の管が反応した。管の中の黒い砂が強い風を受けたように活発に動き回り、やがてバチッと火花を散らし、消える。

隣の管も同じように一瞬だけ黒い砂が活発化したが、火花は起こらなかった。更にその隣以降の管は反応しない。

じっと観察していたウィスステリアは、静かに息を吐いた。

「やはり……《未明の地》の瘴気が濃くなっているようですね」

「はい。これだけわずかな干渉で魔法が発生したとなると、予想以上ですね」

ベンジャミンは苦い顔をしてウィステリアに答える。その隣のもう一人もまた、腕組みをして難しい顔をしている。

先ほどベンジャミンが手をかざしたのは、ほんの小さな魔法を発生させるためだ。だが管の中に入っていた瘴気は一瞬で反応し、魔法に転じて消えた。本来の瘴気濃度なら、反応はもっと遅いはずだった。

室内の三人はそれぞれ考え込むように沈黙していたが、ベンジャミンの隣の男がぽつりと言った。

「……《番人》がまた選出されるなんてことは」

不安の滲む声だった。

そしてそれはウィステリアの脳裏によぎったものとまったく同じ内容で、ウィステリアは意識して頭を振った。

「そうならないために、一歩でも研究を進めましょう」

ベンジャミンと男はうなずき、それきり話題を変えた。

「瘴気と魔力素は表裏一体なわけですから」

ウィステリアがそうこぼすと、ベンジャミンが後を継いだ。

「……瘴気が濃ければ、魔力素も濃くなる。魔力素が濃くなれば、魔法も使いやすくなる——瘴気が濃くなるということは魔法を使いやすくなるということでもある。それは決して無視できない利点でもありますが」

ええ、とウィステリアは短く肯定した。

魔法も使いやすくなる――その言葉に、つい先日のブライトの憂いを帯びた表情を思い出していた。

魔法。

乾いた闇の中に炎を生み出し、不毛の大地に水を湧かせ、静かな宙に風を巻き起こし、意思あるもののように土を蠢《うごめ》かせ、小さな芽を一晩で大樹にする――その超常の力は、しばしば織物に例えられる。

魔力素という糸を使い、紡ぎ出したいものによって織り方や糸の種類を変え、魔法という織物に仕上げる。

魔法使い――格式ばって言えば魔術師――とは、この糸を使って、世界に望むままの織物を現出させられる者のことを言う。

そしてこの稀なる織物を織るためには、まず個人の資質が何より必要とされる。

芸術、武術のように鍛錬すれば初歩までは修得できるというようなものとは異なる。

魔法を使うにはまず魔力素を感知できなければならず、魔力素を感知するための第六感が備わっているかどうかで決まるからだ。

これは嗅覚や聴覚と同様に器官の一つであり、必ずとはいえないが多くは遺伝する。

マーシアル王国ではその遺伝の多くは貴族に現れる。

ルイニングをはじめ、高位の貴族の中に魔法の才能が多くみられるのはそのためでもあった。

つい思考があらぬ方向へ飛んだのを感じ、ウィステリアは頭を振った。

長机の上の、舞い散る黒い砂を閉じ込めた何本もの管を見る。

――瘴気はいくつかの形を持つが、もっとも基本形はこの黒い砂のような姿だ。

瘴気の満ちる《未明の地》は、だからこそ暗いと言われている。

（……瘴気と魔力素は、表裏一体）

先ほど自分がつぶやいた言葉を、ウィステリアは再び胸の内で繰り返した。

《未明の地》――それは、常人には耐えられぬ濃い瘴気に満ち、その瘴気に適応した怪物どもが跋《ばっ》扈《こ》する影の世界だとされている。

死の世界、地獄ともいわれるその地は現実に存在していて、普段、この世界とは交わらぬところにある。

ちょうどいま長机の上にある、平行に並べた管が決して交差することはないように。

だが《未明の地》に満ちる瘴気はこちらの世界にもごくかすかに滲み出てきている。その滲み出てきた瘴気はこちらの世界では性質が変化し、魔力素と呼ばれるものになる。これを感知できるものだけが魔法を使う源として利用できる。

（……魔法は魔力素を感知し、扱うこと。そして魔力素は《未明の地》の瘴気が変化したもの）

つまり魔法を根本から理解しようとすると、《未明の地》の瘴気について理解しようとする姿勢が必要になる。

――ウィステリアが《未明の地》についての研究にたどりついたのは、必然だった。

（魔法の仕組み……瘴気の作用。それが解明できれば……）

魔法を使える者はいても、それを完璧に再現させるための説明ができる者はいない。

だが楽曲を楽譜に起こし、楽譜をなぞることで再現するように、魔法も仕組みを解明し、なぞることで再現できるようになれば――。

ブライトも、魔法を使えるようになるかもしれない。

あるいは使えなかったとしても、その原因を特定できれば、ブライトが意味もなく出来損ないなどという烙印を押されずに済むかもしれないのだ。

「……か？」

思索に沈みかけていたところに声をかけられ、ウィステリアははっとした。慌てて聞き返す。

「ご体調についてです。変わりありませんか？」

ベンジャミンともう一人がおずおずといった様子で言うので、ウィステリアは苦笑いした。

「ええ、問題ないわ。変化なし、というところ。先日の検査で瘴気への耐性は少し上がっているということだったけど、これといって変わった感覚はないの。行動や習慣にも変わったところはないし」

「……なるほど。興味深い。実に興味深いです」

ベンジャミンともう一人が子供のように目を輝かせ、ウィステリアはまた苦笑した。

そうしてからふと戯れに、管を一つ手元に引き寄せた。その管の中にあるのも、黒い砂状の物質――瘴気だった。

ウィステリアの手が管に触れたとたん、中の瘴気はまるで磁石に吸い寄せられるように管の表面に張り付いた。その向こうにある、白い手に引きつけられるかのように。

それを見つめながら、ウィステリアは手に意識を集中させて魔法の発動を試みる。

だが、やはり何の反応も起こらなかった。

「興味深い……。なぜウィステリア様は瘴気に耐性がおありなのに、魔法が使えないのでしょう」

ベンジャミンの隣の男が首を傾げ、つくづく不思議だ、と言いたげな、あるいは惜しむような口調で言った。隣のベンジャミンが慌てたように肘を小突き、男もはっと失言を恥じたような顔をする。

「いえあの、ウィステリア様の体質は本当に希有なもので、《未明の地》の解明、ひいては魔法研究に大いに貢献するものであり……」

「わかっています」

ウィステリアは微笑んだ。

——ウィステリアは魔法を使うことはできない。それは事実だった。

とはいえ魔力素を感知できても魔法が使えないということは、多くはないが前例がある。感知できる者の中には、自分で魔法を発動できないが、向けられた魔法を打ち消すということができる者もいる。ウィステリアはそれだった。

ウィステリアの体質が特異であるのは、そして《未明の地》への研究に駆り立てられた理由の一つにもなったのは——瘴気に耐性があるということだった。

こことは異なる世界から生まれる瘴気は、この世界の人間にとっては完全に有害だ。この世界に漏れ出ることによって魔力素となった場合と違い、精神や身体に異常をきたす毒に満ちている。

瘴気とは《未明の地》に満ちる猛毒の空気で、魔力素はそれが無毒化されたものとも言える。

ウィステリアはふと、自分の手に目を落とした。日に焼けにくい、白い掌。ラファティ家に引き取られてから、この手が傷ついたことはほとんどない。

自分の体が瘴気に耐性を持っているとわかったのは、数年前の事故がきっかけだった。

ある夜会に参加したとき、参加者の一部が口論となり、決闘騒ぎにまで発展した。どちらも魔法の使い手であったことが、不運を決定的なものにした。

両者は魔法をぶつけあい、衝突した魔法が予想外の効果をもたらした。

周囲に漂っていた魔力素が、変異してしまったのだ。

変異した結果——瘴気に還元されてしまった。

その場に居合わせたウィステリアは、いまでもあの異様な光景を時折夢に見る。

火の明かりに照らされた華やかな場の空気に、一転して現れた黒い煤状のようなもの。あるいは蜂の大群にも、雷雲のようにも見えたそれが、爆ぜるように広がる。

——それから。

『何だあれは……!!　ぐあっ!!』

『ひっ！　いやぁあああ!!』

次々とあがる悲鳴、逃げ惑い、転倒し、踏みつけられる人々。けれどそのすべてに、瘴気は等しく襲いかかった。

ウィステリアも、それから逃れられなかった。

飛び散る黒い砂が体を覆い、かすかな悲鳴をあげ、そこで意識が途切れた。

次に目が覚めると、憔悴《しょうすい》して涙する養母と養父、そして目を赤くしたロザリーがいた。

数日して、ブライトも見舞いに来てくれたことを覚えている。

『何の後遺症もなくお目覚めになられたのはまさしく奇跡です……』

医師は驚いたようにそう告げた。

間もなくウィステリアは、あの狂乱の場にいて瘴気を吸い込んだ者たちが、程度の差はあれ無視できぬ傷を負い、命を落とした者も少なくなかったと知った。

なんの後遺症もなかったのはウィステリア一人だった。運が良かったと言われたのははじめのうちで、経過を観察するうちに、あれほどの瘴気を浴びてまったく無事でいられるのはおかしいと思われ始めた。

――そうしてウィステリアは、自分の知らない特異な体質を知ったのだった。

魔女とか妖女だといった陰口を言われるようになったのも、正確にはその事件の後からだ。一人だけ無事であるのはおかしいと思う人間がいたのだろう。

ふ、とベンジャミンが息を吐く音で、ウィステリアは意識を引き戻した。

「もどかしいですね。瘴気の性質についてはほとんどわかっていませんし、いっそ自分で《未明の地》に行って調査したいくらいです。僕にも耐性があれば、むしろ喜んで番人になるのですが」

「何を言ってるんですか。ウィステリア様ほどの耐性があったところで、番人なんかになれば生きて帰ることなどできませんよ」

ベンジャミンの隣の男が呆れたように言った。だがベンジャミンは懲《こ》りずに続けた。

「あ、僕もウィステリア様と同じような生活をすれば、耐性を獲得できるでしょうか？」

「……ではベンジャミン、まずドレスを着てみます？」

「えっ⁉　そ、それはでも……‼」

ベンジャミンが頬を赤くして慌て、ウィステリアは小さく噴き出した。もう一人の仲間もつられたように笑い、外から不気味な目を向けられる邸に一時の和やかな空気が流れた。


ウィステリアが研究所を出たのは、昼を過ぎた頃だった。迎えに来た付添人と一緒に馬車に乗る。

ぼんやりと考え事をしているうち、何気なく思い立った。

（あ、《グロワール・マリー》、そろそろ開く頃かしら）

楽しみにしていたのに買えなかったと憤慨する妹の姿を思い出した。

お茶の時間に様々な菓子を試すことを、ロザリーは楽しみにしているのだ。

すぐ家に帰るつもりだったが、御者に行き先の変更を告げた。

グロワール・マリーは人気のある店らしく、大通りに面している。だが通りは馬車も人も多く、店の前には停めにくいようで御者が難儀していた。

ウィステリアは付添人と一緒に馬車を降り、のんびりと店に向かった。

店の外はテラス席が展開されていて、若い紳士や淑女がお茶と甘味を楽しんでいる。

ふいに、ウィステリアの目に銀色の輝きが飛び込んだ。

（……え？）

白い椅子に座り、すらりとした大きな背を見せる、銀髪の青年。

そして同じテーブルで、向き合うように座っている赤毛の少女は――。

「あ、あなたってほんと信じられない！　どうしてそういうことばっかり！」

「信じられない？　どうして？」

「ど、どうしてって……あ、明らかに嘘じゃないの！　この赤い髪を褒めるなんて、白々しいわっ！　ね、姉様みたいな純粋な色でも、柔らかいうねりがあるわけでもないし……」

必死に声を潜めているようだが、ウィステリアよりも高いロザリーの声はよく聞こえた。

ブライトとロザリーが、二人で茶と菓子を楽しみに来たようだ。

ウィステリアの足は止まっていた。

――ここは開けた場所で、人目もあり、男女が健全な交流のために来てもなんら不思議なことではない。その証拠に、ブライトとロザリー以外の男女の客も多い。

なのに、ウィステリアの心臓はいやな音をたてはじめる。

ブライトは――自分だけではなく、ロザリーにも親しくしてくれている。

だから、何もおかしなことではないのに。

「どうして比べるんだ？　君のその赤毛は優しい色で――とても綺麗だ」

心底不思議だと言うように、ブライトは真摯な声で言った。

広い背中の向こうでたちまちロザリーがうろたえ、顔を赤くするのをウィステリアは見た。胸の中でまた不快な音が鳴り、とっさに手で押さえた。

（……いやだ）

じりじりと暗く焼かれるような感覚。それに名前をつけたくない。知りたくもない。目を背けたい。

ブライトに対して特に意地を張ってしまうところのある妹は、何か言われるたびにまた信じられないとばかりに突き放す。

しかしブライトはそれに腹を立てるでもない。

――前からずっとそうだった。

誰に対しても親切で寛容な彼は、ロザリーが素っ気ない言い方をしてもむしろ面白がって朗らかに笑ってくれる。

「むしろ魔法まで使えたら、あなたはもっといけすかない人になっていたに違いないわ！」

後に引けなくなってか、勢いのままにロザリーの口からそんな言葉が飛び出す。

魔法の欠如をあてこすっているともとられかねない直接的な言動に、ウィステリアは息を呑んだ。

――さすがのブライトも、ほんの一瞬黙ってしまった。

ウィステリアが思わず声をかけようとしたとき、明るい笑い声が弾けた。

「君は本当に、遠慮がなくて面白いな……！　私に魔法がなくてよかった、なんてまともに言うのは君だけだよ」

「な、なによ！　ま、魔法は関係ないでしょ！　私は、魔法があってもなくても、あなたの人間性の問題だと言いたいのであって！」

「ああ、そういうところだ、ロザリー」

腹を抱えんばかりにブライトは笑い出し、ロザリーは頬を赤くしながら怒った顔をする。

ウィステリアは凍りついたように立ち尽くした。

胸を強く殴られたようだった。

ブライトにとって、魔法の欠如は触れられたくない部分のはずだ。だから最低限の礼儀として、当然の配慮として触れるべきではない。

そのはずだった。

ウィステリアはたとえ戯れであっても決して口にしないようにしてきた。ブライトを少しでも傷つけたくない――何より嫌われるのがおそろしかったから。

だが今、ロザリーはそれを悠々と踏み越えた。

そしてブライトもまた何の屈託もなく許し、嬉しそうに笑いさえした。

彼がこんなふうに笑い、これほど親しげな声で話すのを、ウィステリアははじめて見た。

――魔法の欠如を話題にしても、こんなに、嬉しそうな顔すらして許してくれることなど知らなかった。

(……いやだ)

お嬢様、と気遣わしげに声をかけてくる付添人に頭を振り、ウィステリアは踵を返す。

もう二人の姿を見ていられなかった。

柔らかい部分を切りつけられ、そこから血が噴き出しているようにどくどくと鼓動がうるさく鳴っている。

『ブライト？　うーん、気障《きざ》でイヤミな人って感じだわ。顔を合わせるとすぐからかってくるし、恥ずかしいことを平然と口にするんだもの。あれ、絶対わざとよ！』

ブライトのことをどう思うか――いつか、ウィステリアが臆病に問うた言葉に、ロザリーは大きな目を丸くしてそう答えた。

明るく勝ち気な妹は、希有なほど気さくな公爵令息のことも、特別な異性としては見ていないようだった。

ウィステリアはそれに安堵した。その後、そんな形でしか確かめられない自分の卑怯さに目を伏せた。

それとは対照に、義妹は明るく眉をつりあげ、むしろ姉を諭すように言った。

『姉様は優しいから、ああいう人に騙されそう。気をつけないとだめだからね！　ちゃんと言い返さなきゃ！』

姉を思いやるロザリーの言葉に、ウィステリアは罪悪感を隠しながら微笑した。血が繋っていなくとも、ロザリーを本当の妹以上に想っている。それは揺るがない。

だから。――なのに。

(早く……)

早く、結果を出さなくては。ブライトとの婚約を望めるだけのものを手に入れなくては。

――ロザリーに奪われてしまうかもしれない。

そんな気持ちを抱いたことにウィステリアは強く唇を引き結び、ぎゅっと目を閉じた。

恥ずべき事だ。大恩ある養親の実の娘、明るく愛らしい義理の妹にこんな気持ちを抱くなど。

いつもなら弁えられるはずなのに、ブライトのことだけはどうしてもできなかった。

(他に、何も望まない)

だから、ブライトだけは――。

早く、とその焦燥感がウィステリアの身を焼いた。

だから、知らなかった。

――身を焼くような焦りすら、平穏な日々だけに許された贅沢であったのだと。

崩壊する日常

その日、見知らぬ三人の男がヴァテュエ伯爵邸を訪れた。

男たちは全員が鋼鉄の仮面をつけたように無表情だった。そして、あの特徴的な衣装――魔法管理院の紋章の入った、首から足首までを覆う長いローブを着ていた。

突然の来訪者は応接間に通され、ウィステリアも呼ばれた。

冷たい手で心臓をつかまれたように、ウィステリアの鼓動が乱れた。

彼らがこのようにいきなり訪問する理由として唯一知られているのは、魔法適性の検査だ。希《まれ》に年を重ねてから突然魔法の適性に目覚める者がおり、中には秘匿し、悪用する者がいる。それを防ぐための抜き打ち検査とされていた。

だがこのラファティ家にそういった人間がいないことはウィステリアがよく理解していた。

では、何のために彼らはここにきたのか。

ウィステリアが参加する研究も、魔法管理院――魔法院と略しても呼ばれる――の末端に所属するものだった。

――《未明の地》に関する研究に関わったことで、何か咎《とが》められるのだろうか。

三人の客人と夫妻、ウィステリアの他にロザリーまでもがそこに集められるなど、尋常ではない。

ウィステリアの頬は強ばり、体は硬くなる。

最悪の事態を予想して覚悟を決めようとしたとき、魔法管理院の管理官と名乗った男の一人が無表情のままに告げた。

「卿のご息女、ロザリー・ベティーナ殿が当代の《番人》に選ばれました」

声にすら感情はなかった。

意味がわからず困惑する夫妻とロザリー当人の側で、ウィステリアはぐらりと世界が揺れるような感覚に襲われた。

（嘘）

目に映るすべてが現実感を失った。予想した最悪の事態が滑稽に思えるほどの事が、目の前で起こっている。

――それから、胸にかつてない暗いざわめきがはしった。

困惑を言葉にして問い返したのは、ヴァテュエ伯爵本人だった。

「番人というのは……？」

「《未明の地》の番人。魔力素の調節者。魔法の守護者。そのように呼ばれております。過去に同様のことが何度も起こっているように、現在、かの地における瘴気が異常なまでに濃くなる状況が発生しています。その際、かの地へ往き、瘴気を適切な量に調整する重要な役割を担う者です。もしこれがおこなわれなければ、魔法は使えなくなり――それどころか魔力素の暴走や瘴気そのものがこちらの世界に溢れ、様々な災厄がこの世界に引き起こされることになります」

管理官はもっともらしい言葉を並べ立てたが、伯爵夫妻はなおも困惑していた。

ただロザリー当人が、持ち前の気の強さを発揮して聞き返した。

「《未明の地》は空気が猛毒で、人が足を踏み入れてはいけない地だと聞いています。そこへ行って、ええと、何か調節のようなことをして帰ってくるということですか？」

ロザリーらしい率直で簡潔な問いだったが、管理官は答えなかった。ロザリーは訝《いぶか》しみ、夫妻もまたはっきりとした答えを求めて客人を見つめる。

管理官は、ウィステリアに目を向けた。まるで、お前ならわかるだろうというように――共犯者に向けるように。

ラファティ夫妻とロザリーもそれにならう。

一斉に目を向けられ、ウィステリアは肩を震わせた。

「ウィステリア？　あなた、番人というものが何であるのかわかる？　わたくしたちに説明してくれないかしら」

夫人がいつもの優しげな、それでいて不安を滲ませた声で言う。

ウィステリアは息を詰めた。――言いたくない。

青ざめながら管理官を睨みつけ、かすかに震える唇を引き結んだ。

だが他に答える者はなく、不安を訴える養親と妹に対して黙り続けることはできなかった。

「……《未明の地》の番人というのは、向こうの地で異常なほど濃くなった瘴気を調節するため……行って、二度と戻らない者のことです」

――瘴気を調節する役目を負った、尊い犠牲。

生贄。その言葉は、自分の内だけに留めた。

とたん、夫人は喉の奥で悲鳴をあげた。

「戻らないですって……!?　嘘よ、お、脅かすようなことを言わないでちょうだい！」

夫人は取り乱してウィステリアにすがるような目を向け、それから管理官にも振り向いた。

ロザリーは呆然と目を見開き、ラファティ当主は、ウィステリアが見たこともないほど険しい顔をして訪問者たちを睨んだ。

「ウィステリアの言葉は本当ですか。番人だかなんだか知らないが、ロザリーをそんなところに行かせて、死なせよと仰るか！」

「――これは王家のご意向でもあります」

「ば、馬鹿な！　このような馬鹿げたことが……っ、聞いたこともない!!」

普段は温厚な伯爵が怒りに顔を赤くし、声を荒らげる。

夫人もまた取り乱し、震えながら娘《ロザリー》を抱きしめていた。管理官を見つめる目は、もはや誘拐犯に怯えるそれだった。

しかし管理官たちはその反応を予測していたかのように、あるいは慣れているとでもいうようにわずかな怯みも見せなかった。そこには一欠片の哀れみも同情もない。

ウィステリア一人が、呆然としていた。

「……なぜ」

かさついた声が喉からこぼれ落ちる。

管理官の感情のない目がウィステリアに向いた。

「なぜ、ロザリーなのですか」

問う言葉が、かすかに震える。

――ウィステリアには、管理官の言葉が嘘ではないことがわかった。わかってしまった。

濃度を増す瘴気。番人という制度。いま番人が必要とされてもおかしくない状況であることも理解できた。あるいは普通の令嬢であれば、日々を慎ましく生きるマーシアルの民の一人であればそんなことは知らずに済んだ。――すべて、《未明の地》の研究の中で知ったことだからだ。

ふいに意識が現実を離れ、数日前の光景を蘇らせた。

自分でさえ見たことのない、親しげで朗らかな笑い声をあげるブライト。

魔法がないことをあけすけに衝き、それでも好ましく思われるロザリー。

そんな二人を見て、自分は。

どうしていまロザリーが選ばれたのか。

管理官は冷めた目のままに答えた。

「瘴気の濃度――変化の記録と観測値及び過去の候補とを照らし合わせ、もっとも適切だと思われる人物が選ばれた。高貴で生命力に溢れ、特定の年齢層の未婚の娘であること。これまでと変わらぬ選定基準だ」

そんな、とウィステリアは力なくこぼし、だが頭を振った。

「たとえそうだとしても、ロザリー以外に同じ条件の方がいるはずです！」

「――これは既に決定したことだ、ウィステリア嬢。不用意な発言は慎まれるがよい」

とっさに声を荒らげたウィステリアに、管理官は眉一つ動かさずに言った。

蒼白になって震えはじめたロザリーを、夫人が庇うように強く抱きしめていた。

「私たちは断じて、ロザリーを渡しはしない……っ!!」

ヴァテュエ伯が吼《ほ》える。

それでもなお、王家とその直属たる魔法管理院から命を受けてやってきた男たちは無表情を崩さなかった。

「これは決定事項であり、通告です。拒否権はありません。この件を無闇に口外し、要らぬ混乱を招くようなことがあれば相応の報いがあるでしょう」

――貴卿らの良識的な振る舞いに期待する。

鋼鉄の仮面を被ったような男たちは、冷酷にそう告げた。

愛してるんだ、

——雨が降っていた。

ざあざあという音が、すべてをかき消す。あらゆるものを押し流していくような音だった。

平時なら、ウィステリアの他にベンジャミンたちなど他の研究員が詰める研究室も、今はウィステリア一人だった。

末端とはいえ、この研究所は魔法管理院所属で、《未明の地》に関する研究をしている。ウィステリアは悩んだ末、日頃共に研究してきたベンジャミンたちに助けを求めた。魔法管理院の管理官たちからは他言無用と厳命されていたが、ベンジャミンたちはすぐに状況を理解し、協力してくれた。ウィステリアはそこに一縷《いちる》の望みをかけた。

そして今、肘を机につき、組んだ手に額を預けてうつむきながら、ウィステリアは殷々《いんいん》と耳に谺《こだま》する声に打ちひしがれていた。

『——権力が絡んでいるからだと思います』

ベンジャミンは顔を歪め、うめくように言った。

『ウィステリア様の言う通り、ロザリー様以外にも条件に適合する番人候補はいるようです。番人に必要な素質は、十代後半から二十歳までの、未婚かつ健康な若い女性であること、中級以上の魔法は使えないこと、あるいは魔法を使える人間を輩出した家系であること——これらの条件にあてはまるとなるとそれなりの地位の貴族の令嬢であることとも言えます。数は多くないですが、ロザリー様だけが該当者というわけではありません。ですが、僕の調べてみた限り……ロザリー様と同条件のご令嬢はみな、ヴァテュエ伯より地位の高い家の方でした』

善良伯。誠実で無欲で、権力には遠い家。

——それが、仇になったのかもしれないという。

魔力素や瘴気の観測、番人の選出含め魔法全般について管理する魔法管理院は、あまり表には出ないが、政治を支える貴族院と同等の権力機関だとされている。

そもそも魔法を扱う才能が貴族に現れることが多いため、日頃はその教育や研究機関という色合いが強い。

しかし否応なしに貴族との関わりを持つ機関に、陰謀や政争が持ち込まれないとは言えない。

純粋に魔法の研究だけを行っていられるのは、ウィステリアも出入りできたようなこの末端の小さな研究所だけだった。

『……あがっていた報告書を、僕たちのほうでも読みました。瘴気の濃度について再検証もしましたが、数値は正確で……番人を今送り出すことへの反証にはなりえません——』

それらの状況すべてが、一つのことだけを意味していた。

——ロザリーは選ばれ、それが逃れられない現実であるということだった。

（……どうしてなの）

どうして今なのだ。どうしてロザリーなのだ。

雨に打たれるよりももっと冷たく、凍えるような寒さが体の芯から侵食してくる。

『ウィステリア様のお気持ちはお察しいたします。しかしどうか、気を確かに――』

ベンジャミンたちは、同情と共感の目を向けてきた。

義理の妹が犠牲に選ばれたと知り、動揺して深く悲しんでいる姉。情の深い姉。そんなふうに見られているのだろう。

――それが、ウィステリアを静かに打ちのめした。

（そんなものでは、ない）

ウィステリアはうつむいたまま、震える唇を噛む。

ロザリーが番人に選ばれたと聞いたとき、抗いようも無く胸にわいたのは、絶望だけではなかった。決して人に言えない感情。

醜く暗いざわめき。

――否定しようのない期待。安堵。

これでブライトからロザリーを引き離せるという、おぞましい喜びだった。

ウィステリアは両手で顔を覆った。

（愚か者……!!）

自分の冷酷さが信じられなかった。

運命が、自分の醜さを嘲笑《あざわら》うためにこんな状況を起こしたのかとさえ思えた。

——身の程知らずな望みを抱いたから。妹に浅ましい感情を抱いたから。

養親を尊敬し愛しているのに、その実の娘であるロザリーを本当の妹のように愛しているのに——

——自分は本心から、そう思っていたのだろうか。すべてが信じられなくなる。

窓をたたく雨の音だけが、葬送曲のような陰鬱さで響いていた。

収穫がないまま、雨の中を馬車に揺られてウィステリアは邸に戻った。

玄関に立っても、邸の中全体が喪に服しているかのように沈黙の中に沈んでいた。——見つかることを怖れるように息を潜めているのだと、ウィステリアは思った。

事情を知らぬ使用人たちでさえ、親しい誰かが亡くなったのだと思い込んで、必要以上に音を立てず姿を見せまいとしている。

「ウィステリア？　帰ったの？」

震えるような声が聞こえ、ウィステリアははっと顔を上げた。

階段の上、二階の廊下に養母が立っていた。常に温かな笑顔を浮かべていた丸みのある顔は、今はずいぶんやつれて影が濃くなってしまっている。

養母はすぐに階段を降り、待ちきれないというようにウィステリアにすがった。

「それで、何かわかったことは？　こんな……こんなおそろしいことは、何かの、間違いなのよね？」

そう言ってちょうだい、と懇願するように続けられ、ウィステリアは震える唇を引き結んだ。胸が押しつぶされる。こんな夫人は見ていられなかった。

「……申し訳ありません」

ウィステリアはただ、謝罪の言葉を口にする。――ここまで育ててくれた養親は、《未明の地》の研究をしたいと言い出したときすら、周囲の奇異の目や噂も気にせず許してくれた。なのに、こんなときに役に立てない。

「そんな……、そんな！」

優しい顔がくしゃくしゃに歪み、涙が溢れる。

「お義母《かあ》さま……」

ウィステリアは震える声で呼び、ためらいがちに手を伸ばした。

そっと、養母の腕に触れる。

そうしていると再び、帰ったのかと別の声がかけられた。今度はヴァテュエ伯本人――養父だった。

温厚で品の良い伯爵の顔もまた、憔悴の色が濃い。

夫人は嗚咽《おえつ》を堪えながら、くぐもった声でこぼした。

「お願い……お願いよ、ウィステリア。私たちには、あの、番人とかいうもののことはよくわからない。あの子を救うために手を尽くしてほしいの。私たちもできることはなんでもするわ！」

「……もちろんです、お義母さま」

「《未明の地》とか、瘴気とかいうものがなんだというの。そんな――そんな馬鹿げた子供だましがロザリーに何の関係があるの！」

夫人の声は怒りと怯えが複雑に入り交じって震えていた。

階段の上から見下ろしていた養父が、続けて言葉を投げかけた。

「ウィステリア。その、《未明の地》とか言ったかね。私のほうでも調べてみたが、とても正気とは思えぬ資料や情報ばかりで……」

温厚な養父は眉をひそめて言い、階下の妻に慮《おもんぱか》るような視線を投げ、先を濁した。

ウィステリアにはその意味がわかった。

――地獄。冥界。悪夢、あるいは終末の世界。

調べる中で、ヴァテュエ伯爵はそういった説明に多く接したのだろう。そしてそれを今ここで妻に聞かせまいとしたに違いなかった。

――貴族の中でも魔法を使える人間はそう多くない。

そしてヴァテュエ伯夫妻は魔法を使えない。そういった側の人間からすれば、魔力素も瘴気も自分の世界に関わりのないことで、そういうものが存在していると実感することさえ難しい。

実際、《未明の地》については、わかっていないことのほうが多いのだ。わかっているのは、猛毒の瘴気に満ちていること、そのために空は常に暗く、夜明けを知らず、まともな生物の代わりにおそろしい魔物が跋扈していることくらいだ。それだけ羅列すれば、悪夢や冥界といった表現も決して的外れなものではない。

軽率な否定も安易な慰めも口にできないまま、ウィステリアは唇を噛んだ。

ヴァテュエ伯は、夫人を視界に入れながらウィステリアに語りかけた。

「……そこが危険であるというのは、瘴気というもののせいであると聞いたが」

「はい、お義父《とう》さま」

「瘴気というものは……以前、お前が事故に遭ったときに発生したものと同じかね？」

そう問われたとたん、ウィステリアはなぜか言葉に詰まった。

――あの不幸な夜会。魔力の衝突で引き起こされた変異。

伯爵の言葉はただ純粋に確認、疑問のためのもので他意はない。わかっているのに心が騒いだ。

うなだれていた夫人が、ふいに弾かれたように顔を上げた。

泣き濡れた目が大きく見開かれ、ウィステリアを凝視する。

「あの時の……？　お医者様は、あなたが無事なのは奇跡と……それから」

見開かれた目に火花のような光が宿った。

夫人が強く、ウィステリアの腕をつかむ。肌に食い込むようにしがみつく。

「あなた、耐性があると言ったわね？　そういうことなのね？　そのおそろしい瘴気というものに対して！」

――それなら。

悲鳴。あるいは懇願のような叫びが、ウィステリアを横殴りにした。

紫色の目を見開いたとき、養母は言った。

「ロザリーの、代わりに――」

その言葉がウィステリアの胸を穿った。伯爵の鋭い声が遮る。

「やめなさい！　愚かなことを言うな！」

「あなた……！　でも、でも……っ！」

足音荒く伯爵が降りてきて、ウィステリアにすがりつく夫人を引き剥がして抱きかかえる。

かろうじて自力で立っていた夫人は泣き崩れ、夫の胸にすがった。

「このままではあの子が……!!」

伯爵は苦痛を堪えるように顔を歪め、強く夫人を抱きしめた。

「しっかりするんだ。……ウィステリア、悪かった。今の言葉は忘れなさい」

はい、とウィステリアは息を震わせて返事をするのが精一杯だった。

「ごめんなさい……、ごめんなさいウィステリア……！」

夫に抱かれたまま、夫人も泣きながらそうこぼす。

ウィステリアはただ、頭を振った。そうすることしかできなかった。

激しい嵐にあったように、目眩がして頭の中が揺れている。心臓に刃物が刺さったような、鋭い痛みにどくどくと鼓動が乱れている。

ロザリーの代わりに。

懇願の叫びが、耳の奥で何度も反響した。

――瘴気への耐性。

確かに、自分にはそれがある。だがそれをもってしても死は免れ得ない。

番人は、行って還らぬ者のことだ。還って来られない者のことだ。

急に足元が不安定になり、崩れていくような錯覚があった。

大きな音をたてて扉が開かれたのはその時だった。

「ラファティ卿!!」

外の雨の音と共に、銀の輝きが飛び込んでくる。

ウィステリアは紫の目を見張った。

頭や肩や足を濡らし、息を荒らげたブライトが立っている。

金の瞳が、燃える火のように光っていた。

当主夫妻もまた突然の訪問者に驚きを露にする。

「無礼をお許しください。魔法管理院のほうから、馬鹿げた通達があったと聞いて——ロザリーは今どこに!?」

いつも気さくでにこやかだった青年の切迫した様子に、夫人が嗚咽まじりの声をあげた。

「二階の自室に……、閣下。どうか、どうかあの子を助けてください……!」

一度もルイニング公爵家の権力を頼ろうとしなかった夫人が、はじめてそう懇願した。夫人を抱く当主も、今ばかりはたしなめるのではなく、お願いします、と苦悩の顔で告げた。

「——必ず。ルイニングの名誉にかけてでも」

ブライトは怒りに燃える目で一度だけ強くうなずき、階段を駆け上っていった。

ウィステリアはただ、そのすべてを傍観していた。金の目は一度もこちらを見なかった。

夫人は嗚咽が止まらず、夫に抱かれなければ立っていられないという様子だった。だが夫のほうもまた、妻をそうして抱えていることで自分を支えているように見えた。

ウィステリアはふらりと足を踏み出した。

（ロザリー……）

——ああ、そうだ。ロザリーはいま何をしているのだろう。いま一番苦しいのはロザリーのはずなのに。

帰って、まだ一度も顔を見ていない。二階の部屋に、一人でいるのだろうか。

それを、ブライトが追って。

ウィステリアの瞼の裏に、火のように輝く金の目と銀の輝きがよぎる。

まるでその光に吸い寄せられる虫のように、足が勝手に動く。

階段を登って二階へ。廊下。よく知っているロザリーの部屋へ向かう。

かすかに開いた扉から、廊下に一筋の明かりが漏れている。

悲鳴のような声が聞こえてきたのは、そのときだった。

ウィステリアは無意識に小走りになり、扉に手をかけて止まった。二人の言い争う声が聞こえたからだった。わずかな隙間から、二人の姿が見える。

「か、帰ってよ！　何よ……何よ、私を嘲笑いにでもきたの!?　かわいそうだって!!」

「違う！　落ち着くんだ、ロザリー」

「やめて！　私は大丈夫なんだから！　あなたに慰められるほど――っ」

癇癪《かんしゃく》を起こしたようなロザリーの声が、ふいにくぐもった。

赤い髪の少女が、男の広い背に覆われる。

ウィステリアは目を見開いたまま凍りついた。

男の腕の中で、ロザリーはむずがる子供のように抗う。

「は、離して！　離してよ！　私はだいじょ――」

顔を歪めて激しく頭を振り、叫ぶ。

機嫌を損ねた幼子のようにたどたどしく悪態をつきつづける。

だがやがて抵抗が緩やかに止み、その声が震え、すすり泣きに変わった。

「……怖い。怖いの。死にたくない……」

赤毛の小さな頭が、ブライトの胸に埋もれる。

男の広い背がかすかに身じろぎし、抱きしめる腕に更に力がこもったように見えた。

「死なせない。決して、君を死なせはしない」

低く抑えた、それでも強い意思が滲む声。

かつてウィステリアが一度も聞いたことのない、激情を帯びた声だった。

すすり泣く少女は、やがてすがるものを求めて両手を持ち上げる。震える手で大きな背を抱き返す。

青年は強く抱きしめ、答えた。

「――愛してるんだ、ロザリー」

低く、それでも熱情に溢れたささやきを少女に落とす。

ウィステリアの息が止まった。

目に映るすべてが一瞬意味をなくす。

手が音もなくドアノブから滑り落ち、足がよろめいた。

背にかすかな衝撃。壁にぶつかり、体が痙攣《けいれん》する。怯えたように踵を返し、暗い廊下を走った。

『はじめまして。君がウィステリア？　私は、ルイニングの――』

初めて会った日。何の曇りもなく笑う彼は、まるで太陽のようだった。

『君は、妹想いで本当に優しい人だね。君と話していると気持ちが穏やかになる』

何の含みもなくそう言われることが、震えるほど嬉しかった。――舞い上がって、顔が赤くなって、いつまでも忘れられないまま。

自分の部屋に飛び込み、扉を閉める。

扉を背にずるずると崩れ落ち、ウィステリアは呆然と暗闇を仰いだ。

どくどくと、心臓から血が噴き出ているようだった。

息が、できない。呼吸が乱れ、息をしなくてはいけないのに痛みがそれを妨げる。

耳の奥、あるいは頭のもっと奥の深いところで大きな音が鳴り響いている。

『ロザリー、少しはウィステリアを見習いなさい』

夫人は優しくたしなめ、愛情を隠さない微笑を浮かべていた。

『どうせ、私はお姉様みたいに淑やかじゃないもの！』

子供のように頬をふくらませるロザリーを、伯爵もまた穏やかに笑って見つめ――ウィステリアも確かに、義妹を可愛らしく思っていた。

――養親の恥とならぬよう、ヴァテュエ伯爵家の養子として恥ずかしくないように、振る舞ってきた。褒められたから、それが正しいと思った。

ブライトも、褒めてくれたから。他のどの令嬢より近い距離にいると思っていた。

だから、努力すればいつか彼も自分を選んでくれるのではないかと思い込んで。

『どうして比べるんだ？　君のその赤毛は優しい色で――とても綺麗だ』

『君は本当に、遠慮がなくて面白いな……！』

彼は一度だって、妹に向けるものをこちらに向けてくれたことはなかったのに。

『――愛してるんだ、ロザリー』

ひゅ、とウィステリアの喉が詰まり、激しい痛みに胸を押さえた。爆ぜるような鼓動は全身にまわり、喉を締め上げ、目の奥を突き刺す。

鼻の奥まで痛みを覚えたとき、喉が震えた。

――好きだったのに。

胸の中で叫んだ言葉は、声にはならない。

ずっと――ずっと。

ロザリーよりも、私のほうがあなたをずっと好きだったのに！

叫びのかわりに、嗚咽が漏れた。

暗い部屋で、ウィステリアは一人うずくまる。

緩く波打つ黒髪が床に広がり、その下から曇った涙声がこぼれ、くずおれた体が震え続ける。

その小さな姿を、遠い雨音と闇ばかりが包み隠した。

君のために、できることは

ルイニング公爵家の現当主が、その嫡子と激しい口論をしていたという噂が、一部の間に流れた。

当主夫妻が嫡子ブライトを溺愛し、親子仲も極めて良好であることは周知の事実で、親子の口論の噂は少しの間、様々な憶測を呼んだ。

やがてブライトが単身で他家に面談を申し込むようになった。面談相手はルイニングと近しい家格の人間であったことから、飛び交う憶測は更に悪化した。

財産や爵位継承に関してなんらかの不満があったのか、あるいは異性関係のもつれか。あの金眼の貴公子も存外品のないところがあったらしい——噂する者たちの間では、そんな悪意ある笑いさえ交わされた。

だがウィステリアは真実を知っていた。ラファティ夫妻もロザリーもそうだった。

ブライトはただ自らに誓った通り、ロザリーを救うために奔走しているだけだ。たとえそれが自らの名誉や両親との関係を脅かし、取り返しのつかぬことになるとしても。

しかし、番人の選定に関しては選ばれた本人の周りと魔法管理院に関わる高位の貴族しか知り得ず、他言無用と厳命されているのはブライトも同じであるはずだった。おそらく本題をまともに口にできぬまま、魔法管理院の下した選定を覆そうと助力を乞うているか、別の方法をとろうとしているのだろう。

だがそれが極めて難しいことは、ウィステリアにもわかった。

ヴァテュエ伯爵夫妻やロザリー自身でさえそうであったように、魔法を使わない多くの人間は、番人はおろか《未明の地》のことすらよく知らない。番人が選ばれるのは不定期であり、短い間隔ではないことも余計に拍車をかけている。

ただ秘めやかに、突然に番人は選ばれる。選ばれた人間は逃れられず、ひそかに闇へと消えていく。本人や周囲の人間は時に抵抗し、悲しんだだろう。だが、それだけだ。番人は選ばれ、その役目を果たしてきた。そして一人の犠牲によって魔法も平穏も維持され続けて、現在に至っている。

だから実感などわかない。そのぶんだけ、相手の共感や理解を得ることは難しい。

かつてウィステリア自身がそうであったように。

まして次期ルイニング公爵とはいえ、ブライト自身にはまだそれほどの力も地位もない。父であるルイニング公爵ならあるいは力ずくで介入できるかもしれないが、流れている噂や、ブライト自身が奔走しているという状況が答えであるような気がした。

——ウィステリアはそう思い至ってしまう自分がひどく冷酷で、おそろしい人間に思えた。暗澹《あんたん》たる気持ちと同時に、協力してくれない現ルイニング公をも恨むような気持ちになった。そしてすぐ、自分を強く恥じる気持ちに変わった。

自分の無力や卑怯を、他人のせいにしようとしているだけだ。

延々と、暗く出口のない日々をさまよっている。

ブライトの気持ちを知ったあの夜から、乾くほどに泣いて泣いて、泣き疲れてようやく眠って青白い顔で目覚めた。それでようやくわずかに正気を取り戻し、起きている間は研究所と邸を往復するということを繰り返した。

自分への憐憫《れんびん》なのか、妹に降りかかった悲劇に対する涙なのかはもうわからない。

ラファティ夫妻はロザリーの側から離れようとせず、ウィステリアの顔色がよくないことも、邸の中では閉じこもるように過ごしていることも、自分たちと同じ悲嘆にくれているからだと解釈したようだった。ウィステリアはそんな彼らから目を背けた。愚かな恋のために泣いている場合ではないと必死に言い聞かせなくては自分を保てなかった。

ロザリーもまた強がってはいるものの、いつもの勝ち気さの半分もなかった。宣告を受けて以後、家の外に魔法管理院のほうから派遣された監視員がつけられて常に見張られ、気が休まる暇がない。だから今ウィステリアがこうしていつもの研究所にいるのは、それらのすべてから逃げるためでもあるのかもしれなかった。自分にも監視員はつけられていて、研究所の外から見張られている。

薄暗い紫の目で、ウィステリアはぼんやりと机の上に並んだ管を見ていた。

透明な管の中で、瘴気は水中の塵のようにゆっくりと舞う。

混沌とした黒の濁りは、自分の頭の中に似ている。——ここ何週間に起こったすべては悪い夢なのではないか。そう思いたかった。

耳の奥で、忘れられない声がまた響く。

『ロザリーの、代わりに——』

怯え、すがるような目。娘を救いたい一心の、母親の目。

そこにはどんな悪意もなかった。ゆえに、ウィステリアは決定的に思い知らされた。

養親にとって一番大切なものは何であるのか。

ロザリーと変わらぬ待遇で育てられて、実子同然に扱ってもらった。夫妻はウィステリアを見習いなさいと口癖のように言い、よくできた娘だと褒めてくれた。

けれどそれは、ロザリーに向けられるかけがえのないものとは、決して同じではなかったのだ。

(……当たり前じゃない)

ウィステリアは力なく自嘲した。どんなに慈悲をかけられようと、自分は所詮、養子なのだ。引き取ってもらった身に過ぎず、ラファティ家の実の娘であるロザリーとは比べるまでもない。

養親に感謝こそすれ、恨みなど抱くべきではない。非難する資格などない。ここまで育ててもらい、研究に参加することやいまだ未婚でいることの我がままを聞いてもらったのだ。恵まれていることに変わりなく、途方もない恩がある。

——だが、本当にそう思っているのなら。

自分から、ロザリーの身代わりを申し出るべきだったのではないか。

その考えに至ったとたん、ウィステリアの体は震えた。どくどくと胸の中で不快な音がしはじめる。

『ウィステリア様の言う通り、ロザリー様以外にも条件に適合する番人候補はいるようです』

ベンジャミンの報告が耳奥に谺する。

自分でも調べた。――ロザリーがいなくなればと浅ましく愚かな考えを抱いたことへの償いのように。

そして思い知った。

(私も、ロザリーの身代わりになれる)

同じ条件で番人候補となれる娘は何人かいた。ウィステリア自身もまた、そのうちの一人だとわかった。

違うのはウィステリアに瘴気への耐性があることだったが、それは番人としての資質に影響を及ぼさない。

そうわかったのに、養親にもロザリーにもそのことを言わなかった。

――告白できぬ罪を抱えた者のように、震えながら自分の胸の中に抱え込んだ。

恐怖。臆病。卑怯。己が身を惜しんだからともっともらしい理由をつけることはできる。

しかし心の底にあるのは、もっと愚かで醜い理由だった。

太陽のような瞳。白銀の髪の、ルイニングの生ける宝石。

ウィステリアは震える自分を抱き、体を折って机に額を触れさせた。

『――愛してるんだ、ロザリー』

あの日から、何度も何度もその声が蘇る。ロザリーだけに向けられた言葉。知らない声。眼指し。見たことのないブライト。

繰り返し思い出すたび柔らかな場所を抉られ、とめどなく血が流れ続けている。

（……何が、いけなかったの）

自分は何を間違えたのか。何が足りなかったのか。研究など間に合わなかった――とうに手遅れだった。ロザリーのように軽口を叩くことも、魔法について踏み込むこともできなかった。傷つけること、嫌われることがおそろしかった。

――ロザリーは、そんなことを気にしてすらいなかったはずだ。

なぜブライトはロザリーを選んだのか。ロザリーはブライトを望むことさえしていない。

答えは出ない。

目の奥に熱を感じた瞬間、また勝手に溢れてくるものがあった。

ウィステリアは顔を上げ、手で乱暴にそれを拭うと、何度も震える息を噛み殺し、強く唇を引き結んだ。

（……ロザリーを、番人候補から外す）

そのためだけに動くと決めた。自分の気持ちの整理は後だ。ロザリーを助けなければ何もかも取り返しのつかないことになる――それはほとんど確信だった。

あの雨の夜以来、ルイニングの貴公子はしばらくラファティ家を訪れなかった。ただ彼が奔走しているとわかる噂だけが届き、時間は冷酷なほど早く過ぎていった。

ラファティ夫妻はどちらも憔悴しきり、その娘であるロザリーは日頃の勝ち気さを完全に失っていた。

だがその日、夫妻とロザリーは、ある侯爵家に招かれて久しぶりに外出した。この状況で出かけるとなれば、ただの社交のためではなく、番人の選出に関するなんらかの交渉もかねているだろうことは、深く考えなくとも察せられた。

ウィステリアは一人、留守を預かる形になった。ちょうど自分宛に前触れがあったときで、一人で相手を迎えることにしたのだった。

『例の件について、二人だけで話したいことがある』

ルイニング公爵家の使用人が、他ならぬブライトの意思をそう伝えてきた。

その伝言を受け取ったとき、ウィステリアは惨めなほどうろたえた。

(何を、今更)

そんな恨みがましい気持ちさえ覚えた。――だがそれは身勝手すぎる感情だとわかっていた。

自分がただ勝手にブライトを望み、期待し、その望みを告げる前に砕けたという、それだけのことだった。

ブライトからすればまったく一方的で身に覚えのない形でしかない。

――だとすれば、彼は何を話そうとしているのか。

ウィステリアは自分の感情に蓋《ふた》をして、ブライトの訪れを待った。

そうして、光を失ったブライトと見《まみ》えたとき、自分のあまりにも愚かな思い込みを突きつけられた。

「ロザリーの代わりに――《未明の地》に、行ってくれ」

冷然と、だが強固な意志を帯びてブライトがそう告げたとき、ウィステリアに残された道はもはや一つしかなかった。

（……これは、罰なの？）

浅ましくも、ブライトを伴侶にと望んでしまったから。

ロザリーに対してあまりに醜悪な感情を抱いたから。

養親に恩知らずな真似をしたから。

愛すべき妹と、申し分のないその相手を祝福できないどころか――《未明の地》の番人に選ばれて引き裂かれるだろうことに、おぞましい喜びを覚えたから。

「すまない」

ブライトは一言返しただけだった。白くなるほど握られた大きな手が、やがて皮膚を突き破りそうなほどに力をこめられるのをウィステリアは見た。

「……魔法管理院の奴らは、言った。選定結果を覆すのは、甚だしく秩序を乱す許されざる行為だと。だが番人候補として条件が一致し……その候補が、自、ら、交、代、を、申、し、出、る、な、ら、検討するとも言った」

うめくような声で、ブライトは吐き捨てた。

ウィステリアは愕然《がくぜん》とする。視界が更に暗くなったような気がした。

ただでさえ、番人の候補は少ない。ロザリーのように若い未婚の女性、それもある程度地位のある貴族の令嬢であること。本人に魔法が使えず、可能であれば魔法を顕現させたことのある家系の人間であること。

そこへ更に、番人として自ら名乗り出るという条件。この条件だけでも、どれほど圧力をかけても難しい。

実質、ブライトの言葉を拒絶するつもりで魔法管理院はそう条件を出したに違いなかった。

「他の、候補となり得る家にはすべて交渉に行った。ルイニングに恩のある家。後ろめたいことのある家。交渉などというものじゃない。私は、薄汚い恫喝《どうかつ》まがいのことをした」

ウィステリアの喉は小さく震えた。返す言葉はなく、ただ蒼白になった顔で、別人のように温度をなくした青年を見つめた。

――悪意のある噂や憶測よりももっと卑怯なことをしていたと彼は無言で告げている。ブライトがそうするなど信じられなかった。だが嘘だとも思えなかった。

そして、それでも代わりとなる人間を得られなかったのだ。

あるいは現ルイニング公が圧力をかければ違ったかもしれない。だがブライトの姿を見れば、一人で奔走し続けるしかなかったことを、心で理解できた。

暗く重い、水底のような沈黙が場を支配した。声は聞こえず、息さえ苦しい。

深く冷たいところへ沈んでいくような感覚の中、ウィステリアはそれでも見た。

ブライトは、どんな非難も憎悪も受け入れる――覚悟を決めた者の顔をしていた。

ロザリーを救うために奔走したからこそ、ブライトは他に手段がないと確信した。

——奔走したからこそ、ウィステリアという身代わりの可能性に気づいたのだ。

残るすべての可能性を失い、最後に残ったただ一つの可能性に。

ゆえに、ロザリーのために、それ以外のすべてを犠牲にすると覚悟したのだ。

愛した男の冷酷な強さを自分に向けられることで知り、ウィステリアは千々に引き裂かれた。

（こんな……）

息もできないほど喉を締め付けられ、目の奥は刺されたように痛んだ。か細く震える息を殺して唇を噛む。

押し潰されるような沈黙。

こみあげてくるものを、血が噴き出すような痛みを、何度も息を止めてやり過ごした。

砕かれたばかりの恋心の残骸がまた胸の中で暴れ、柔らかい場所をずたずたに傷つけていく。

泣きたくなどなかった。泣きわめいてしまえば、本当に惨めになる。

（私は……）

沈黙したままの男を見つめながら、ウィステリアは凍った自分が内側から砕けていくような錯覚に襲われた。頭の芯まで凍っているのに――考えたくないのに、思考は勝手に先走る。

たとえこのまま、ブライトの言葉を拒絶したとしてどうなる。

ロザリーが死地に向かい、ブライトや親と引き裂かれたとして、何が残るというのだろう。

残るのは、愛する人を失って絶望する男と、血の繋がった愛娘を奪われて絶望する善良な両親。

――そして、ロザリーの代わりに死地に赴くことを拒んだ、冷血な姉。恩ある善良な伯爵家を裏切った恥知らずな養子《ウィステリア》だけだ。

ブライトはもう二度と自分に振り向いてはくれないだろう。

養親の温かな笑顔も優しさも、二度と与えられはしないだろう。

世界のすべてが色をなくすような感覚と共に、ウィステリアはそれを悟った。

――ブライトがロザリーを選んだ時点で、そのロザリーが生贄に選ばれた時点で、こうなることは決まっていたように思えた。

妹を真に愛しているのなら。

自分を温かく迎え入れてくれた養親に真に感謝し、報いたいと願うならば。

答えなど、一つしかない。

たとえこのためではなかったとしても、自分には他と違う体質があるのだから。

きっと妹よりは、少しだけ長く瘴気に耐えられる――。

ウィステリアは震える息を吸い、銀の宝冠を戴いたような男の頭から目を背けた。

「……わかり、ました」

ブライトが、かすかに息を呑む気配がする。

「ご夫妻や魔法管理院のほうへは、私から話をします。あなたは……ロザリーを保護しておいてください」

「ウィス……」

ブライトは、苦く血を吐くような声をもらした。彼のそんな声を、ウィステリアははじめて聞いた。

『君は、本当に優しい人だね――』

記憶の中の、いかなる陰も知らなかった頃の少年の声と姿が、目の前の青年に重なって消えていく。

色も温度も失った世界で、ウィステリアは力なく笑った。

愚かな自分を今度こそ嗤った。

「――私から言うべきことでした。あなたに言わせてしまって、申し訳ありません」

ブライトは、深く切りつけられたようにその顔を歪めた。その唇は何かを言おうとして強く歯噛みし、うめくように「すまない」とだけ繰り返した。

ほんの数拍の間、世界が止まったような静寂が落ちる。

ウィステリアがふらつくように立ち上がったとき、うつむいた銀の頭から、低い声が聞こえた。

「何か、私にできることはあるか。君のために、できることは」

くぐもった言葉に、強い感情を押し殺した響きが滲んだ。

ウィステリアは惨めなほど自分の心が揺れるのを感じた。

――自分が犠牲になれば、この人の心に少しでも消えぬ傷痕を遺せるだろうか。罪悪感や後悔という形でも、彼の心のわずかでも占めることができるだろうか。

いっそ憎ませてくれたら楽なのに、彼が今あるだけの誠実さを差し出していると、自己嫌悪に苛まれているとわかってしまう。

おそらく今、その命を差し出せと言っても、ブライトは本当にそうするだろう。

何も、と言おうとしてウィステリアは唇を薄く開いたまま止めた。

もう何もない。

――だってもう、あなたは私を見ない。

だがウィステリアの唇は心を裏切り、最後の望みを言葉にした。

「一度だけ……抱きしめて、くれますか」

男の広い肩がかすかに揺れ、驚いたように顔を上げた。

金の瞳が見開かれ、ウィステリアを見る。一瞬――ためらいとも、苦悩とももとれぬ色がよぎった。

それがウィステリアを更に打ちのめした。耐えきれずに目を背けた。

あまりに愚かなことを言った。ブライトの誠実さも、ロザリーへの想いも知っていて、それを踏みにじろうとする言葉だった。

衣擦《きぬず》れの音がして、ブライトが立ち上がる。

「ごめんなさい。もう――」

行きます、とウィステリアはたじろぐように一歩引き、部屋を出て行こうとした。

だができなかった。

腕を引かれ、とん、と体がぶつかる。淡い芳香が鼻腔をくすぐった。

温かなものに体を包まれる。大きな腕に、背を、腰を強く抱かれていた。わずかな隙間も耐えがたいというように。

大きな手が、まとめあげた黒髪の後ろを抱く。長い指が髪に潜る。

広い肩に押しつけられる。

少し荒々しささえ感じる腕には、確かに情熱があった。

「……っ」

ブライトの肩に額を押しつけながら、ウィステリアはくしゃりと顔を歪めた。喉が震え、ぎゅっと閉じた瞼から涙が溢れた。

夢にまで見た熱――焦がれた相手だった。


（あなたが、好きなのに）

――こんなにも、まだ。


繰り返し繰り返し、声をあげぬまま泣き叫んだ。積み重ねた時間が、心にしまい込んだ記憶がばらばらによぎっていく。

『君がウィステリア？　珍しい目の色だ、よく見せて――ああ、なんて綺麗なんだろう』

初めて会った日。快活な少年の、光輝くような笑顔を見た時、心が傾いていくことはわかっていた。

あの日よりずっと大きくなった体を抱き返そうと両手を上げかけて、止まる。

かった。

——この大きな背に触れていいのは、目眩がするほど甘く激しい腕に応えて良いのは自分ではなかった。

代わりに手を強く握って下ろした。声を漏らしそうになる吐息ごと、握りしめて殺した。

目を閉じて、全身でブライトの優しさを、惨《むご》さを、その体の温もりを受けた。

抱きしめてくる腕が静かに力をこめたように感じても。

(さよなら)

こみあげる嗚咽を何度も押し殺して、胸の内で告げる。

触れあった体からお互いの呼吸と鼓動の音しか聞こえない静かな世界で、別れの言葉を繰り返した。

そうして震えを無理矢理おさめた後、ウィステリアはわずかに顔を起こし、広い肩に額をつけた。

「……ありがとう」

くぐもった声でささやくと、男の腕がかすかに震えた。ウィステリアが身じろぐと、それが合図であったかのように抱擁の腕が緩んでいく。

顔は上げなかった。ウィステリアは離れがたい腕から身をもぎ離し、背を向けた。それ以上の言葉はなく、そのまま部屋を後にした。

振り返ることはなかった。

引き止める声も、聞こえはしなかった。

◆

暗い道を、ウィステリアは一歩一歩進む。月や太陽はおろか、草木の一本もない。方向も距離感もわからない。ただひたすら闇の満ちる道だった。この先にあるのは、まったくの別世界だ。

カチカチと小刻みな不快音は、自分の歯が鳴っているせいらしかった。

思考は鈍く、体の感覚が麻痺している。足を一歩前に出すだけでもひどく労力が要る。まるで後ろに強く引かれているかのように。

冥界。煉獄。魔物の棲む地。それが、ウィステリアが向かう終焉の地だった。あらゆる禍々しい表現を浴びせられるそこは、《未明の地》と呼ばれている。

付き人もなく、ウィステリアは震えながら歩く。着馴れた、動きやすい乗馬服。なのに全身が重く、吐く息は弱った老人のようなそれだった。

（……これでいい）

胸の中で、自分にそう言い聞かせた。

これで、あの大恩ある養親に報いることができる。その養親の大切なロザリー、自分にとっても愛すべき妹を助けられる。——こうするしかないのだ。

何度も何度も言い聞かせ、自分の体を前へ引きずる。

自分がいなくなったあと、元の世界でなんと言われるだろう——だが、どう思われようと、もはやどうでもいいことだ。

ウィステリアの喉は震え、視界が歪んだ。自分への哀れみのためか、他の何かに対してなのか、あるいはすべてに対してなのかわからなかった。

両手で抱える重みにすがる。

身を翻して逃げ戻らずに済んでいるのは、この重みが自分を繋ぎ止めてくれているからだった。

『哀れだな、女』

ふいにすぐ側から声が響いて、ウィステリアの体は大きく震えた。

よく通る、男の声。皮肉とも哀れみともつかぬ響き。老成しているようにも、傲慢な青年のようにも聞こえる。思わず見回しても、自分以外に人間はいない。

緩慢に、腕の中の剣に目を落とす。声はここから発せられたようだった。

意思持つ剣は、人間よりもよほど感情豊かに声を響かせた。

『哀れで、愚かで――なんと寂しいことか』

だから、と腕の中の剣は溜め息さえこぼして続けた。

『せめて、我が共に行ってやろう。真の主が見つかるそのときまで』

ウィステリアは震える息を吐く。予想もしなかった同行者に礼を述べるべきなのかもしれなかったが、声は出なかった。

暗闇の中を、進んでいく。そこに、優しい養親と妹と過ごした日々が、研究所での少し変わった充実した時間が――そして伴侶にと望んでいた青年の姿が何度もよぎっていく。

『ああ、月の女神が私のもとに降りてきてくれたようだ』

あの、舞い上がってしまいそうだった輝ける夜の記憶も。

次々と小さな泡のように浮かび上がっては、闇の中に消えていく。

（せめて、安らかに逝けますように）

そうしてウィステリアはまた一歩、死地へと近づいていった。

挿話　ルイニング公爵夫人

その日、ロザリー・ベティーナ＝ルイニングはふと気づいた。

姿見の中からこちらを見つめ返すのは、いつものように侍女に髪を梳《くしけず》られる自分だ。

（いやだ）

だがこれから化粧をするという素顔の中に、小さな皺がまた増えているのを見つけてしまった。

驚いて目を見張ると、目頭の小さな皺が余計に際立つようだった。思わず溜め息がこぼれる。

もう四十を迎えたのだから何も不思議なことではないし、これぐらいで、あの愛情深い夫が愛想を尽かすはずはない――頭ではそうわかっている。

（……いやね、まったく）

鏡の中の女が苦笑いする。三人の子供を生み、四十になってもまだ恋する乙女のような気持ちがあるらしい。いつまでも若く美しく、夫の変わらぬ愛を受けていたいというような。

恥ずかしいから、夫相手には決して言葉にすることはない。

どうなさいました奥様、と穏やかに声をかけてくる侍女に何でもないわと笑いかけ、ロザリーはルイニング公爵夫人として整えられていく自分を見守った。

涼やかさのある秋の快い昼下がり、王都のルイニング公爵邸の見事な庭では、当主夫妻とその子女たちだけのきわめて私的な時間がもうけられていた。

準備のために最初に庭に出て使用人たちに指示を出していたロザリーに、明るい声がかかった。

「おはようございます、お母様！」

「おはよう、パトリシア」

振り向いて愛娘の姿を見たロザリーは、温かな気持ちで微笑んだ。

今年で十七歳を迎えるパトリシアは三人の子供のうちの二番目で、娘というのもあってロザリーにもっともよく似ていた。

長く明るい赤毛に大きな目、表情がとても豊かで、溌剌として勝ち気なところも、母親そっくりだ。形の良い鼻や唇と、目の色が落ち着いた金色であることは父親の特徴を受け継いだようだった。

少しすると、今度はパトリシアよりずっと背が高く、しかし少年らしさが残る青年が現れる。

パトリシアが片眉を上げながら声をあげた。

「遅いわよ、ルイス！」

「ごめんごめん。でも遅刻はしてないよ？　おはようございます、母上、姉上」

青年は朗らかに笑い、ちょっとおどけた礼をして見せた。そんな仕草にも嫌みがなく、やけに優雅なのは父親に似たからだろうか——ロザリーはついそんなことを思い、笑った。

ルイスは三番目の末で、パトリシアの一つ下、十六歳になる。

パトリシアが母親によく似た一方で、ルイスは父親の特徴を濃く受け継いだ。短く整えられた銀色の髪に、落ちついた金色の目。高くすっきりとした鼻梁に、品の良い口元。

瞳は父親よりも穏やかな麦色に近い色をしており、目元がいっそう柔らかく見える。

親の欲目を抜きにしても、ルイスの美形は際立っているとロザリーは思う。春の陽射しの化身のようだ。まったく、ルイニングの〝生ける宝石〟の血はおそろしい。

三人でテーブルについて歓談していると、やがて主がやってきた。

パトリシアが勢いよく立ち上がる。

「お父様！　お帰りなさい！」

「ただいま、お姫様。おや、飛び込んでこないのかな？」

「も、もう子供じゃありません！」

パトリシアが頬を赤くし、眉をつりあげる。

ルイニング公爵は近寄って息子ルイスにも声をかけ、ゆっくりと立ち上がったロザリーと軽く抱擁した。頬に軽く唇を当て合う。

昔はこんな親密な仕草をするのも恥ずかしかった——ロザリーは懐かしく思い、笑った。

「お帰りなさい、ブライト」

ルイニング公爵ブライトは、輝くような笑顔を浮かべた。

ロザリーより年上の夫は、四十の後半に達している。だが〝生ける宝石〟やルイニングの太陽、金眼の貴公子と呼ばれた美貌は、ほとんど損なわれていないと言ってよかった。

末息子と同じような長さに整えられた銀髪は、色合いが落ち着いてむしろ気品を増している。太陽とも称される金眼はいまだ強く人を惹きつける輝きで、涼やかな目元にだけはよく見ると小さな皺を見つけられる。

だが、初対面で彼の実年齢を当てられるものはまずいない。せいぜい、三十代の後半ほどにしか見えないのだ。

乗馬や球技など屋外での運動を趣味としており、いまだ引き締まった体つきを保っているからというのもあるのだろう。

——実際、ブライトがこれほど若々しいから、自分も小さな皺一つ増えるのが気になってしまう。

ロザリーが無意識に見とれていると、ふいに悪戯めいた笑みが返った。そうすると更に若く見える。

「いま、惚れ直したな？」

「……ば、ばかなこと言わないでちょうだい。恥ずかしい人ね！」

ロザリーは思わず頬を赤くしながら、つんと顔を背けた。

娘と息子は、貴族の夫婦としては珍しいほど仲の良い二人を笑いながら見つめている。

ロザリーは気恥ずかしくなってごまかすように目をさまよわせ、はたと気づいた。

「ロイドは？　あなたと一緒ではなかったの、ブライト」

「いや、一人で来た。連絡はしたのか？」

ロザリーはうなずいた。

すると、ルイスが眉を下げた。

「兄上は来ないと思いますよ。最近また、何かに取り組んでおられるようで。それか……またどこかのご令嬢や騎士見習いに捕まっているとか」

「また？　それって私や家族より大事なことなの!?」

「……姉上、まるで兄上の妻のような言い方は誤解を招……」

「おだまり！」

もう、とパトリシアは眉をつりあげる。

ロザリーもまた、パトリシアほどではないが眉をひそめた。ロイドがこうした場に来ないのは、これがはじめてではない。

国王を支える貴族院の中枢としてブライトは多忙の身だ。にもかかわらずこうして時間を作ってもらい、家族で集まったのは、パトリシアのためだ。

間もなくパトリシアは嫁いでいく。そんな娘のために、そして他の家族のためにも、ささやかだが全員が揃う憩いの時間をもうけたかったのだ。

（あの子は……）

自分の息子でありながら、パトリシアやルイスとまったく異なる青年のことを思い、ロザリーの顔はにわかに曇った。

ロイドは、別格だった。次期ルイニング公となる嫡子だからというだけではない。ロイドの持つすべてがそうさせるのだ。

パトリシアやルイスと不仲ではないし、自分やブライトとも決して険悪な関係ではない。

ロイドなりに、弟妹と親しくしようとしているのも感じられる。ただ他二人と比べると、小鳥と鷹ほどに違うような気がしてしまう。

――あるいは鷹どころではない、もっと別の何かに。

ロザリーの隣で、ブライトがルイスに訊《たず》ねた。

「何かに取り組むというと？　また魔法絡みか？」

「うーん、詳しくは話してくださらなかったんですが、多分そうです。剣がどう等《など》と言ってたので、別のことかもしれませんが」

「剣？」

ブライトはかすかに眉をひそめて聞き返す。それから少し考え込むような仕草をする。

「もうっ。今からでもお兄さまを探しに行こうかしら！」

「許可してあげたいところだが、残念ながらお父様の時間が足りないんだ、パトリシア。なるべく早くに戻らないといけない」

「う……、わかりました。後でお兄さまが戻ってきたときに問い詰めてあげます！」

ぜひそうしてくれ、とブライトは笑った。

勝ち気なわりに、パトリシアは父親に弱い。小さい頃からお父様大好きな娘だった。

（そんなところまで私に似たのかしら）

ロザリーはついそんなことを思って、一人恥ずかしくなった。

長男を欠きながらも、世間が羨むほど仲の良い家族団欒《だんらん》の時間を過ごしたあと、パトリシアとルイスは自分の部屋に戻っていった。

後には公爵夫妻だけが残される。和やかな沈黙の後、ふいにブライトが切り出した。

「まだ確定ではないが、アイリーン王女殿下とロイドの婚約が成立しそうだ」

ロザリーは大きく目を見開き、声を失った。

「アイリーン王女殿下って……あの」

「あの〝白薔薇〟の殿下だ」

ブライトは短く首肯する。

白薔薇という単語に、ロザリーの記憶は呼び起こされる。ブライトと共に、ルイニング公爵夫妻として王宮主催の園遊会に参加したときのことだ。

高貴で美しい王子王女たちのなかでも、際立って美しい王女が一人いた。

艶やかで楚々とした亜麻色の髪に、雪のように白い肌。長い睫毛の下に新緑色の輝ける大きな目を持ち、小さめだが形の良い鼻、桃のような頬に花弁を思わせる唇をしていた。名画にのみ存在していた美少女が、現実に抜け出てきたかのような造形だった。

その美貌は可憐と言えるものだったが、自信に満ちあふれた表情や誇り高い佇まいが大輪の花を思わせる。

それが通称〝白薔薇〟殿下こと、第三王女アイリーン・シェリル＝マーシアルだった。

十八歳を迎えた白薔薇はもっとも瑞々しく美しい時期を迎え、姿を現すだけで貴公子たちが悩ましげな溜め息をつくという。

一方でどんな美貌の貴公子にもなびかないという気高き白薔薇が――ロイドと。

「まだ不確定な部分も多いが、陛下も王女殿下ご自身も前向きに検討されているという。光栄なことだ」

「そう……そうね。あの子も、もう二十二になるし……」

驚きつつも、ロザリーはうなずき、自分に言い聞かせた。

親の贔屓目《ひいき》や家柄を抜きにしても、ロイドは相手にまったく困らない。結婚についてブライトとロザリーも強制するつもりはなく、本人が乗り気でないこともあって、妹に先を越される状況になってしまった。

しかし、第三王女ならロイドの相手としてまったく不足はなく、ロイドのほうにも王女の伴侶として不足はない。

ロイドが結婚――そう考えると、母としてのロザリーはにわかに幸せな気分になった。

「ふふ。王女殿下をお迎えできるならもちろん身に余る栄誉だけど、そうでなくともあの子が結婚して妻を得られるなら素晴らしいことだわ。当分、結婚できないのではと不安になっていたの」

「おいおい、ロイドはまだ二十二だ。そこまで焦る必要はないだろう」

「あら。そんなに余裕に構えすぎるといつの間にか行き遅れるわよ。そうやってあなたもふらふらしてたんじゃない」

ロザリーはからかいまじりに睨んで言った。

ブライトは笑い、それからふと表情を翳《かげ》らせた。明るい太陽に、急に雲がかかってしまったかのように。

「……そうか。もう、ロイドも二十二になるからな」

感傷的なつぶやきに、ロザリーははっと口をつぐんだ。

——それは、息子の成長を感慨深く思う良き父親の顔と捉えることもできる。

だが、そうではないとロザリーは直感するようになっていた。

二十二。それは初めての子供が生まれて成長した時間、ブライトとロザリーが結婚して経過した年月——そして、義姉がいなくなった月日をも意識させるのだ。

(……あの日から)

血の繋がらない、だが本当の姉のように思っていたあの人がいなくなってから。

ブライトの顔に、時折影が差すようになった。常に輝いていた〝生ける宝石〟は、微妙に異なる色合いを帯びるようになった。

ほとんどの人間は気づかないほどのかすかな変化だ。だがずっと側で見てきたロザリーにはわかる。

ときどき、金色の瞳がふっと沈むような暗さを孕み、かと思えばここにない何かを見るような、せつなさに似た目をするのだ。ちょうどこうして月日の経過を意識させられるようなときに。

二十年以上経った、いまでも。

(お姉様と、何かあったの?)

なかば天啓のように、ロザリーはそんな疑問を抱いた。ブライトがこんな目をするのは、姉が関わっているのではないかと。

だが実際に問うても、何もないという答えが返ってくるだけだった。

——親しかった友人の突然の死を悼んでいる。それだけでは片付けられないように思ってしまうのは、あまりに浅ましいかもしれない。

ブライトの自分に対する愛情が疑いようのないものだとはわかっている。結婚する前も、した後も、彼は一度たりとも不誠実なことをしていない。ブライトの性格もあるが、ルイニング公爵家は一途な者が多い家系なのだという。

姉がいなくなった前後のことを、ロザリーはあまりよく覚えていなかった。心が限界にきたとき、人は自分を守るために現実を忘れてしまうことがあると医師は言っていた。

ただ、姉は遠いところへ行ってしまった。そして、二度と還ってこなかった。

覚えているのは、ブライトが自分を救ってくれたということだけだ。

泣いて泣いて、自暴自棄になって――そんな自分を、ブライトの熱が、口づけが、抱擁が繋ぎ止めてくれた。

あんなに反発していたのが嘘のように、ロザリーは瞬く間にブライトと恋に落ちた。あれだけ反発していたのも、惹かれていた自分を認めたくなかったからだと後になって気づいた。彼のような人が自分を選んでくれるはずはないと思っていたのだ。

こうしていま夫婦でいられるのは、まさに奇跡だった。

「ロイドにも、愛する人と一緒になる幸せを知ってもらいたいわね」

ロザリーはぽつりと言った。半分は本心だったが、半分はブライトがいつものようにからかってくるのを期待して。

だが期待に反し、ブライトは穏やかに微笑して、ああ、と答えるだけだった。その微笑にはまだ、翳りの残滓があった。

（……幸せに、ならなくては）

ロザリーは改めて自分に言い聞かせる。

自分の幸せが両親の望みだった。そして両親は義理の姉の幸せをも望んでいた。

だから、ロザリーは姉の分も幸せにならなければならない。

若くして命を落とした、姉のウィステリア・イレーネ＝ラファティの分まで。

二章◆夜明けを知らぬ地

#《未明の地》の番人

『気づかぬか？』

ふいにそんな声をかけられ、ウィステリアは髪をくくる手をぴたりと止めた。

「何だ？」

声のほうへ振り向く。

いつ見てもいかめしく美々しい長剣が、不格好な手作りの台にたてかけられていた。

柄の中央には大きな翡翠色の宝石が埋め込まれ、柄全体から鍔《つば》までは黄金で、華やかな装飾の黒い鞘におさめられている。

鞘の中の長い白銀の刀身にも、小さな傷一つないらしいというのをウィステリアは何度も聞かされていた。

素朴な台にはあまりに不釣り合いな豪華な剣は、いつ見ても尊大にふんぞり返っているようだ。

「何が気づかないだって、サルト」

『思い出せ。お前もいよいよ耄碌《もうろく》したのなら知らんが』

まったく無遠慮な声は、他ならぬ剣から発せられていた。

聖剣《サルティス》——ウィステリアがサルトと呼んで久しい——遥か昔から存在するという意

思を持つ剣は、《未明の地》に来て以来、唯一の同居人だった。

何かあっただろうか、とウィステリアは思わず周囲を見回した。

だがさっと見た限り、いつもと変わらぬ光景に思えた。

木製の小さな寝台は窓辺にあり、やや歪な丸い窓枠の上には小さな植物の鉢が並んでいる。

壁には棚がもうけてあり、他ならぬウィステリア自身が記した記録板の束や、自分で編んだ籠などが並んでいる。

寝台の枕側の隣には、いま自分が腰掛けている椅子と、机がある。最低限の身支度のために机の上に載せた鏡も、おかしなものではない。

目を上げて天井も見た。そこは梁も柱もない、剥き出しの木肌で、奔放なうねりがあった。そのうねりの間に、照明代わりの発光石を埋め込み、小さな植物の鉢もつるしている。

壁も床も完全な平らではない。

改めて家の中を見回していたウィステリアは、はた、と違和感に気づいた。

先ほど見た天井に目を戻す。何かがかすかに違っている。

それで、気づいた。

つるした鉢の一つがいつの間にか、まばゆい白い花をつけていた。ずっと白い蕾だったのが、ひっそりと開いているのだ。

「開花したということは、二十三年目か」

『そうだ。おめでとう、イレーネ。これで四十三に到達だ。熟女の域さえ越えたな。寂しい独り身のまま立派に婆になったではないか。あの蕾さえ咲いたというのに、お前は――』

仰々しい見た目と力のある声に反し、聖剣は悪童じみた言葉で皮肉たっぷりに笑う。イレーネ、と二番目の名前で呼ぶのも、今やこの聖剣だけだった。

ウィステリアは黙って立ち上がると、つかつかと剣に近寄る。そしておもむろに柄を握った。

『な、何をす――おいやめろ馬鹿者!!』

「二十三年も私に付き合って、よくもまあ口が減らないな」

『離せ……馬鹿者、離すな!!』

「どちらだ。お望み通り離してやろうというのに」

『落ちる!! ええい逆さにするな落とすな!! 振るのもやめろ!!』

剣を逆さにして鞘の下端を持ち、その手から力を抜きかけていたウィステリアは、聖剣の焦ったような声にようやく溜飲が下がった。ひょいと柄に持ち替え、剣を台に戻そうとする。

が、寸前で思い止まり、おもむろに半分ほど鞘を滑らせた。

『!? や、やめろ何をするこの痴女めがッ!!』

「ああ、錆びてはいないな」

『こ、この――言うにことかいてそのような、しかもそんな路傍の石を見るような目で我が裸身を……っ!』

声を震わせる剣を無視して鞘に戻した。台にたてかけ、ふと振り向いて机の上の小さな鏡を見る。

そこには、二十年近く変わらない自分の顔があった。

鏡面から見つめ返してくる、見慣れた紫の目。ひとくくりにした緩く波打つ黒髪。濃い睫毛も、真っ直ぐな鼻も、化粧気がなく青白い頬も、紅さえ引いていない薄い唇もすべて

《未明の地》に来たときとほとんど変わっていない。

変わったといえば化粧をしなくなったことと、衣装くらいだ。令嬢らしいドレスは、ここには一切ない。

動きやすさと身の保護を重視した乗馬服に似た衣装は、襟まで覆う長袖の衣の上に水色の上着を重ね、裾は長く前と後ろが膝上まであった。

異界の糸で織られているからか、光の当たり方によって生地の色合いが微妙に変化する。中に着ている衣のボタンは光る石で、遠目から見ると宝石に見えないこともない。

脚衣もぴったりと足に沿うもので、その上に長靴を履いている。

装いや身のこなしが一変したとは言え、ラファティ家で過ごした最後の日々より少し年を重ねた顔になっているだろうか。それでも、二十半ばというのが精々だろう。

向こうの世界にいたときのように年齢を数えるとするなら、確かに今年で四十三歳になる。だが目元にも口元にも小さな皺やしみ一つなく、一本の白髪もない。

体にも衰えを感じたことはない。

それでも、死を覚悟でこの地に来た、かつての伯爵令嬢ウィステリア・イレーネ＝ラファティはもういない。

代わりに、《番人》ウィステリア・イレーネになったと考えるべきなのだろう。

二十三年、というその年月が、日頃は気にもしていなかったことをウィステリアの意識にのぼらせた。だが頭を振ってそれ以上の感傷を拒んだ。

（《大竜樹》の様子を見に行ってみるか）

思考を切り替え、部屋を出て行こうとする。

『どこへ行くイレーネ』

聖剣サルティスが不満げな声をあげた。

「大竜樹の様子を見に」

『連れて行け』

ウィステリアは片眉を上げた。

「人にものを頼む態度がそれか？」

『いいから連れて行け。お前一人では心もとない』

「……私は四十三になった立派な大人らしいぞ」

『ね、根に持つな！　単なる戯れ言だろうが！』

いかめしい外見と声に反して地団駄踏むような口調に、ウィステリアは噴き出した。

（悪い影響を受けているな、私も）

話し相手がこの聖剣しかいないせいで、いつの間にか堅苦しい口調が移り、皮肉っぽい面まで似てしまったようだ。とは言えもはや令嬢ですらないのだから、気にする必要もない。

ウィステリアは両手で聖剣を抱えると、両足に軽く意識を向けた。魔法を発動させて床を蹴る。

とたん、ふわりと体が宙に浮き、上衣の裾が柔らかく舞った。

魔法に反応して天井が実体を失い、すり抜けて家を出る。

水面を漂う青い花のように緩やかに空を上り、なんとはなしに振り向いた。

（……こうしてみるとやはり大きい）

深い飴色をした、とほうもない巨木がそこにあった。地を泳ぐ大蛇のような根が地面で絡み合い、重厚で凹凸のある太い幹が空に向かって伸びている。無数に絡み合って不気味な天蓋をつくる枝の群れに葉も花もついていない。

ほとんど一国の城か、それ以上の大きさだ。

周りに障害物らしきものも一切なく、同じような植物はおろか、遠目に不毛な地が広がるだけだ。

巨木はただ孤独に、荒野にぽつんと立ち枯れている。

ウィステリアが《家》にしているのは、その規格外の巨木の洞の一つだった。

海中の生物のように暗い空を漂いながら、ウィステリアは外の世界を改めて見回した。

（慣れるものだ）

あれほどおそれていた《未明の地》――自分はそこにいて、二十年以上も生き延びるなど誰が予想できただろう。

「……二十三年か」

『お前もすっかり擦れたな。《道》を歩いてはじめてここへ向かったときは子供のように泣いて我にしがみついていたというのに』

「子どものようには泣いていなかったし、君が歩けないから渋々持ってやったんだ」

『ほざけ。我がいなければここに来る前に倒れていただろうが』

まあそれは確かに、とウィステリアは素直にうなずいた。

あのとき、《未明の地》と元いた世界を繋ぐ暗い《道》を、サルティスを両手で抱えながら歩き進んだ。その先には自分の死しか見えていなかった。

今、やはり同じように両手で聖剣《サルティス》を抱えながら、まったく違う世界で生きている。

《未明の地》という名称の由来となった暗い空には、確かに元の世界のような明るさはない。

だがまったくの暗闇というわけでもなく、場所や時間によって色と明度の変化があり、一日の区切りのようなものさえ存在している。

便宜上、ウィステリアは自分の活動範囲での明るい時間帯を《朝》《昼》、暗い時間帯を《夜》と捉えるようにしていた。

ちょうどこの時間帯は《朝》だ。元いた世界ほどではないにしろ、明るさを感じられ、空は元の世界の夜明けに似た色合いをしている。

地上に近いところは黄味の強い色で、高度が上がるにつれ紫、青と変化していた。紫や青の高度では、星に似たきらめきさえ散っている。濃い瘴気が何らかの反応を起こしているがゆえに見える現象だとしても――。

（……美しい）

おそろしい地に、美しいと思えるものがあるなどと予想もしていなかった。否、自分以外の人間の誰であってもそうだっただろう。

月や黄金の太陽がないことも、ウィステリアにとって必ずしも苦にならなかった。――かつて太陽と称された、あの金色の目を忘れるのにこれほど都合の良い空もない。

邂逅

剣を抱いたまま、ウィステリアは異界の空を飛び続けた。

目指す《大竜樹》は、すぐに見えてきた。

茫漠《ぼうばく》とした暗い荒野に、突如として天の柱のように立ち上るものがあったからだ。そしてその柱の立ち上っている地点だけ、大地の色が違った。黒、あるいは枯れた地平の中に、いきなり白い円のようなものが出現している。

更に近づいていくと、天を向く柱が濃紺と黒に揺らいでいるのが見てとれる。ウィステリアの肌に、かすかな痺れのようなものがあった。瘴気の揺らぎを強く感じ取る。

聳《そび》え立つ巨大な柱に近づき、ウィステリアはゆっくりとその根元に降下していった。

大地に足をつけたとたん、一瞬視界が白く染まった。大地を染めるほど辺り一面に密集していた白い円――蕾が、無数に舞い上がったのだ。巻き起こった微風が、束ねた黒髪を揺らす。

くらりとするような甘い香りがして、ウィステリアはしばし息を止めた。

『ずいぶん歓迎されているらしいぞ』

腕の中でサルティスが嗤う。

ウィステリアは辺り一面を覆う蕾を見た。一見すると、おそろしい地の植物とは思えぬ楚々とした白の蕾は豆のような形をしている。そして、ウィステリアの足元から色が変化しはじめていた。真っ白い蕾が、青みを帯びて星空のような色へ、かと思えば緑色になり、次には淡く赤みを帯び――角度によって鉱石のように色が変わる。

この蕾もまた大竜樹の一部で、瘴気に反応して変色するためだった。舞い降りた人間の体から発せられるものに反応して色を変える様は、どこかくるくると表情を変える幼子を思わせる。

ウィステリアは蕾の中心地である巨大な柱――その正体を見上げた。

目にしたのははじめてではないのに、しばし声を失った。

それは、奇妙な形の大樹だった。

途方もなく横幅があり、根元にあたる部分が更に異様な膨らみ方をしている。遠目に見れば、四肢を折ってうずくまった獣の形が浮かび上がるのだ。

巨大な無数の針を思わせる枝が、そのうずくまった獣の背から伸びていた。

樹皮と呼べるはずの表面は鉱石のような青みがかった光沢を放ち、同時に樹皮そのものといった瘤や皺をも持っている。

ふいに、地響きが起こった。大樹が小さく身震いしたのだ。

とたん、樹冠からざあっと宙に瘴気が放出され、柱となって天に立ち上る。

この奇妙な大樹が呼吸したのだと、ウィステリアにはわかっていた。

膨らんだ根元の上部にある、大きな横の亀裂――〝目〟は閉じられたままだ。

大竜樹は、少なくとも今は眠ったまま安定している。

(慣れるものだ)

ウィステリアは再び、胸の中でだけつぶやいた。今では、この地の動植物に勝手に名前を付けて呼ぶくらいにはなった。おそれるばかりであったあの頃とはもう違う。

《大竜樹》もそうだった。

神話の時代に存在した竜という生き物は火を噴いたというが、この大竜樹が吐くのは瘴気だ。

瘴気の濃度が変化するのは、この大竜樹の活動周期によるものだ。

ウィステリアが観測した範囲内では、大竜樹は一定の広大な距離をおいて、複数存在する。元の世界でたとえるなら、一国につき一個体というような間隔だろう。

腕の中で、聖剣が鼻で笑うような声を発した。

『お前は道を通る間もめそめそと泣いていたが、ここに着いたときの顔ときたら大した見物だった』

「当時私はまだ若かったし、正真正銘のご令嬢だったんだぞ。それなりに繊細さがあったし、恐怖しないほうがおかしい」

『昔はまあまあかわいげがあったな。今となっては見た目はともかくまったくかわいげのない図太い老嬢――おいやめろ振るな!!』

「君はいつになったら過ちから学ぶのか。ああ、剣だからできないのか?」

『お、大人げないことをするな……っ!!』

自分で挑発しておきながら焦る聖剣をもう少し脅したあと、ウィステリアはこの地に至るまでの光景を思い出していた。

魔法管理院の厳重なる監視のもと、異なる二つの世界の門があけられ——二つの世界を繋ぐ暗く長い道を通った。

果てない闇である道の先に、ウィステリアがたどりついたのはこの大竜樹だった。

（……あのとき、蕾はみな開いていた）

——あのとき、大地は一面、忙しなく色を変えながら輝く花でいっぱいだった。

今こそ安定しているが、この大竜樹の〝目〟が開いたときは、地響きのような音を短い間隔で何度も発する。そのたび、瘴気が吐き出され続けるのだ。

眠っていれば樹木のようだが、巨大な目が開いて身体を起こせば、地中に張っていた無数の根が飛び出して収束し——四肢を持つ獣のようになる。

ウィステリアが《番人》として送り込まれたとき、過剰に吐き出された瘴気は既に色濃く黒い霧のように周囲を侵蝕していた。足元に広がる蕾はみな開き、瘴気に反応して染まっていた。

青黒くなったかと思えば、黄色から鮮血のごとき赤へ、そして渇いた血のような茶色へと忙しなく明滅する。瘴気の濃度が上がりすぎていたのだ。

目を開き、過剰な呼吸によって瘴気をまき散らしていた樹木の獣に、剣を抱いたウィステリアはただただ凍りつくばかりだった。

地面の中に潜り込んでいた根が、開いた花を散らしながら一斉に地上に飛び出し――牙を剥いた竜の口のごとく、ウィステリアに迫った。

――死ぬ。

痺れた頭にその直感だけが鳴り響き、ウィステリアは呆然と立ち尽くしていた。

そして、確かに喰われた。

木の籠に閉じ込められた小鳥のように根に捕らわれ、それでも命を落とさなかったのは、サルティスのおかげだった。

怪物の根は、聖剣を抱いた娘を捕らえたはいいものの、淡く光る見えない壁に阻まれ、それ以上傷つけられなかったのだから。

そうしてどれくらい時間が経ったか――やがて、ウィステリアを閉じ込めていた根は乾いた音をたてて剥がれ落ちていった。

そして当時のサルティスは言った。

『眠らせてやれ』

ウィステリアはそれが何を意味するのかよく理解しないまま、ただ眠るという言葉に、怪物の〝目〟を見た。巨大な瞳孔は爬虫類のそれで、眼球に薄い膜が張っている。おそろしくおぞましいものだったが、逃げ場はどこにもなく、ふらりと一歩踏み出した。

元より死を覚悟してここへ来たせいか、感覚が麻痺していたのかもしれない。

大きな目に近づいてゆき、震える手を伸ばしてそっと触れ――幼子を寝かしつけるように、撫でた。

樹皮に触れたとたん、黒い煙状の瘴気が噴き出てウィステリアの肌を侵した。

普通の人間なら即死するであろう異常な濃度だったが、ウィステリアの体はぎりぎりで耐えた。

聖剣に守られ、意識は朦朧としたまま、ただひたすら手だけを動かす。そうして意識を失った。

やがてウィステリアは再び目を開けた。緩慢に顔を上げたとき、怪物のような樹木の〝目〟は閉じられ、うずくまったような姿があった。地響きを思わせる呼吸の間隔ははっきりと長くなっていた。

そうして辺り一面には、白い蕾が現れていた。

周囲に漂っていた黒い霧のような瘴気もまた、いつの間にか消えていた。

（……《番人》は、大竜樹を眠らせる者）

ウィステリアは、体でそれを理解した。サルティスの存在もあって、自分は異例にも本当に寝かしつけることができ、生き延びたらしかった。

だがそうできなかった場合――襲いかかってきた木の根によって、そのまま捕食されていただろう。本来、この世界にはない〝人間〟という異物を取り込むことで大竜樹の活動が狂う。

それによって、無理矢理に休眠状態に持っていくのが、おそらくこれまでの在り方だったのだ。

番人の条件とは、大竜樹がより消化しにくい個体であると考えればつじつまが合う。

（……反吐が出る）

知らず、ウィステリアは顔を歪めた。

大竜樹に、ではない。そうまでして瘴気の量を調節しなければならないことに対して――魔法を維持させようとするものに対しての思いだった。そこにはかつての何も知らなかった自分も含まれる。

眠り続ける大竜樹の周りで、白い蕾が揺れている。その光景は安らかな眠りの証だった。

長く緩やかに、ウィステリアが息を吐いたとき――。


ぐわん、と異様な音が空に鳴り響いた。


弾かれたように音の方向を見る。頭上。薄く緑がかった空に、黒い渦が突如として現れていた。

瘴気ではない。二十三年前に一度見たものだ。

『馬鹿な、《門》が――!!』

ウィステリアの手の中でサルティスが叫ぶ。

この《未明の地》と向こうの世界が繋がれたことを示す証。

底なしの渦に似た《門》の向こう、矢のように向かってくる光を、ウィステリアは見た。

光は暗い空を切り裂くように飛び出す。

地面が揺れるような衝撃と轟音をたて、光はこの世界に降りた。

《大竜樹》の白い蕾が雪のように舞い上がる。

細かな花吹雪の向こう、一際輝く銀色がなびいた。

《門》から現れたものは、ゆっくりと立ち上がる。

そして、その姿がウィステリアの意識を奪った。

――人間だ。

一目で、武の心得があるとわかる体だった。引き締まった長身を包む、金糸に彩られた裾の長い濃紺の上衣。黒い長靴。腰に佩《は》いた剣。

対の目。人間の両眼。凛々しい銀の眉。完璧な鼻梁。寸分の狂いなく整った唇。

――既視感に足元が揺れるほどの目眩が襲う。

「な――」

舞う蕾の色よりもなお白く、ウィステリアの頭は真っ白になる。

目の前に現れた人間だけが色づいている。それ以外のすべてが失われる――。

嘘だ、とかすれた声は誰のものだったのか。

首の後ろでなびく、束ねられた銀色の髪。燃えるような黄金の、輝ける双眸。

〝生ける宝石〟と謳われるほどの美貌。

――もう記憶の中にしかいないはずの。

「ブライト……？」

忘却したはずの名が、喉からこぼれ落ちる。

過去の幻影がそのまま具現化したような男は一瞬不快げにウィステリアを睨み返す。

だが突然、その姿が消えた。

残像の代わりに白い蕾が雪のように舞い――

『イレーネ!!』

聖剣《サルティス》の久しく聞いていなかった警告の叫びが、ウィステリアの意識を引き戻した。

考えるよりも先に、サルティスを鞘ごと振り上げていた。

重く鈍い金属音が耳をつんざく。衝撃。サルティスを持つ両腕に骨まで痺れがはしる。

抜き放たれた銀の刃を、真横に振り上げたサルティスでかろうじて堰《せ》き止めた。その向こう、ウィステリアはこちらを両断しようと迫る男の顔を見た。

黄金色の両眼は敵意に凍てつき、ウィステリアの紫色の目と交差する。

「魔女――ウィステリア・イレーネ。形だけはまだ残っているのか」

〝生ける宝石〟と酷似した青年は発する。磨き抜かれた刃のように、その言葉は冷たく硬質だった。

――だというのに、その声は記憶にあるものと同じだった。

「な、にを言って……」

――魔女。形。何を言っているのだ。

金眼の青年は答えず、なお押し切ろうと刃に力をこめて続けた。

「聖剣サルティスを渡せ」

次の瞬間、ウィステリアを両断しようとしていた力が消えた。

『動け馬鹿者!!』

サルティスの叫びと、金眼の男が横薙《な》ぎに胴を狙ってくるのは同時だった。

――間に合わない。

「《盾》!!」

かろうじて、ウィステリアは叫んでいた。瘴気が瞬時に魔法へと変換され、不可視の盾を作り出す。

それが、脇腹を狙った一撃を寸前で阻んだ。

衝突した剣が不快な音をたてたが同時、金色の目がかすかに歪み、青年は大きく後ろへ跳躍していた。着地した足に白い蕾が散らされ、宙を舞う。

蕾の残骸が落ちきらぬうちに、青年は再び地を蹴っていた。

その手にある剣に、濃紺に揺らめく光がまとわりつく。

幻でも錯覚でもない。魔法の発動を示す証。

その光景がウィステリアをようやく正気に引き戻した。

(違う――ブライトじゃない!!)

同じ姿形をした男が踏み込んでくる。

下から切り上げてくるのを、再びサルティスで一瞬だけ受け止める。手に痺れがはしり、足にまで衝撃がくる。

まともに打ち合う余裕はない。

だが接触した剣を通じて互いの手が間接的に繋がった瞬間《いま》、

「《弛緩》」

短く、しかし強くウィステリアは発した。

接触した剣を伝い、魔法の力が青年の手から腕、体へと一気に駆け上がる。

金色の目が見開かれた。青年は動きを止め、数秒してその手から剣がこぼれ落ちる。

頭上から耐えがたい重さを押しつけられたかのように、長身が膝から折れた。——それでも片膝をついて、倒れ臥すことだけは免れている。

ウィステリアは息を乱しながら、かすかに目を見張った。

（……驚いた）

この《弛緩》の魔法は、耐性が低いとたちまち眠ってしまうほどの威力だ。普通の人間でも、全身の力が抜けて体を起こすのも難しいはずだ。

——それだけでなく、青年は先ほど剣に対して魔法を付加しているようでもあった。

弱いもののようだったが、魔力素ではない瘴気の満ちるこの世界で、強引に瘴気を魔法に変換できる者など普通は考えられない。

それに、剣術に長けているわけでもないウィステリアにすら、この青年が優れた剣士であることは察せられた。サルティス無く純粋な剣の勝負に持ち込まれたら危うかった。

男はなおも立ち上がろうとし、剣に手を伸ばそうとさえしている。

ウィステリアは、その剣に向かって手をかざし、腕ごと大きく横に薙いだ。

不可視の力に搦めとられた剣は宙を舞い、遠くに落ちる。

男が顔を上げる。苛烈な火を思わせる金の双眸がウィステリアを射た。

武器を奪われ、超常の力によって抵抗を封じられた者の目ではなかった。

どくんとウィステリアの心臓が跳ねる。見れば見るほど、ブライトにしか見えない顔だった。

ウィステリアはそれでも自分を抑え、冷たく目を細めて睨み返す。

「君は、何者だ？　人間か？」

姿形を自在に変える生き物は、魔物と呼ばれるものの中に存在する。だが周囲にとけこむための擬態ならともかく、この青年は少なくとも人語を解するようで、何より《門》を開いて現れ、サルティスを欲するような言葉を口にした。魔物とは思えない。

――何より、この顔形は。

「なぜ――ルイニング公爵家のブライト・リュクスと同じ顔をしている」

そう問うとき、ウィステリアは自分でも気づかぬほど目元をより険しくしていた。

ブライトに酷似した青年は、金眼にわずかな驚きを滲ませた。凛々しい銀の眉が歪み、強い不快感を滲ませる。

だがたちまち、形の良い唇に挑発的な冷笑が浮かんだ。

「魔女ウィステリア・イレーネ、まさかまだその姿を留めているとはな。魔物に転じても人語を解する能力はあるのか？」

ウィステリアは一瞬、息を止めた。

――魔女。古傷がかすかに痛むように、その単語は胸を鈍く軋《きし》ませた。

かつて《未明の地》の研究に携わっていた頃、何度も浴びせられた言葉。だがそれゆえに慣れたはずで、今となってはもう何も感じないほどに遠い昔のことであるはずだった。

なのに、自分を睨む金の瞳があまりに鮮やかで、過去がそのまま抜け出してきたように錯覚するから――だから。

（考えるな）

溢れ出しそうになる感傷を、一度奥歯を噛んでやり過ごす。雑念を追い払い、神経を研ぎ澄ませて目の前の男に集中する。

「……私の質問に答えろ。君は、」

「魔女と下らない問答をする時間はない。サルティスを渡せ」

武器を失い、体の自由を奪われかけている人間とは思えぬほど、青年は傲然とした態度を崩さない。自分を見下ろす相手に殺されるかもしれないことなど考えてもいないようだった。

あるいは考えても、恐怖や躊躇《ちゅうちょ》といったものを抱いてすらいないのか。

（……この男は、ブライトではない）

ウィステリアはもう一度自分に言い聞かせ、騒ぐ心を押し殺した。

ブライト本人であるはずがないのだ。サルティスを求めているというのも、おかしい。

――この得体の知れぬ男は、ただ自分を侮辱し、挑発しているのだ。自分を惑わそうとする魔物という可能性も捨てきれない。

この地において、敵を前に動揺や躊躇することは死を意味する。意識して怒りを呼び覚まし、自分を奮い立たせて眉をつり上げる。

ウィステリアは男を見据えたまま、サルティスの鞘の先端で男の顎を持ち上げた。

「訊ねているのは私だ、青年。そして聖剣サルティスは主を選ぶ。今の君を、サルティスが選ぶと思うか？」

男の目の中で、黄金の炎が強く燃え上がった。

その目の激しさは、何よりも雄弁にウィステリアの言葉を撥ねつける。

「――なら、確かめてみるといい」

それだけ告げ、ウィステリアは青年の前に静かにサルティスを置いた。数歩下がる。

金の目に不信と警戒が強くよぎったのは束の間で、男の手がサルティスに伸びた。その大きな手が鞘に触れる寸前、

『触るな、痴《し》れ者が』

冷厳たる声と小さな稲妻がはしり、弾かれた。

青年は大きく目を見開いた。

一瞬でいくつもの擦り傷を負った手を宙に浮かばせている。

「……と、言うわけだ」

ウィステリアはつぶやき、サルティスを再び取った。青年に起こったような拒絶の反応はない。

「お前が――主と認められたとでも」

青年の声は、信じがたいというようなうめきに近かった。

ウィステリアは肩をすくめただけで応じる。

――正確には違う、ということまで教えてやる必要はない。

「さて、それで。君は何者で、なぜサルティスを必要としている？　問答の時間が無いというのは

わかるさ。君が人間なら、一刻も早くここから去らなければならない」

緑から青へと揺らめく異界の空。この世界は瘴気が満ちている。あまりにも多くの瘴気が。

「いいか、青年。ここは《未明の地》だ。今は瘴気の濃度は安定しているが、それでも普通の人間が長く触れれば命を落とす」

ウィステリアは目を戻して険しい表情を向け、脅すように声を強めた。この青年に問い質したいことは多いが、目の前で死なれるなどという事態は避けたい。

青年は反発するかと思いきや、怪訝《けげん》そうな顔をした。敵意に凍てついた目に、はじめて感情が滲む。思いも寄らぬ相手から予想外の言葉を聞かされたとでも言うように。

「君は番人ではないな。君が何者で、何のためにここへ来たか知らないが、とにかく……」

「ロイド」

低く、感情を抑えたような声が遮る。

ウィステリアはかすかに眉根を寄せた。

端的に返された単語が、どうやら彼の名前らしいことを知る。

長い銀の髪に金色の目をした青年——ロイドは無表情に言った。

「ロイド・アレン＝ルイニング。ブライト・リュクス＝ルイニングは、俺の父だ」

ひゅっとウィステリアは息を呑んだ。

頭の中が真っ白になる。ブライトに酷似した青年に目を奪われ、そのまま動けなかった。

——もっともありうる可能性、当然推測されるべきことが、事実になっただけであるはずなのに。

『イレーネ』

サルティスが鋭く呼ぶ。叱咤するような響きを帯びていた。何をいまさら過去のことをと、呆れているのかもしれない。

それでも、どくどくと騒がしい鼓動の音がウィステリアの耳を塞いだ。

長く川を堰き止めていたものが急に壊れたかのように、何かが溢れ、理性を押し流そうとする。

抗いがたくブライトを思い出させる顔――ロイドから、目を逸らせない。

「君の、母の名はロザリー。旧名、ロザリー・ベティーナ＝ラファティか？」

問う声が、かすかに引きつる。

ロイドは、不信感とも不快感ともつかぬ様子で眉根を寄せた。

「……だとしたら、何だ」

探るような声で答えがもたらされる。

ウィステリアはすぐには反応できなかった。かろうじて、そうか、と絞り出すのが精一杯だった。

何気ない態度を装い、視線を逸らして、空の緑色の層を見た。

（――ブライトとロザリーは結婚して、子供に恵まれた。当たり前のことだ）

考えるまでもないことだった。自分がいなくなったあとで、当然、二人はそうなるべくしてそうなった。――小さく、だが抗いがたく胸の底が黒く焦げ付く。

不快な火に胸をあぶられるまま疑問をぶつけそうになり、ウィステリアは唇を引き結んだ。

（聞いてどうする）

二人のその後のことなど。幸せかどうかなど。どうでもいい。自分にはもう関係ないはずだ。

いまさら、そんな昔のことに対して心を動かすことはない。

胸につかえるものを吐き出すように、息を吐く。だが目は抗いがたく、長い銀の髪を持った青年に吸い込まれた。

（……この、青年が）

ブライトとロザリーの息子。直視するのがためらわれるほどブライトに似ていた。表情こそまったく違うが、造形で異なるのは髪の長さくらいだろうか。ブライトは短かったが、ロイドは首の後ろで束ねている。

それらを意識から締め出して、ロザリーの面影を探してみる。

しかしうまくいかなかった。

ウィステリアは頬の強ばりを誤魔化すように、なんとか笑った。

「まさかロザリーとブライトの息子が私の前に現れるとはずいぶんな皮肉もあったものだな。君は、私の甥にあたるというわけか」

「――お前のような魔女と親類になった覚えはない」

ロイドは顔を歪める。甥という言葉に動じた様子はなく、ウィステリアとロザリーがかつて血の繋がらない姉妹であったことは知っているようだった。

ウィステリアは眉間に小さく皺を刻んだ。

黒の魔女、藤色の魔女――向こうの世界にいたとき、かつて表でも裏でも幾度となく言われた言葉だ。それ自体に、今さらまともに傷ついたりはしない。だがこの青年の様子は気になった。

向こうの世界——ブライトやロザリーは、自分のことをなんと説明したのだろう。あるいは、かつて魔女と呼ばれていたことを知られているというだけだろうか。

ウィステリアは一度長く息を吐き出していったん思考を止めた。考えるほど、あまり気分の良いものにならないことだけはわかる。雑念に浸れる状況でもない。

息が詰まるような険しい空気を払うように、まあ確かにな、と淡白に答えた。

「それで、君はサルティスを欲してわざわざここまで来たのか？　わざわざ——《門》を開けてまで？」

ロイドは答えない。だが否定もしなかった。

今度はウィステリアが眉をひそめる番だった。

「なぜそこまでサルティスを欲する？　番人でもないのにこんなところまで来たのは自殺行為に等しい」

「……お前には関係ない」

「わかった。では事実だけだ。サルティスは君を主と認めなかった。諦めて帰れ」

ウィステリアはそう会話を打ち切った。

しかし、青年の金眼に再び烈しい火が燃え上がった。

唇を強く閉ざしたかと思うと、いまだ《弛緩》の魔法が効いているはずの体を力ずくで引き起こそうとする。

ウィステリアは驚愕し、にわかに慌てた。

「無理をするな！　この瘴気下で魔法に抗うと余計に消耗する……命に関わるぞ！」

叫んでも、ロイドの目の烈しさは増すばかりだった。反発し、見えない鎖を引きちぎろうとするかのように全身に力が漲《みなぎ》っている。

ふいに、その頬がかすかに動いた。そして形の良い唇の端から一筋の赤がこぼれる。

「な……」

ウィステリアは言葉を失った。

口の端から血を流しながら、青年の両膝が伸びる。だらりと垂れていた腕すらも持ち上がり、その掌にも血が滲んでいた。

金の双眸は射るようにウィステリアを睨んだまま。

(なんて無茶をする……!!)

──ただ居るだけで命を脅かされる瘴気の世界で、弛緩させる力に抗うためだけに自ら口内を噛み切り、掌まで傷つけるなど。

青年の手が、なおサルティスに伸びた。

「俺は……必ず、それを持ち帰る」

低く、だが決然とした意思を滲ませた声が響く。

黄金の火を思わせる目に、ウィステリアは束の間、気圧される。

ロイドの手は緩慢に、しかし着実にウィステリアに迫り──ふいに、がくんと落ちた。

金色の目から光が消えたとたん、その体が白い蕾の中に崩れ落ちる。

「おい、君――っ！」

ウィステリアの全身から一気に血の気が引き、倒れた体に駆け寄る。

金色の目は閉ざされ、苦痛を表すように眉が歪んでいる。

「しっかりしろ、ロイド……ロイド!!」

決して消えぬ黄金の火

――長い間忘れていたはずの記憶の一欠片が、奥底からふいに浮かび上がった。

あれはいつのことだったか。おそらく、十二歳前後のときだ。

当時、ウィステリアが大切にしていた髪留めが、同い年の子供に壊されてしまったことがあった。

相手は謝らなかった。

分別のつかぬ年頃であるということを除いても、ヴァテュエ伯爵より家格の高い家ということをかさにきて乱暴に振る舞う少年だった。

言葉もなく立ち尽くすウィステリアを笑うと、「養子のくせに」と言い捨てて去った。

引き取られた身であることを自覚するようになり、養親にもっとも遠慮と気後れを覚えていた頃であったから――投げつけられた言葉は当時のウィステリアの胸にひどく突き刺さった。

養子であるというその一点が、耐えがたい罪でもあるかのように。髪留めを壊されても仕方のないことであるというように。

いま思えば、年頃の子供たちにとって、自分は異物に見えたのだろう。からかってもいい相手、下に見てもいい相手だったのかもしれない。

ウィステリアより小さかったロザリーはわけもわからず泣きわめいていた。隣で妹が泣いているから、ウィステリアは涙をこぼすわけにはいかなかった。

やがて養親が二人を見つけて驚き、事情を問うた。ウィステリアが声を震わせて説明すると、ラファティ夫人に抱きしめられた。

——大丈夫。悲しかったわね、また素敵なものを買ってあげるから。

いつものように優しく、慈愛に満ちた言葉だった。

ウィステリアは喉を詰まらせ、ただただ体を震わせていた。

(違うの、お義母さま……)

壊されてしまったから、こんなに悲しいのではない。ただ物を失ったから、こんなに苦しくて声も出ないのではない。

後から来たブライトは、沈んだ顔をするウィステリアに気づいてまた訊ねた。うつむきがちにウィステリアが事情を説明すると、ブライトの金の瞳が焔のように輝いた。

『こんなことを許してはいけない。君は何一つ悪くない』

憤るブライトを、優しく温厚なラファティ夫人がなだめた。相手の少年は、ヴァテュエ伯からすれば格上の貴族の令息であり、ブライトにとってもことを荒立てていい相手ではない。

まだ子供のことであるから。ウィステリアには別のものを買って穴埋めするから、と諭した。

だがブライトは、聞き分けが良く快活だった彼にしては珍しく頑《かたく》なに頭を振った。

『それでは、傷つけられたウィステリアの心や名誉を救えません。買い換えのきかぬものに対して、私は怒っているのです』

争いごとを望まないのは自分も同じ。だが決して退いてはならぬときがあり、今がそのときだ。

――そう聞いたとき、ウィステリアはブライトにまばゆい光を見た。

彼は、ウィステリアの悲しみの意味を正確に理解していた。

ブライトはラファティ夫人に決然と告げた後、夕日のように燃える目のまま出て行った。

髪留めを壊した本人が、目を赤くして謝罪に来たのは数日後のことだった。

ルイニング公爵家の令息という身分が武器になったにしろ――相手とかなりのやりとりがあったことは、想像に難くなかった。

ブライトは、こうだと決めたら必ずそうする。覆さない。

黄金の瞳は時として触れがたい烈火となって迸《ほとばし》ることをウィステリアは知った。

その強さにますます惹かれた。

――ロザリーの身代わりになってくれと言ったときも、目の奥に同じ火があった。

だから。

(……ロイドも同じ)

ブライトの息子と名乗った彼も、同じ激しさを眸《ひとみ》に持っていた。あるいはブライトのものより剥き出しの鋭さがある。

苛烈で鮮やかな、決して消えぬ黄金の炎――。


『イレーネ、起きろ』

頭の中に響く声が、ウィステリアの意識を呼び覚ます。

まどろみに引きずられながら数度瞬きし、軽く頭を振った。

『あの子供がそろそろ起きる』

サルティスが不機嫌に言った。

ウィステリアはああ、と短く答え、一度長く息を吐く。乱れた黒髪を軽く整え、椅子から身を起こした。

《転移》の魔法を使って、自分とロイドを老木の中の《家》まで運んだはいいが、それなりの距離を二人分運ぶのははじめてで、予想外の戦闘があったこともあり、想像以上に疲労していた。

寝室の隣は物置代わりの部屋にしていたが、ひとまずそこにロイドを寝かせ――その後、居間の椅子に腰掛けたところまでは覚えている。それからまどろんでしまったらしい。

サルティスを手に、ロイドを寝かせた部屋に入る。

部屋の隅には追いやられた道具が乱雑に積まれ、中央には何枚か重ねた敷布の上に銀髪の青年がやや窮屈そうに横たわっていた。

ウィステリアはしばし、その寝顔を見下ろした。

敷布の上に広がる、磨き抜かれた銀器のような髪。

凛々しい銀の眉。閉じられた瞼の縁に揃う、光を刷いたような長い銀の睫毛。

くっきりとした凹凸の鼻梁に、静かな息を吐き出す唇の形までも美しい。息を呑むほどの美貌だが、こうして見ると意外にあどけない寝顔にも見える。

（……いやになるぐらいそっくりだ）

呆れとも感嘆ともつかぬ溜め息を静かに吐き出す。身長もかなり高いようで、そんなところまでブライトに似ている。別れた日のブライトがそのまま現れたように感じたのも無理はない。あるいはあのときの彼より少し若いだろうか。

――胸が妙に騒ぐのはそのせいで、それ以外の理由ではない。

ウィステリアが自分にそう言い聞かせたとき、銀の睫毛が震え、眉根がかすかに寄せられた。瞼がゆっくりと持ち上がり、金色の眸が現れる。

束の間、その目はぼんやりと宙にさまよう。そしてウィステリアを捉えた瞬間、ぴたりと止まった。

ウィステリアもまた、一瞬硬直した。こんなふうに寝起きの人間の目を向けられるのは実に久しぶりだったからだ。

「……おはよう？」

とっさに、そんな言葉が出た。

瞬間、サルティスは馬鹿にするような不満の声を漏らし、青年のほうはもっと露骨に反応した。

ばねのように起き上がって距離を取り、警戒も露わにウィステリアを睨む。

その手は、武器となるものを探しているようだった。

「ここは私の家だ、暴れないでくれるかな。外より瘴気は薄いし、多少は安全だ。それで、手と口に痛みは？　体の調子は？」

青年の様子を観察しながら、ウィステリアはのんびりと訊ねる。

ロイドは警戒を解こうとしなかった。だが家という単語で、目に疑念がよぎったのが見える。暗闇から獲物を狙い定める獣のように、静かにウィステリアをうかがっている。

痺れを切らしたように不愉快そうな声を発したのはサルティスだった。

『礼を知らんのか、子供。そのまま放っておけばくたばったであろうお前を助けてここまで運んだのはこの女だぞ。実質老婆であるから余計な気を遣わんでいいが、お前は老婆に助けられて礼も――

――おいやめろ振るなイレーネ!!』

「君は余計な装飾をつけなければ話せない病気にでもかかっているのか？　なぜ素直に友誼《ゆうぎ》に感謝させてくれない」

サルティスとウィステリアが軽口を叩き合う間も、ロイドは黙して探るような目を向けている。

だが警戒はやがて疑念に変わりはじめ、金色の目にかすかな困惑が滲みはじめた。やがて低い声があがった。

「何が目的だ」

「それはこちらの台詞だ。いきなり人間が現れたと思ったら目の前で倒れられたんだ。放っておけるとでも思うのか」

半ば呆れまじりにウィステリアが言うと、ロイドの目に更にためらいのようなものが広がった。疑いに揺れ、判断がつきかねるというような。

やがて、青年はぽつりと言った。

「お前は……本当に、ウィステリア・イレーネなのか。ラファティ家の養女であったという」

ウィステリアは軽く肩をすくめた。

「私がいなくなったあとはどう伝わっているか知らないが、私はウィステリア・イレーネ。ラファティ家の養子だった」

「――ウィステリア・イレーネ＝ラファティは、母より三歳ほど年上であるはずだ。お前が本物なら……番人になったはずなのに人のまま生き長らえていることも、その外見も、おかしい」

眉間に皺を寄せてロイドは言う。

おかしい、という率直な言葉に、ウィステリアは思わず笑った。そんな素直な表現をされるのは初めてだった。そもそも、サルティス以外にウィステリアの状況を知るものはいなかったからだ。

「私がもともと、瘴気に耐性があるのは知っているか？　番人になってもなお生きているのは、その耐性とこの親愛なる友人のおかげだ」

『やめろ、気色が悪い！　正確に、大恩人であり尊崇に値する偉大なる聖剣にしておそれ多くも監督者あるいは保護者であると言――ひっ、たたたたた他人の前で鞘を払おうとするなバカ恥知らず嫌い!!』

乙女のような悲鳴をあげる剣を横目に、ウィステリアは《大竜樹》との経緯について語った。

ロイドも言葉を失ったようだった。

「私は濃い瘴気を浴びてもすぐには死なないらしい。ただ体に蓄積されて……そのうちに、変異した」

順応と言ってもいいかな、とウィステリアは平淡に言った。

「瘴気の性質や作用はいまだ解明されていない部分が多い。その未解明の部分、大いなる神秘の一つが私の身に起こったというわけだ。つまり、体の時間が止まったわけだな」

つとめて気軽な口調を装ったが、ロイドはさすがに衝撃を受けたようだった。金の目がウィステリアを凝視する。

「不老不死だとでも……」

「いや。不死ではないだろう。もっとも、死んだことはないからわからないが。老化が止まっているというだけで、怪我を負えば常人と同じように時間をかけて回復するし、食欲もあり、疲れれば睡眠を必要とする。熱を出して伏せることもある」

ウィステリアはふと、先刻のロイドの言葉を思い出した。魔女。

凍てつき、完全に敵を――魔物を見る目をこちらに向けて放たれた言葉。その青年は、今は人間に向ける目をしている。そこに、性根の素直さが見えた気がした。

だがそれのみならず、金色の目にかすかな揺らぎがはしる。

「お前は……、そうやって、ずっとここで暮らしているのか。番人として」

ロイドの声に、ほんのわずかなためらい、あるいは驚きのようなものが聞き取れる。

突き刺すような敵意はかなり和らいでいた。

ウィステリアは少し意外に思いながらも、まあそんなところだ、と答えた。

(他に居場所などない)

喉の奥まで出かかった自嘲の言葉は寸前で止めた。

何か気恥ずかしいような思いもして、話題を変える。

「それでだ、青年。君はできるだけ早く帰還しなければならない。《門》を開けて来たのなら、帰る方法も用意してあるんだろう?」

ロイドは、静かに相手をはかるようにウィステリアを見返した。

「……帰還の合図を送れば、もう一度《門》が開かれることになっている」

「なるほど。向こうからしか開けられないからな。聖剣《サルティス》を回収し、すぐに帰還する予定だった——だそうだがサルト、どうする?」

言葉の後半で、ウィステリアは手の中の聖剣を見た。

『聞くな、バカ者。この子供は我が主ではない。我が寛大な慈悲を以《もっ》てしても仮の主としてやるのは一人だけで、お前の子守だけでも手一杯だというのに——』

「……仮の主?」

サルティスの言葉に、ロイドは鋭く反応した。片眉を小さく動かし、訝《いぶか》るようにウィステリアと聖剣とを眺めた。

「お前が、真の主と認められているわけではないということか」

「……まあ、そうなる。この尊大にしてお節介な剣は、深い慈悲から同行者になってくれたというわけだからな」

『感謝が足りんぞイレーネ!!　我が慈悲にむせび泣き、崇めひれ伏せ！　お前が生きているのは一重に我が恩恵に他ならんのだぞ!!』

喚くサルティスに、ロイドが胡乱《うろん》な目を向けた。

ウィステリアは胸の内で苦笑いする。

物言いこそ難はあるが、サルティスはその仰々しい遍歴と対照に、人間よりよほど感情豊かなところがあった。

聖剣《サルティス》は、かつて神話の時代に、半神半人の英雄によって魔物から取り出されたという。サルティスと個の名を持つように、強大な力と明確な自我を持ち、自ら主を選ぶ。

神話の時代が過ぎ、偉大なる英雄が去った後、サルティスは長く主を得られぬ時代が続いた。

当代の英雄、剣聖と呼ばれた者たちから酔狂な荒くれ者までがサルティスの主となろうとしたが、ことごとく叶わなかった。

主を得られぬ剣は、魔法管理院が管理する王宮の一宝物庫――いわくつきのものばかりがおさめられる――に長く安置されていた。倉庫に放置されていたとも言う。

そして長く不遇を託《かこ》っていた聖剣は、あるとき予想だにしない行動を起こした。

――哀れだな、娘。

はじめてサルティスがそう語りかけてきたときのことを、ウィステリアは今でも鮮やかに覚えている。

義理の妹の代わりに《番人》になると決めたとき、ウィステリアは魔法管理院に自ら赴き、訴えた。

そのとき、倉庫に眠っていたはずの聖剣は一部始終を聞いており、ウィステリアという娘に興味を抱き、次に哀れみを覚えたらしい。

――いい加減退屈していたところだ。少し付き合ってやる。

ごく軽い暇潰しのようにそう告げて、呆然とするウィステリアの手に自らおさまったのだった。

誰の手をも拒絶していた古い剣が、武術の心得すらない女の手に突然おさまったときの周囲の驚愕と動揺はちょっとした見物だった。

(よく、私などについてきてやろうと思ったものだ)

決して口にはしないが、実際、サルティスがいなければ自分はとうに生きていないとウィステリアは思う。

そして長く誰の手をも拒んでいた剣が、唯一自分だけを認めたという事実は――それがたとえ仮であったとしても、淡い優越感とも希望ともつかぬものになって自分を生かす理由の一つになっている。

ウィステリアはつい物思いに耽り、金色の目が鋭利に輝いているのを見て意識を戻した。

「それなら、俺を真の主と認めさせればいいわけか」

ロイドはつぶやき、唇の端をつり上げた。

不敵と不遜をその身で体現したような青年に、ウィステリアは呆気にとられる。

ふいに、手の中の剣が重く、冷たくなった。

『傲《おご》るなよ、餓鬼。今のお前など、このイレーネ未満。我の仮の主になる資格すらない』

常とは比べものにならぬ峻厳な声が剣から響く。

ウィステリアは表情を動かさぬまま、サルティスを握る手に力をこめた。いつもの軽口を挟む気にはなれなかった。

――日頃は気安いやりとりをして無二の友人だと思っていても、サルティスは自ら主を選ぶ不羈《ふき》の剣なのだ。

しかし当のロイドは、挑戦的な笑みを深めるばかりだった。

「確かに。俺はそこの魔女殿を侮り、負けた。今の俺を主と認めろというつもりはない。だが引き下がるつもりもない」

強情な、とウィステリアは苦く言葉を吐き出そうとして、止まった。

ロイドがゆっくりと立ち上がり、距離を詰めてくる。

ウィステリアはサルティスを握る手にかすかに力をこめたが、それだけだった。――魔法さえ使えれば、この青年に負けることはない。

互いに手を伸ばせば指先が触れあうほどの距離で、ロイドは自ら片膝を折った。

優雅ささえ感じる動きで銀の頭を垂れる。

「慈悲をかけていただいたことに感謝する」

ウィステリアは目を見張った。黒い睫毛をぱちぱちと瞬かせ、青年を見下ろす。

――素直に礼を言われたことに数拍遅れて驚く。

青年の声にも仕草にも、皮肉や虚偽といったものは見当たらない。

「返礼することが今は叶わない。無作法を許してもらいたい」

「……いや、それは構わない。体が無事であるなら、今のうちに――」

帰るべきだ、とウィステリアはまたも繰り返そうとしたが、金色の瞳に見上げられてとっさに声に詰まった。

「あなたは、魔法を使った。――見たことがない魔法だった」

ウィステリアははっとする。青年の口調が微妙に変化したことで、《弛緩》の魔法について言われていると気づいた。

――向こうの世界では、自然に干渉する《魔法》はあるが、生命に干渉するものはまだなかった。

「それに、ここまで俺を運んでくれたというが、《転移》の魔法を使われたのではないか」

ウィステリアは短く肯定した。

《転移》は高難度の魔法だ。向こうにいた頃は、王家に仕える魔術師でも、ごく一部しか使えないほどだった。

ロイドの目が、思案の光でかすかに濃くなったように見えた。

「あなたは番人として役割を果たすだけでなく生存し続け、《転移》だけでなく希有な魔法を使う。そして今のところ、聖剣サルティスの唯一の主だ。――いや、ゆえに現時点での主か」

仮のだ、とサルティスがいかにも不満げな声を漏らした。

話の行く末が見えず、ウィステリアはかすかに眉根を寄せた。

「魔法は別段、大したことではないよ。ただ、向こうの……君たちの世界ではまだ編み出されていないというだけだ」

「こちらであなたが編み出した。そういうことか」

否定のつもりが、ロイドはむしろ確信を深めるように反論してきた。

いつの間にか、その口元に鋭利な微笑が浮かんでいる。笑みのはずなのに親愛とはほど遠い、挑発的で好戦的な――まるで隠されているものを暴こうとする者の表情だった。

「瘴気は魔力素よりも毒性が強く、その代わりに扱えれば強力な魔法を行使できるという理論を聞いたことがある。だが実践されているのを目にしたことはなかった。――あなたが使うまでは」

ウィステリアは今度こそ黙らざるを得なかった。事実だったからだ。

――かつては、瘴気に耐性があるというだけで魔法までは使えなかった。

だが番人としてこの《未明の地》に来て生死の狭間にさらされ、サルティスの指導を受けて魔法を使えるようになった。そうしなければ生きていけなかったからだ。

なぜ以前は魔法が使えなかったのかというのは、後になってわかった。

瘴気に耐性のあるこの体質は、逆に言えば瘴気を扱いやすい体質でもあった。

魔力素ではなく、瘴気を魔法に変換するほうに長けた体質であったのだ。

魔力素では難しい、生命に干渉する魔法なども、瘴気を変換してなら可能になる。

――瘴気は、時として不老などという変異すら起こすのだから。

「剣も魔法も、もはや学ぶべき相手はいないと思ったが違ったらしい」

ロイドは臆することなく言う。

ウィステリアは虚を衝かれた。それから半ば呆れ、半ば圧倒されてしまった。

青年の淡白な口調には、過剰な自信ではなく、それが当然の真実だと疑っていない調子がうかがえた。確かに、才能に恵まれた青年らしいことはわかるが――。

ロイドの目がかすかに動き、サルティスに向いた。

「聖剣《サルティス》。お前は、俺をこのウィステリア・イレーネ未満だと言ったな。それは、俺がこの魔女殿を超えれば主と認めるということか」

『……戦って勝ったのなら、考えてやらんでもない』

「その言葉、忘れるなよ」

自分を抜きにして進められる予想外の会話に、ウィステリアは慌てた。サルト、と非難するように呼ぶと、ふてぶてしい聖剣はあてこするように言った。

『別に構わんだろう。――ああ、言い忘れていたが小僧。このイレーネは仮とはいえ我の所有者と認めた女だ。ただ腕力にものを言わせるのではなく、この女が修得した《黒雷》ぐらい扱ってみせよ』

ロイドが訝しげな顔をする向かいで、ウィステリアは今度こそ目を剝《む》いた。

「おいサルト！」

『なんだ。その程度は、我の主たることを望むなら当然だ。できぬというならそれまでのこと』

「あのな、それで実際に挑まれるのは私なんだぞ！　それに《黒雷》を軽々しく……」

「――その《黒雷》とはなんだ。あなたの編み出した魔法の一種か」

ロイドはやはり疑問をぶつけてくる。

ウィステリアはやや辟易《へきえき》しつつ、長く息を吐き出して説明する。

「大型の魔物を、力ずくで止めなければならないときに使う魔法だ。この地には、向こうの世界より遥かに多種多様で大型の魔物もいるからな。雷状の攻撃魔法とでも言えばいいか。大量の瘴気を使うので、たいへんな負荷がかかるし消耗も激しい。使う機会が多いわけでもないし、向こうの世界で使うような機会など……」

「独自に編み出された高負荷の大技というわけか。やはりあなたは学びの宝庫であるらしい」

ロイドの目はウィステリアを正面から見据え、爛々と輝いていた。

さほど有用性はないと説明したつもりが、むしろ青年を煽ってしまったらしい。

サルトめ、とウィステリアは苦い顔をした。

その反応をどう捉えたのか、ロイドの気配がふいに威圧感を増した。

「あなたを倒し、聖剣サルティスを手に入れる」

それは、宣戦布告以外の何ものでもなかった。

真正面から決闘を挑むような態度に、ウィステリアはあ然とする。

ロイドには戯れも侮りも見当たらない。かつての、武具の類すらまともに持ったことのなかった自分なら対峙することもできなかったであろう闘志が漲っていた。

――だが今はもう、か弱い令嬢ではない。否応なしに番人となり、サルティスと共に長い月日を死地で生き抜いてきた。誰に認められるものでなくとも、誰にもなしえなかったことだ。

それを、軽く超えるなどと言われて黙っていられるほど達観してはいない。

ゆえに、ウィステリアもまた青年に微笑した。サルティスを握る手に力をこめながら。

「やれるものならやってみるといい」

自然と、好戦的に返していた。

青年の金の瞳が、わずかに見開かれる。予想外の反応であったのかもしれない。

だが次の瞬間にはロイドは瞳を光らせたまま、口元を綻ばせた。

「というわけで、弟子にしていただく」

しれっと告げられた言葉に、ウィステリアは目を丸くした。

「弟子……、何だって？」

「あなたに弟子入りする。魔法についてあなたは遥かに進んだ知見を持っているし、聖剣殿にも《黒雷》とやらの修得を条件にされたばかりだ。無論、ここにいる間、私のことは下働きだろうがなんだろうが好きに使ってくれて構わない」

「ま、待て待て待て！　何を勝手なことを言っている⁉　弟子とかそんなものは受け入れられない、面倒なんて見られないぞ‼　早く帰りなさい‼」

「ああ、そうか？　なら外に出てあなたが受け入れるまで待つ。瘴気に満ちて命の危険にさらされるという外で」

一語一語はっきりと伝えるようにロイドはやけに明瞭な声で言い――外で、という単語を絶妙に強調し、にっこりと笑った。

はじめて見るにこやかな、不自然なほどに隙のない笑顔だった。

ウィステリアはぴきっと顔を引きつらせ、大いにたじろいだ。

――ルイニングの生ける宝石と呼ばれたブライトの、あの輝かしい笑顔にそっくりだった。

が、ロイドのそれは愛想や温度がなく、腹に隠し持った意図を恵まれすぎた顔面の力で無理矢理覆い隠そうとしているものでしかなかった。

「い……いい性格をしているな、君……っ!!」

ウィステリアはたまりかねてそんな悪態をついた。

さも不機嫌そうにサルティスが声をもらす。

『お望み通り放り出してやれ、イレーネ。そうしたらすぐ片付く』

「できるわけないだろう!! だ、大体君が勝手なことを言ったからこうなったんじゃないか!!」

『ふん、そやつに聞かれたから答えたまでで、お前がまともに取り合うかどうかは別だろう。油断があるからつけこまれるのだ』

どこか拗ねた子供にも似て聖剣はぼやく。無責任な、とウィステリアは眉をつり上げた。

「と、とにかく帰れ!! 君の帰りを待っている人がいるんだろう!?」

「言われなくとも帰るさ、目的を果たしたらな。多少遅くなっても問題ない」

「多少どころで済むわけないだろう! 帰りなさい!!」

ウィステリアは必死に繰り返すしかなかった。

ここは他ならぬ《未明の地》で、外は瘴気に満ち、それによってまったく異なる生態系を持ち、生物の代わりに魔物が棲む地だ。《門》は向こうからしか開かないが、ロイドには帰る術があるらしいのだから、早く帰してやるべきだった。

だがロイドもそれをよくわかっているのか、ウィステリアが何をわめこうが頑として聞かず、そよ風ほどにも感じていないという顔をしていた。

やがてウィステリアが息切れすると、かすかに首を傾げて銀の髪をさらりと揺らし、口元を綻ばせる。

「よろしく、師匠」

黄金の目はまったく笑っておらず、あの決して退かぬ火が燃えていた。

求める理由

「……それで、ここまでしてサルティスを求める理由はなんだ、青年」

ウィステリアはぐったりしながら問うた。これまでとは異なる精神的な疲労だった。

今は、まるで客人をもてなすようにロイドを居間のテーブルにつかせ、向き合う形で座っている。仕方がないので飲み物すら出している始末である。

サルティスに散々馬鹿にされたが、結局ロイドを翻意させられず、家の中から追い出すこともできなかった。

寝かされていた部屋から出たロイドは、家の中を見回し、警戒と興味のまじったような顔をした。貴族の邸、とりわけルイニング公爵邸で育ったような御曹司からすれば尚のこと珍しいのだろう。天井も壁も床も、みんなふぞろいで凹凸がある。飴色の木の肌が剥き出しになっているのだ。だがその色調のせいなのか、あるいは素朴な家具のせいなのか、不思議と温かみがあり、童話に出てくる建物のようにも見えないこともない。

ウィステリアは思わず口を挟んだ。

「洞穴の中で生活というわけにもいかないだろう。外は魔物が徘徊しているからな。この辺りはまだ少ないほうだが。時間だけはあったから、この木の洞を利用して少しずつ住居に整えていったんだ」

「……あなたが、一人で？」

「まあ、途中で魔法を使えるようになってからはだいぶ楽になった。この地にあるものは基本的に好きに使っても文句を言う者はいないからな」

ウィステリアは苦笑いする。

この住まいも元は巨大な木の洞――中央の大きな穴に三つの小さな穴が隣接しているというだけだった。

それに手を入れ、中央には石をくりぬいた流しと竈《かまど》のようなものを置いた小さな厨房と、できた料理をすぐ食べられる食卓と椅子を置いた居間にした。

他の三つの穴は中央と繋げて、それぞれ寝室、物置、浴室という具合に使っている。巨木の持つ管や、向こうの世界にはありえない異様な吸水力の特殊な鉱石や植物を駆使すれば、浴室さえもうけることができた。浴室に限っては、人の力で湯を沸かし、浴槽に溜めるなどということをしなくていい分、向こうの世界のものより手軽で便利な設備になったかもしれないとさえ思う。

ロイドの言葉を待ち、ウィステリアは自分のカップを傾けた。カップにしても、令嬢だった頃に使っていたものとは比べるまでもない無骨な石作りのものだ。

青年の目が、供された無骨な容れ物に落ちる。かすかに吟味するような気配を感じ、ああ、とウィステリアは声をあげた。

「浄化した水と、薬効のある木で煮出したものだ。毒ではない。気休めだが、瘴気を中和する作用がある。口の傷に少し染みるかもしれないから気をつけなさい」

ロイドが顔を上げ、片眉を少し動かした。意外なことを言われた、とでも言うように。

「君に倒れられても困るからな。味は保証しないが、体のほうが大事だろう」

『……早速世話焼き婆になっているではないか。耄碌が加速するぞ』

「なんだ？　君もこの熱い茶が欲しいか？　かけてやろう、小鍋で」

『ややややめろこの不届き者め！』

すかさず毒づいてくる剣を軽く脅す間に、ロイドの手がカップに伸びた。

ぐっと傾け、一息に飲み干す。さすがに口内の傷に染みたのか、かすかに目元が歪んだ。

ウィステリアはふむ、と胸の内でつぶやいた。

（無謀なのか、剛胆なのか）

毒など盛るつもりはないが、もう少し抵抗されるものと思っていた。拒まれたら水を出そうと考えたところだった。

音なくカップを戻し、ロイドは怜悧な表情で言った。

「聖剣サルティスは、求婚のために必要な証だ。だから来た」

端的に述べられ、ウィステリアは意表を突かれた。それが、こちらの問いに対する答えであることに少し遅れて気づく。

（きゅうこん）

土に埋める、植物の丸い根がぽんと頭に浮かんだ。

が、やや遅れて妻を求めるほうのそれであると悟った。

「なる、ほど……？」

『何がなるほどだ馬鹿者!!　そのような安易軽薄も甚だしい理由でこの身を求めるなど言語道断ではないか!!　我は世俗の持参品どもや贈呈品とはまったく格が違うのだぞ!!』

「……であればこそだ。希有なものほど、力量も誠意も伝わる」

怒れるサルティスにそう答えたのはロイドだった。まったく臆することなく涼やかな顔をしている。

ウィステリアにもようやく事情が飲み込めてきた。

「ということは、それだけの証立て……熱意や実力を証明する必要のある相手に対して求婚しているということか。さしつかえなければ相手を教えてほしい」

「第三王女、アイリーン・シェリル＝マーシアル殿下だ」

普通の令嬢の名を明かすような気負いのなさで、ロイドは言った。

そのせいで、ウィステリアは余計に虚を衝かれた。

《マーシアル》を家名として許されるのは王族、それも直系のみである。

「……私はマーシアル王国を去ってから二十年以上経つので、あいにくその御名を聞いたことがないが、アイリーン王女というのは若い姫君か」

ああ、とロイドは短く肯定した。

ウィステリアは胸の中で長々と息を吐いた。

(なるほど……まあ、不思議なことではないが)

ロイドは二十代の前半といったところで、貴公子は令嬢より晩婚の傾向があるとはいえ、妻がいて然《しか》るべき年齢ではある。

ルイニング公爵家であれば、王女の降嫁先として選ばれるのは何ら不思議なことではない。

ウィステリアは露骨になりすぎない程度に、ロイドを観察した。

〝生ける宝石〟によく似た、彫像のような造形。背が高く手足も長く、引き締まった体つきまでもが父譲りで、あるいはそれ以上かもしれない。ブライトも運動能力に優れていたが、ロイドは武芸にも秀でているからか、より精悍に見える。

人を惹きつけるブライトと比べると、ロイドには目元や口元に鋭さや硬さがある分、少し近寄りがたい印象がある。そこが正反対と言えるだろうか。それでも怜悧で高貴な、と好印象に捉えることもできるから、姿形の良さというのはおそろしい。

――それに。

（……この青年は魔法が使える）

ブライトの唯一の欠点とも言われた魔法の欠如は、ロイドには継承されなかったようだ。

そこまでくると結婚相手には困らないだろうし、王女が相手だろうと結婚に問題はないだろう。

が、そうであるにも拘らずわざわざ《未明の地》の聖剣サルティスを取ってくるなどという無謀極まりない行動を選んだということは――。

「王女殿下との婚姻を反対されているのか？」

「大きな反対はない。しかし殿下を望む者はあまりに多い。そのことごとくを諦めさせ、あの方を真に手に入れるには生ぬるい甘言や策では足りない。殿下に対する情熱と献身を証立てる、具体的なものが必要だ」

ロイドの言葉は理想や夢にしか存在しない騎士のもののように思えた。

しかし口調はむしろ冷静で、決して一時の熱狂に駆られているだけでも、虚栄ばかりでもないようだった。意志が固く定まった者の冷徹さがあった。

王女を望む、揺るがぬ意志。ゆえに、無謀とわかってなお、ここまで来たのかもしれない。

眩しさを感じて、ウィステリアはかすかに目を細めた。

（あのとき、ブライトもこんな感じだっただろうか）

ロザリーのために選択し行動したブライトと同じように、ロイドもまたアイリーン王女を想い、行動している――。

深い水底から気泡が浮かび上がるように胸に立ち上がってきた感情を、ウィステリアは頭を振って打ち消した。

「……理由はまあ、わかった。サルティスを諦めるにしろ、ここまで来てしまった以上、君も挑戦するだけ挑戦して納得しなければ帰れないだろう」

ロイドは眉根を寄せ、反論しようとした。ウィステリアはそれを手で制し、続ける。

「不本意だが、ここにしばらく滞在すること、私から魔法を学ぶなり模擬戦を行うなりすることは認める。ただし、期間を決めてだ」

今度ばかりは、ウィステリアは決して退かない覚悟で告げた。

そして目で軽く、青年の腕や襟をなぞった。長袖や襟の下にあるものを見透かすように。

「瘴気を吸収する道具を身につけているな。腕輪や首飾りか？」

ロイドは否定しなかった。

「長くはもたないはずだ。せいぜい、もって一月というところだろう」

「──ここのような、瘴気の薄い場所では？」

弟子志望の青年はすかさず返してきた。

抜け目のなさにウィステリアは内心で笑い、そうだな、と少し考え込んだ。

「それでも二月もてばいいほうだ。……そもそも君は、長くこの地に留まるつもりでやってきたのではないのだろう？」

番人となった者が生きているはずはなく、生きていたとしてもそれは人の形をした魔物でしかない──そう考えていたはずだ。いずれにせよ聖剣サルティスを迅速に回収し、即座に帰還する。そのような想定であったに違いない。

ああ、とロイドは短くうなずいた。自信家の青年でもその顔は険しかった。一月や二月程度でサルティスの真の主と認められるのは難しいと感じているのだろう。

ウィステリアは長く息を吐き出した。

「さすがに、そこまでの悪条件でやれとは言わない。その道具の強度にもよるが、吸収力が限界に達したら瘴気を抜いて修復してみよう。劣化は免れないからいずれは壊れるだろうが、瘴気が体内に入らないよう反射する魔法や体内の瘴気を魔法に変換する術も身につけられれば、半年までなんとかなるはずだ」

ロイドがわずかに瞠目した。そして自嘲とも皮肉ともわからぬ冷ややかな微笑を浮かべた。

「高潔な騎士そのものたる精神だが、いいのか？　半年――その間に、私があなたを上回り、サルティスを奪うとは考えないのか」

ウィステリアが答える前に、サルティスが憤慨の声をあげた。

『そうだ。わざわざバカ正直に話して半年もこの子供の面倒を見てやるつもりか。ご苦労なことだな！』

「そもそも君のせいだぞ、サルト！」

どちらの味方か知れない聖剣に怒りながら、ウィステリアはひそかに後悔した。確かに、もう少し短めに見積もるなり――あるいはわざわざ瘴気を防いで滞在する方法を教えてやるのでなく、一月でさっさと諦めさせて帰したほうが手っ取り早かったかもしれない。

ロイドの理由を聞いたところで、サルティスを譲り渡す気はまったくなかったからだ。

思わず腕を組む。

（……とはいえ、半年程度で《黒雷》まで修得できるとは到底思えない。サルトだって、本気で真の主がどうなどと考えているわけではないだろうし……）

多少の油断と言えば油断かもしれないが、魔法を加味するなら、一切の油断を許さないほどの敵とも思えないのだ。サルティスの真の主として認められるということも並大抵のことではない。

それに、このいかにも頑なに見える青年を、まともに諦めさせて追い返すには時間もかかるはずで――。

ふと、視線を感じてウィステリアは目を向けた。

金の瞳とぶつかる。ロイドの目にはかすかな思案の光が滲んでいた。

「あなたは……伝え聞いた話とだいぶ異なるな、ウィステリア」

棘のない声。向けられる金色の目。

鋭さがわずかに和らいだその表情が、何の前触れもなくウィステリアの心の底を揺り動かした。

――君は本当に優しいな、ウィス。

過去の声が、鮮やかに蘇ってロイドに重なる。声も目も髪の色も、その姿すべてが。

ウィステリアは目を引き剥がした。

「私のことは、イレーネと呼んでくれ」

気づけば、そう口にしていた。――ブライトと同じ顔、同じ声で呼ばれることに、耐えられないと思う自分がいた。

ロイドは奇妙な提案を訝ることなく、わかった、とだけ告げた。

『……哀れだな、イレーネ』

サルティスが静かにつぶやいたその言葉は、どこか常より乾いて響く。

ウィステリアは息を吐いて頭を振ると、話題を変えるべく問い返した。

「伝え聞いた話というのは？　私が魔女や、化け物だとでも伝わっていたか」

「――あなたは、聖剣サルティスを窃盗して追放されたと記録にはあった。追放の際までサルティスを隠し通し、ついに持ち去ったと。魔女というのは、どうやら瘴気への耐性を持つことからも来ているようだが……」

ロイドは淡々とした口調で言い、齟齬《そご》があるようだ、と付け加えた。

当の聖剣が嘲笑するように鼻を鳴らした。

『このサルティスがみすみす盗まれるとでも？　ただの剣だとでも思うてか。まったく馬鹿馬鹿しい』

「……ということは、あなたは自ら魔女殿についていったということか」

『ふん。気に食わぬ輩になどこの身に触れさせるものか。ちょうどお前にしたようにな、小僧。我に見放された愚劣な連中が、我を力ずくで引き戻すこともできず、窃盗されたなどと苦し紛れに喚いているのであろう』

ロイドの問いに、サルティスは軽蔑と怒りも露わに吐き捨てた。

それを聞きながら、ウィステリアの唇も皮肉めいた納得のためにつり上がった。

（そういう筋書きか）

——魔法管理院が一度選定した《番人》候補は決して覆らない。

特例を作っては、以後の選定に混乱を招く。候補者を容易に変えられるようにしてはあらぬ争いを招く——というのは、正しい理由の一つではあるのだろう。

だがもう一つの理由として、一度決めた候補をそう簡単に挿げ替えては、選定した側の名誉や権威を傷つけるというのがある。

それを含めて尚、覆すなら相応の代償と偽装が必要となる。魔法管理院の選定に非がない状態で、かつ極めて異例ながら候補の変更を認めるには、表向きの理由として交代先の候補に咎を押しつけるのが一番手っ取り早かったのだろう。

サルティスが自分を仮の主と選んだことは、窃盗という冤罪に利用されたのだ。自ら主を選ぶサルティスは、仮とはいえウィステリアを一度選ぶと、ウィステリア以外の人間に触れさせもしなかった。周囲の人間は取り返すどころか、触れることさえできなかったのだ。

しかし、そういった作り話もウィステリアには予想できたことだった。それに、ほとんど死人も同然の自分にいまさら名誉も何もない。

「……ラファティ家に罪は及んでいないだろうな」

「ない。当主夫妻の評判の良さが手伝ったようだが……」

ウィステリアは短く首肯した。

——養子。ラファティ家とは血の繋がりのない人間。

それもまた、当主側に罪が及ばずに済んだ理由だろう。実際は魔法管理院側の都合でつくりだされた冤罪であるから、当主側にまで影響を及ぼすのは本意ではなかったに違いない。

ふと強い視線を感じて、ウィステリアは目を上げた。

真っ直ぐに見つめてくる金色の目があった。

「窃盗が誤解だとしたら、なぜそんな誤解が生じた？　なぜ追放処分に？」

ロイドはかすかに眉根を寄せ、

「──なぜ、あなたは番人に選ばれたんだ？」

そう続けた。純粋な疑問の声だった。

ウィステリアは束の間、息を止めた。身構えるのが遅れたせいで、ぐらりと一瞬視界が揺れる。

──あの日のブライトと同じ顔。同じ声。

『ロザリーの代わりに──《未明の地》に、行ってくれ』

硬く踏みしめた足元がふいに揺れるように、胸の底が震えた。そこからこみあげた衝動を、強く、奥歯を噛んで耐える。

（……この青年は、関係ない）

ロザリーの代わりに自分が番人になったことなど、伝える必要はない。そんなことをして、こちらが嘘をついていると疑われるのも、あるいは哀れまれるのも、同情を誘っていると思われるのもいやだった。

ブライトやロザリーは、この青年に自分のことを教えていない。あるいは魔法管理院側が用意した表向きの理由と関わっているのかもしれない。

――否。いまさらどう伝わったところで構わない。考えても自分を苦しめるだけだ。

（もう忘れるんだ）

過去は取り戻せない。この身を焦がすものも捨てたのだ。

『この女は……』

「サルト」

先んじようとしたサルティスの言葉をウィステリアは素早く抑えつける。

饒舌な聖剣は鼻を鳴らすような声をもらしたものの、ウィステリアの意思を汲んだ。

ウィステリアは静かに息を吐いて、怪訝そうな顔をする青年に向かって肩をすくめた。

「まあ、サルティスのことは誤解があったということだろう。私は、この通り魔女だからな。瘴気への耐性がある。だから選ばれた。今となってはどうでもいいことだ」

眉根を寄せるロイドにそう言って、それ以上の会話を打ち切る。

ロイドもまた疑いの色は残していたが、ウィステリアの明らかな拒絶を感じ取ってか、食い下がってくることはなかった。


「そろそろ《夜》の時間帯だ。君も今日は早めに休むといい。明日以降、もう少し片付けるから今日は物置で我慢してくれ」

ウィステリアはそう告げることで、この異界の一日の終わりを宣言した。

ロイドが滞在する間は、物置に使っていた部屋を仮の寝床としてあてがうことになった。

ロイドは文句を言うでもなく軽くうなずき、寝床に向かおうとした。だがウィステリアに背中を向けたかと思うと、ふと立ち止まった。上半身だけで軽く振り向く。

「……念のため言っておく。弟子入りしたからには、あなたのことは異性でなく師と見る」

「？　ああ」

ウィステリアはとっさに返事をしながら、内心で首を傾げる。

「サルティスに認められるにはあなたを倒す必要がある。以後、隙は見せないことだ」

ロイドは傲然と言い、軽く肩をすくめた。

「が、寝室に踏み込むような真似はしない。今ここで誓約しておく」

ウィステリアは藤色の瞳を瞬かせる。

遅れて、遠回しの言い方が何を意味するのか理解した。

挑むべき師であり異性としては見ないが、最低限、女性の寝室に踏み込むような真似はしない――

――そういうことであるらしい。

「そういう危惧をすべきだったのか」

思わず、ウィステリアは率直な感想を述べた。

ロイドがわずかに片眉を上げる。

『そうだぞ、小僧。さすがにそれは要らぬ世話というものだ。なんせこの女は見かけこそこれだが年は四十三の大年増――な、ななな何をするバカ鞘を払うなケダモノ!!』

ロイドに便乗して毒づこうとしていた剣を、ウィステリアは悲鳴をあげさせることで封じた。

サルティスの無礼極まりない物言いと、ロイドのいかにも渋々ながらと言わんばかりの態度に、少々意地の悪い心がはたらく。

「まあ、寝室であろうがなかろうが、今の君では力ずくでどうにかすることはできない。こちらはそういったことを考えもしなかったので、気遣いは不要だ。それ以外で最低限の礼儀が必要なのは否定しないが」

ひらひらと手を振る。

ロイドの目元にじわりと反抗的な険が滲む。

「おやすみ」

ウィステリアはそれだけ告げて、自分の寝室に引っ込んだ。

サルティスを台に立てかけ、束ねていた髪をほどき、靴を脱いで寝台にごろりと寝転がる。

緩く波打つ黒髪が、敷布の上に広がった。

（……当たり前だろう）

天井の不揃いな木目を見ながら、心の中でつぶやく。

異性として見られないことなど、気にもしていなかった。あまりにも当たり前のことで、自分で意識したことさえない。

——自分はもう、普通の人間ですらないのだから。

三章◆父と子

理想の恋人

――聖剣を求めて《未明の地》に行くことを決断するまで、ロイド・アレン＝ルイニングの世界は単調を基本としていた。


「相変わらずのお顔」

いかにも不満げな声が、すぐ側からあがった。

ロイドは右隣に目をやった。長身のロイドと女性の平均身長の少女とでは身長差があり、見下ろすような形になる。

差し出された右肘に手を絡めた少女――エスター・エル＝スティアートは、眉をひそめて不満を表明していた。

とある庭園を、二人で散策しているところだった。

夏の名残のある明るい陽射しが、鮮やかに咲く色彩豊かな花たちを照らしている。足元に敷き詰められた石の色でさえ眩しい。

エスターは柔らかな金褐色の長い髪を結い上げ、どこかあどけなく丸みを帯びた輪郭に、大きな目が印象的な愛らしい顔立ちの少女だった。

くるくると表情がよく変わって愛嬌がある一方、貴族の令嬢として評価は二つに割れているらしい。

ロイドは恋人の意図をはかりかねた。

「相変わらずとは？　顔は変わらないものだろう」

「もう！　いかにも自分の顔がいいってことがわかっているのがまた憎らしいわ！」

「周りから散々言われてきたことだ、子供でも自覚するさ」

「うわあ、それ、同性の反感を買いまくるやつよ！　あなた、友達いないでしょ⁉」

令嬢らしからぬあけすけすぎる物言いに、ロイドは唇だけで笑った。スティアート家は由緒正しき伯爵家の一つだが、このエスターは異例の跳ねっ返り娘として様々な評判を呼んでいる。

だが、ロイドはそのわかりやすい物言いを決して悪く思っていなかった。視線や仕草で駆け引きを望む異性たちよりはよほど付き合いやすく、会話で浪費せずに済む。

エスターはふと静かになったあと、おずおずとロイドを見上げた。

「ねえ。ほんとに、私と婚約してくれるの？」

「するさ。なんだ、不都合でもあるのか？」

エスターは頭を振った。

肘に触れる手にかすかに力がこもったのを感じて、ロイドは察した。

「また嫌がらせでも受けたのか」

スティアート家は名家の一つだが、マーシアル筆頭公爵家のルイニング家とは家格が釣り合うとは言えない。

だが、ロイドは家格の釣り合いのためにエスターと恋人になったのではなかった。

エスターの想いを受ける形で関係を築き、今に至る。

もともと現ルイニング公爵夫妻も家格にかなりの差がありつつ結婚し、現在は社交界きっての仲の良い夫婦として有名である。そんな夫妻のもとで育ったロイドも、打算抜きの関係というものに抵抗がない。

それを理解しない者たちはロイドにエスターの悪評を溢れんばかりに吹き込もうとし、エスターのほうも嫉妬や羨望からくるあてこすりや嫌がらせを受けた。

ロイドはそれらに対処し、障害とみなされるものを取り除いた。エスター以前に付き合った相手に対しても同様のことが起こってきたため、その都度対処して慣れていた。両親も自分たちの経験から、結婚や恋愛についてロイド自身の判断に任せるところが大きい。

それでようやく、エスターと正式な婚約を結ぶ段階に至ったのだ。

ほとんど万全に準備したつもりが、エスターにこのような顔をさせる問題が残っていたのか。

ロイドはいくつか推測してみたが、エスターは頭を振った。そしておずおずとロイドを見上げた。

「あの……あのね、ロイド。私のこと、好き？」

その目は、保護者を求める幼子のように揺れていた。

ロイドは虚を衝かれた。同時に自分の推測がまったく的外れだったらしいと悟った。

――心に覚えたのは、またかという既視感と淡く倦《う》んだ感情だった。

「私が、君に不誠実な態度を取ったか？」

問うと、エスターは再び頭を振った。そしてうつむいて、か細い声で答えた。

「……ロイドは、いつも優しくて、絶対に嘘をつかない。わかってる。わ、私なんかの恋人になってくれて……私なんかよりずっと綺麗なご令嬢や、豊かなご夫人に誘われても見向きもしなかった。ま、前は、そういう人たちが恋人だったこともあるって聞いて、ちょっと不安だった。でも恋人になればその人だけだって、ロイドは最初に言ってくれたものね。ずっとその通りにしてくれた……」

夢のような幸せだった——エスターは言う。

ロイドに返す言葉はなかった。エスターの声と、本心はまるで一致していないように見える。

——自分は何かを間違えたのだろうか。

恋愛関係になった女性は少なくなかったが、その誰にも詰《なじ》られるような真似はしてこなかった。恋人ができれば、相応の扱いをする。誠意を尽くし、他には見向きもしない。同性の友人に呆れられ、からかわれるぐらいにはロイドはそれを貫き通してきた。

「……だからね、好きになってしまう。転がり落ちていくように、最初よりもずっとあなたを好きになってしまうの」

エスターの声はかすかに震えていた。

ロイドは眉根を寄せる。

「それの何がいけない」

脳裏によぎったのはただ純粋な疑念だった。エスターの言葉の意味をそのまま受け取る限り、どこに問題があるのかがわからなかった。

だがエスターはまるで重く咎められたかのように肩を揺らし、ようやく目を上げてロイドを見た。大きな目は、潤み震えていた。

「ロイド。最初の頃よりずっと私が好きだって、言える?」

不意を衝く問いに、ロイドは一瞬、目を見開いた。小さな棘を突きつけられたようだった。

そのかすかな衝撃が、彼女の告白を受けた日のことを思い起こさせた。

『あ、あなたが、好きなの! 身分違いだとか、私じゃあなたに釣り合わないってわかってるけど、でも……っ!!』

あのとき、エスターは林檎のように顔を赤く染め、目には涙すらためていた。

――それまで顔を合わせるたびに噛みつかれるような有様だったから、ロイドは驚いた。

エスターと知り合ったのはいつだったか覚えていないが、初対面から挑戦的な態度をとられたことは覚えている。夜会などで会うたびに、高飛車な態度であるとか身分や顔の良さを鼻にかけている、などと反発も露わにされていた。

その媚びない視線と物言いが、ロイドには新鮮だった。そこまでわかりやすく噛みついてくる令嬢はいなかったし、他の令嬢が遠巻きにする距離を軽々と飛び越えてくる様子も面白く思えた。

恋人関係になると、エスターの舌鋒はおさまった。恥じらいやはにかみを多く見せ、エスターも年相応の少女なのだと――ほんのわずかに、退屈に思うこともあった。

だがそれは、投げかけられた問いに対する答えにはなりえない。

ロイドの沈黙の意味を、エスターは正確に理解したようだった。少女の顔が、にわかに曇る。晴天にいきなり雲がかかり、今にも雨が降り出しそうな時のように。

するりとエスターが手を離し、ロイドから数歩離れた。

「ほら、ね。ロイドは、嘘をつかないものね」

少女の顔が、くしゃりと歪む。

エスター、と名を呼び、だがロイドは続く言葉を持てなかった。

「はじめはね、一方通行でも構わないって思ったの。ロイドが私を恋人にしてくれて、こんなに大事にしてくれて、十分すぎるくらいだって。でも、どんどん欲が出て……ずっとずっと追いかけて、わかってしまったの。どれだけあなたに手を伸ばしても、心に届かない。走って走って追いかけるだけ。このままじゃ私、窒息しちゃう。もう疲れたの」

——欲しかったのは地位でも財でも名誉でも、家のための結婚でもない。

そう言って、大きな瞳から雫が溢れ出す。目と頬を濡らしたまま、少女は恋人の金の目を見つめた。

「わかる？　胸がいっぱいになって、何も食べられなくなる感覚。あなたのことでいっぱいになって、眠れなくなる夜が増えるばかりなの。あなたのすべてに一喜一憂して、自分が自分じゃなくなるの。恋は病っていうけど、本当ね。……ロイド、あなたにそれがわかる？　私のために、心を乱してくれた？」

かつてない切々とした訴え。エスターのこんな姿を、ロイドは初めて見た。だがロイドは答えなかった。ためらったのは一瞬で、踏み出し、手を伸ばして彼女の涙を拭おうとした。恋人ならそうすべきだったからだ。

だがエスターは頭を振って拒んだ。

「私は割り切れるほど強くないの。ただ、あなたと恋がしたかった。それが叶わないなら、お別れ」

ロイドは伸ばしかけた手を止めた。数秒の間、耳に痛いほどの静寂があった。そして、ゆっくりと手を下ろす。

「それが君の決断なのか、エスター」

「……そうよ。もう、決めたの」

エスターはうつむき、くぐもった声をもらす。

うつむいて肩を震わせる姿は、痛ましく見えた。――そしてそれは、かつての恋人たちが見せた姿と同じでもあった。

『あなたは理想の恋人そのもの。まるで夢のよう。夢だから……決して心を傾けてはくれないのね』

そう言ったのは、誰だっただろうか。

ロイドは恋人に言葉を惜しまない。どれほど月並みな賛辞であろうと愛の言葉であろうとも。

だが決して嘘は言わない。無理強いもしない。礼節を保ち、いかなる非難の付け入る隙も与えない。恋人として正しい、理想の姿を貫き通す。

だから、言った。

「わかった」

短い淡白なそれが、終わりの言葉だった。

エスターが肩を震わせ、顔を上げる。涙が頬を濡らし、顎を伝っていた。明確すぎるほど明確に、傷ついた少女の顔がそこにあった。泣き濡れた顔はくしゃりと歪み、震える声で言い放つ。

「あなたなんか、一生本当の恋を知ることができないわよ!!」

ルイニングの最高傑作

目を閉じたロイドの世界から、一瞬音が消えた。だがすぐに戻ってくる。雑音だけが取り除かれ、必要な音だけが拾われて世界が再構成される。

自分の呼吸の音——周りで打ち合っている騎士たちの足音や刃を潰した剣の噛み合う音、衣擦れの音、そして彼らの呼吸の音。

ゆっくりと瞼を持ち上げる。目に映るもの——騎士舎内の鍛錬場の景色がすべてはっきりと見え、頭の中でその意味を瞬時に理解する。

微動だにしないまま、石像のように静止して剣を構えていたロイドは音もなく、だが滑らかに動いた。周りの騎士たちと違い、ロイドが持つのは実戦で使うのと同じ真剣だった。

金の瞳が見据える先には、斬り伏せるべき魔物の幻影が浮かんでいる。過去の経験をもとに、可能な限り具体的に敵を思い描く。——敵が、動く。

襲いかかってくる熊に似た魔物の幻影を足さばきで躱《かわ》し、同時に斬り伏せる。敵は一体ではない。突進してきたもう一体を透かさず下から切り上げ、敵が怯み、怒りの咆哮をあげる前に踏み込んで急所を貫いた。すぐに引き抜き、次の敵に備え――ふいに近づいて来る人間の気配に、動きを止めた。

「あ、あのっ！　ジェニス子爵閣下!!」

裏返った少年の声が響く。ロイドは構えたまま、目だけを動かして声のほうを見た。

ジェニス子爵は、ロイド個人の持つ爵位だった。魔物討伐の功績により、ロイドはそういった名誉称号をいくつも授与されているが、ジェニス子爵の称号で呼ばれることが最も多かった。

声の主は、簡素な衣をまとった少年だった。年は十二、三といったところで、腕には練習用の模擬剣が握られている。騎士見習いだろう。

「ぶ、無礼であることは承知の上でお願いを……！　当代一の騎士のお一人たる閣下に、ぜひご指導いただきたいのです!!」

少年の目は輝き、頬はうっすら紅潮していた。これまでにも、ロイドは同じような顔を幾度となく見てきた。

「……見習いになって間もないのか」

「はい！　未熟ですが、閣下のご指導に耐える力はあります！」

――ああ、だからか、とロイドは胸中でつぶやいた。

この少年はまだ、近衛騎士団の空気や人間関係を知らないのだ。王室騎士団の中にある近衛騎士団は、他と違う。知っていたら、自分にこんな申し出をしないだろう。

だが少年はそんな意図を知る由もなく、見習いになって間もない身でも指導は受けられる――それだけの力が自分にはあると主張する。

「君の敵は、何だ？」

ロイドは顔を戻し、仮想の敵を見据え直して言った。え、と少年が意表を突かれたような声をもらす。しかし慌てたように姿勢を正し、ほとんど叫ぶように答えた。

「王族の方々に不敬や敵意を向けるもの全てです！　マーシアルを脅かそうとするもの全てであります！」

よどみなく、教本をそのまま読み上げるような言葉だった。ロイドは少年に目を向けないまま口を開く。

「そうか。ならば他を当たってくれ」

「え⁉　な、なぜですか⁉」

育ちの良い貴族の子弟らしく、少年は素直に驚きを露わにする。ロイドは答えず、意識から少年を締め出そうとしたとき、こちらに向かってくる足音に気づいた。

「おいマシュー！　勝手な行動をするな！」

怒声をあげ、騎士の一人が迫る。少年――マシューは悪戯が見つかった子供のように一瞬首をすくめた。

「申し訳ありません。ですが一度、どうしてもジェニス子爵閣下のご指導を受けたいと思い……」

マシューの声に未練が滲む。怒声をあげた男は眉を怒らせたまま、ロイドに目を向けて更に苦々しい顔になった。それから少年に顔を戻し、諭すような口調で言った。

「馬鹿め。いいか、この方はあのルイニング公のご子息だ。剣を持たなくていいご身分であるのに、剣を持ってくださっているのだ」

我々とは違う――ことさらにゆっくりとなだめすかすような声だった。

「この方を煩《わずら》わせるようなことをするな。無礼だぞ」

「で、ですが！　王室騎士団では使命のもとに、みな平等に騎士ではないのですか!?」

「何度も言わせるな。我々のような剣の腕だけが頼りの無骨者とこのお方は違うのだ」

男は芝居がかった口調で言い、それでいてロイドを一瞥《いちべつ》する。その口元がかすかに歪んだのをロイドは見た。それと同時に、鋭敏になった感覚で、周囲の人間がいつの間にか動きを止めてこちらを見ていることにも気づいた。面白い見世物でもはじまったというように。

傍観者たちも、少年を諭す男と同じような表情をして、同じような感情を抱いていることは想像に難くなかった。それらをいちいち否定しても、言葉を浪費する結果にしかならない。――だが挑発されたまま黙っていることは、ロイドの性に合わなかった。

「無骨者と自称する割にずいぶんと礼儀を気にしているな。そこの少年の言う通り、ここでは剣の腕こそがものを言う。私に何か言いたいことがあるのなら、舌ではなくその剣で語ったらどうだ？いつでも相手になるが」

ロイドが振り向かないまま冷ややかに言うと、男ははっと目を見開いた。

「いや、その、仮にも我々は近衛という同志であって、妄《みだ》りに剣を交えるようなことは……」

焦ったように、早口で言い募る。落ち着きなく身じろぎしはじめる様子を、ロイドは視界の端に捉えていた。

マシューはなおも食い下がろうとしたが、やがて男に引きずられるようにして去っていった。それが合図になったかのように、傍観していた者たちもまばらに鍛錬場から出て行く。

ロイドは一人残り、過去の魔物との戦いを続けた。


「また駄目になったんだって？」

にやついた笑みで話しかけてきた男――エドウィン・ヒュー＝ベイロンに、座って剣を磨いていたロイドはうんざりした顔になった。この男が鍛錬場の入り口に立ったときに気づいてはいたが、立ち去るのは逃げるようで癪に障り、そのまま残った矢先のことだった。

長い銀髪を後ろでざっくりとひとまとめにし、簡素なシャツと脚衣に長靴というロイドとは対照に、エドウィンはいかにも宮廷帰りという装いをしている。

華美で裾の長い上衣に、色の薄い脚衣と靴、柔らかな茶色の巻き毛がほっそりとした輪郭を覆い、目尻が垂れ気味な上に右目下に黒子のある甘い顔立ちで、貴婦人方にたいそう顔が広い。

この鍛錬場に入って来るとき一瞬顔をしかめたのも、いかにも汗臭い、野蛮な場所だと感じたからだろう。よほどの目的がなければ、そもそもこんな場所に足を運ばない男だった。

いかにも楽しげな声を無視してロイドが剣を磨き続けていると、それでもエドウィンは続けた。

「誤魔化すなよ、エスター嬢のことだ。私に言わなかったということは、他の誰にも言ってないんだろう？　ほら話せ」

「……わざわざそれを聞きに来たのか、エド」

「友情に篤いだろう？　我が親友殿の女性遍歴がまた一つ更新されたわけで、祝わないわけにはいかんだろう。で、どうだ。今回はさすがの二代目〝生ける宝石〟殿でも胸が痛んだのか？」

ロイドは無視した。

「まったく、相変わらず冷たい男だ。エスター嬢もかわいそうに。毛色が違う少女であったし、もしかしたら長続きするかもなんて思ってたんだがなあ」

「……もう終わったことだ。彼女のためにも下世話な詮索をするな」

「おいおい、こちらは友人としてお前と話しているだけじゃないか。それにしてももう終わった、なんてまったく冷たいね。友情はどうした？　それともさすがに傷心しているのか？　んん？」

答えず、ロイドは剣を磨き続けた。

「……いつもそうだが、お前は切り替えが早すぎる。本当にエスター嬢を愛していたのか？　こんなに薄情な奴がどうして我が国一番の貴公子などと呼ばれているのか……」

これ見よがしにエドウィンは溜め息をついてあてこするが、遠慮がない分、陰湿な響きはない。

しかし答えるとまた面倒な反応をされるので、ロイドは沈黙を続けた。

仮想の敵との戦いで忘れていたことが、エドウィンの言葉で呼び起こされる。

エスターの泣き濡れた顔、最後の言葉が脳裏によぎっては消える。

彼女だけではない。これまで同じように別れた恋人たちに向かって、問いかける。

（どうしろと言うんだ）

少なくとも嫌いではなかった。興味を引かれたり、好ましいと思うところがあった。強く好意を寄せてきた異性は、よほど問題が無い限り恋人として受け入れてきた。

同じような熱情を返すことはできなくとも、理想の恋人と呼ばれるほどには誠意を尽くした。これまでもずっとそうだった。

何も望まないと彼女たちは言う。だが最後にはもっとも不可解なものをロイドに求め、一方的に打ちひしがれ、去っていく。

足が接していた床にかすかな揺れを感じ、ロイドは思考を中断した。遠くから慌ただしく走ってくる音だ。

顔を上げると、出入り口に騎士の一人が息を切らして現れた。

「ジェニス子爵！　今すぐ来てくれ！」

ロイドが瞬きをする横で、エドウィンのほうが大仰に片眉を上げた。

走ってきた男はロイドの問いに答えず、早くと苛立ったように急かすばかりだった。魔物でも現れたのかとロイドは訝ったが、男が案内した先はもう一つの鍛錬場だった。

そこに、騎士だけでなく歩兵や見習いまで集まって人集《だか》りをなしていた。歓声とも罵声ともつかぬ声をあげている。

「何だあれは」

そうつぶやいたのはロイドではなく、一歩後からついてきたエドウィンのほうだった。

案内してきた男が、人集りに向かって叫ぶ。

「連れてきたぞ！」

とたん、集団が一斉に振り向いた。エドウィンが軽く怯む。

ロイドの視線の先で集団が自然に割れ、その向こうに大柄な男の姿が見えた。先端を丸めた剣を手に立っている。

大柄な男の前で、もう一人の男が肩を押さえながら床に尻をついていた。近衛騎士の一人だとロイドはすぐに察した。自分の力量に自信を持ち、少し前までロイドをよく挑発した相手だった。その男の手から剣が離れ、立ち上がることさえできずにいる。

何があったのかも、およそ察しがついた。だが、大柄の男のほうは見かけない顔だった。なかなかの使い手らしい、とロイドは素早く相手を推し量った。

全身が筋肉に覆われ、背もロイドとあまり変わらない。少なくとも騎士の身分だとわかるが、浅黒い肌に大きな鷲鼻や厚い唇を見ると、マーシアル王国の人間ではないように思える。

大柄な男は睨むようにしてロイドを見た。

「ほう。そこの御仁が、マーシアル一の魔法剣術の使い手、ロイド殿か」

尊大で嘲るような目を隠そうともしなかった。

「ルイニング公爵家の継嗣であるそうだな。なんでも、ルイニングの最高傑作とまで謳われるほどの力量であるとか」

「そうだが。貴兄は？」

まったく感情のこもらない空虚な賛辞を受け流し、ロイドは訊ね返す。謙遜の欠片さえ見せなかったためか、大柄な男の目にさっと怒りがよぎったように見えた。

「私はヘルマン＝オーブ＝アルトゥーロ。先日、フォルセスより遊学に参った」

男――ヘルマンが名乗ったとたん、ロイドの隣でエドウィンがにわかに動揺した。

フォルセスはこのマーシアルの北に位置する国だった。国土も国力も同規模で、互いに意識せざるをえない関係にある。

――そしてフォルセスの貴族を意味する《オーブ》の冠詞に、《アルトゥーロ》家といえば、武の名門として名高い一家だ。

「貴兄がアルトゥーロの若き獅子ヘルマンか。お目にかかれて光栄だ」

ロイドは必要最低限の礼儀のために、そう返答した。

アルトゥーロ家の新鋭ヘルマンの名は聞いたことがあった。素質に恵まれ、アルトゥーロの若獅子と謳われているという。

ヘルマンはわずかに首肯し、口を開く。

「マーシアルの王室騎士団といえば精鋭揃いとの評判だ。士官であっても武芸に手を抜かず、特に魔法と武術を組み合わせた戦法が進んでいると聞き及んでいる。ぜひとも手合わせをと願っていたところでな」

微塵も臆さずそう言うと、向かい合っていた男を目で示した。剣を落とし、肩を押さえる近衛騎士は恥辱に震えて歯噛みし、顔は赤くなっている。

その様子を嘲るように、ヘルマンはよく通る声で言った。

「彼は近衛騎士でも屈指の実力と聞いていたのだが、正直言って落胆した。噂に聞くマーシアルの騎士とはこの程度なのかと」

人集りがどよめき、いつの間にかロイドの背後に下がっていたエドウィンが、短く不満の声を漏らした。

ロイドの視界に、人集りの中にも数名の男が恥じるように目を伏せ、あるいは顔色を失っているのが見えた。どうやら他にもヘルマンに敗北した者がいるようだった。

「なるほどな」

ロイドは短く、つぶやいた。――このままではマーシアルの騎士の名誉に関わるということになり、急いで自分を呼びに来たのだろう。ヘルマンがよほどの力量を持っていたのか、近衛側の傲りがあまりに過ぎたのか。

公爵家のご子息などといって揶揄し、嗤っておきながらこういうときだけ仲間として求める――言葉にこそしなかったが、ロイドはかすかな冷笑を浮かべた。

「貴殿は魔物の討伐に目覚ましい功績を持つそうだな。近衛でありながら魔物にも常勝を誇るという……ぜひ、ルイニングの最高傑作と謳われる貴殿に手合わせ願いたい」

ヘルマンは言った。その目に、侮りや挑発だけではない冷ややかな光がよぎった。その意味を、ロイドはよく知っていた。

――見目ばかりの男が、過剰な噂に飾り立てられているという侮り。

剣などではなく女の手でも取り、せいぜい女の尻でも追いかけていればいい――そんなふうに思っているのだろう。

だが最近ではこれほどあからさまな視線を向けてくる者もいなくなりつつあり、ロイドには少し新鮮にすら思えた。

それに、間が良かった。

「願ってもないことだ、ヘルマン殿。こちらも退屈を持て余していたところだったんでな」

——せいぜい楽しませてくれ。

たちまち眉をつり上げる大男に向かい、心の中でそう付け加えた。


やや野卑な歓声が、ぴたりと止んだ。

刃を潰した剣に、火花を思わせる無数の赤い粒子が戯れている。

その赤い光に彩られた剣は、筋肉で盛り上がった肩と首の間にぴたりと据えられていた。

跪《ひざまず》いたヘルマンは射るような視線でロイドを見上げ、強い屈辱に顔を歪めている。

それでも、結果は覆らない。ヘルマンの手に剣はなく、離れた場所に落ちていた。刀身は半ばから折れている。

抗議しようとしてかその口が開きかけたが、周りを囲む多くの証人の存在に気づいたようだった。

最後の矜持を振り絞るように、ヘルマンは言った。

「……参った」

うめくような宣言を、ロイドは静かに受け取った。とたん、止まっていた歓声が一斉に戻ってくる。

ロイドの息は少しあがり、体に熱が巡っていた。だが間もなく息が落ち着くと、燃えかけていた火がかき消えるように、高揚はたちまち冷めていった。

冷えていくロイドとは対照に、歓声は一層大きくなる。その歓声や刹那的な熱狂の中には、マシューをはじめとする若い見習いたちの姿もあった。

（くだらない）

――人間相手の、こんな見世物になるための武ではない。

ヘルマンにも観客にも背を向け、ロイドは鍛錬場を後にした。

忙しない足音がついてきて、調子よく肩を叩かれる。観衆にまじって遠巻きに眺めていたエドウィンだった。

「相変わらず冗談みたいな強さだな、ロイド！　お前の動きそのものが魔法みたいだ！　ヘルマン殿だって、魔法剣術を使ったはずなのに……」

――あの程度では魔法剣術とも言えない。

ロイドは内心でそう皮肉ったが、口に出さないだけの分別はあった。

魔法を使いながら剣を振るっていたというだけで、二つは噛み合っておらず、とても戦術と呼べるものにはなっていなかった。練度があまりにも足りていない。それでも剣のほうは決して侮れないものがあった。フォルセス国内でも有数の才能なのだろう。

他の近衛騎士はヘルマン以上の傲りがあったにしろ、そもそも剣の腕で負けていた可能性が高い。ヘルマンがもう少し魔法に習熟していれば、こちらも決着がつくまで少し時間がかかったかもしれない。

魔法と剣術を組み合わせる戦法は高度な修練が必要とされる。修得者は少ないが、ロイドはその中でも群を抜いていた。その評判を聞きつけて挑んでくる者は少なくなかったが、ロイドは一度たりとも膝を折ったことがない。

エドウィンが呆れかえったように溜め息をついた。

「お前、その顔どうにかならないのか。あのブライト公の息子とは思えないぞ」

「どんな顔だ」

「退屈でたまらないって顔だよ。だから殿下にはルイニングの怪物なんて言われるんだろ。あの手合わせの後にそんな顔されたら、ヘルマン殿の立場がない」

このお調子者の友人はたまにまともなことを言う、とロイドは思った。


「お兄さま！」

ルイニング邸の玄関に着くなり明るい声に呼ばれ、ロイドは顔を上げた。

二階へ続く階段の上からだった。年頃の令嬢にあるまじき、ドレスの裾をたくしあげて駆け降りる姿が見える。危うい、と思った時には小さな悲鳴があがって体が傾いだ。

同時にロイドは床を蹴って距離を詰めており、妹を抱きとめた。

「走るな、パトリシア」

「ご、ごめんなさい！　ああー危なかった！」

抱きとめられたまま、パトリシアは大きな目でロイドを見上げ、照れたように笑った。かと思うと、精一杯背伸びしてぎゅっと首に抱きついてくる。

ロイドは小さく苦笑いした。

「熱烈だな」

「最近お兄さまの顔を見ていなかったんだもの！　もう、すぐ遠征に行ってしまわれるんだから！　お兄さまばかり危ない目に遭っているのではなくて？　何もお兄さまが前線に行く必要はないじゃない」

「他の騎士がまとめて行くより私一人が参加したほうが確実だ。それに性に合っている」

「もう！　近衛騎士は王族の方の警護がすべてではありませんか！　それなのにわざわざ遠くまで行って魔物と戦うなんて！」

幾度となく繰り返したやりとりだったが、パトリシアは今もまた、眉をつり上げて不服の顔をした。家族を愛するこの妹は、いずれ公爵となる長兄が自ら願って近衛騎士になり、さらには魔物の討伐隊に参加することにずっと反対し続けていた。

事実、近衛騎士でありながら魔物の討伐に参加するというのは異例だった。そもそも近衛騎士は貴族の子弟がほとんどで、王族の身辺警護という性質上、一度も実戦を経験せず退役する者も多い。

一方、魔物の討伐隊は近衛ではなく、魔法管理院と繋がりを持つ専門の討伐隊が中心になる。時に賞金稼ぎや傭兵が加わることもあり、危険度は比べものにならない。だが、ロイドは志願してそれに加わり、後には向こうから参加要請が来るほどになっていた。

「久しぶりだというのなら、あまり説教してくれるな、パトリシア。うんざりして飛び出してしまうかもしれない」

「そ、そんなこと許しませんっ！　もう、お兄さまったら子供みたい！」

「……その子供の腕からそろそろ下りたらどうだ？」

「いやですー！」

弾むような高い声で言い、パトリシアの腕がロイドの首をぎゅうっと抱きしめた。力ずくで引き剥がすかどうかロイドが少し迷っていると、軽やかな笑い声が耳元で響く。

「やっぱりお兄さまが一番素敵！」

「……まあ顔がお前好みなのは認めるが、総合的に見てお前の婚約者も悪くないと思うぞ」

落ち着かせるべく妹の背をぽんぽんと撫でながら言うと、パトリシアは軽やかに笑った。もう十七になり、婚約者もいるというのにさすがにこれはどうかとロイドでも懸念を覚えるほどだった。いくらルイニング公爵家の家族仲の良さを社交界に知られているとしてもだ。

この妹は昔から兄――というより父によく似た長男――にべったりだった。

そろそろ離れなさい、とロイドが言ってもぎゅうぎゅう抱きついて離れない。

「仕方ないな」

ロイドは溜め息まじりにつぶやき、これまでそうしてきたように、妹を横抱きにした。

そのまま階段を登って二階の部屋の前まで運んでやり、扉の前で降ろす。大人しくしていろ、と一応注意すると、聞いているのかいないのかわからない笑顔が返った。妹を部屋に押し込んでのち、ロイドは階段を降りた。

「あ、兄上！　お戻りになったのですか」

今度は明るい少年の声が一階の東側、応接間のほうから響いた。パトリシアと同様に走ってくるが、さすがに抱きつくような真似はしない。

「なんだ、ルイスまで」

「兄上がなかなか捕まらなくてお待ちしてたんです。聞きたいことがあって。魔法に関することですが……」

よほど待ちかねていたのか、ルイスはその場で質問しはじめた。

ロイドも応じ、その場でしばし弟と魔法について立ち話をする。

ルイニング公爵家は魔法の才に恵まれた血筋で、他家に比べてもその才能の出現率はずば抜けている。ロイドもルイスも、その例に洩れなかった。

「――で、……ということは、魔力素を収束させるということですか？」

「いや。ここでは……収束させつつ、放射するような形をとる。説明が難しいが」

うう、とルイスはうめいて頭の後ろをかいた。

「どうしてもこのあたりが難しくて、うまくいかないのです。兄上が僕の年には、とうにできていたということですよね」

「……別に、できなくても問題ない。年齢も関係ない。お前の好きなようにやればいい」

「でも好きなようにやると、修得まで一生かかりそうです……。まあ、兄上のような剣にも魔法にも秀でた天才と比べるのは不毛とわかっていますが」

ルイスは一瞬泣き笑いのような顔をしたあと、はあ、と肩を落とした。

パトリシアと同じか、あるいはそれ以上にルイスも感情表現が真っ直ぐで、内にこもることがない。自暴自棄にも、他者への陰湿さにもならないのがルイスの長所だとロイドは思っている。

明るい弟妹は、まさしく感情豊かな母と〝生ける宝石〟の子供なのだろう。

――二人のほうこそ、自分にないものをいくつも持っているのだ。

『怪物だよ、お前は』

ふいに、そう吐き捨てた男の声が耳に蘇った。マーシアル王家の王太子、イライアス・コンラッド＝マーシアルの声。

王太子はなぜかいつも、ロイドを見るたびに忌々しいものを目にしたような顔をした。

だがロイドはこれといって王太子の不興を買った覚えはない。

頭の片隅で雑念をもてあそびながら兄弟で議論しているうちに、玄関に到着した者があった。

はっとルイスが顔を向ける。透かさず執事もやってくる。

「父上」

「ああ、ルイス。ロイドも、戻ったか」

現ルイニング公爵の帰宅だった。ルイスが隣で気まずそうな顔をするのを見ながら、ロイドははいと短く答えた。父が向けてきた親愛の笑みに同じだけのものを返すことは、やはりできなかった。

ロイドは、父のブライトの若い頃に酷似していると言われ続けてきた。だがロイドからすれば、形だけでしかない。違うもののほうが遥かに多いのだ。

ブライトは二人の息子に目を眇《すが》め、立ち話をしていたこと——そして主にルイスの様子から、話の内容が何であるかまで察したらしかった。

「また魔法のことか？」

なかば呆れたような声だった。その奥に、皮肉めいた響きをロイドは捉えた。

寛大にして快活な父が唯一魔法に関することだけはこういった反応を示す。

ルイスは怒られた子供のように首をすくめ、申し訳ありません、と謝罪した。

「そ、それじゃあ兄上、ありがとうございました。また後で！」

早口に言って、そそくさと自室に戻っていく。

——逃げたな、とロイドはわずかに溜め息をついた。

それから父の軽い溜め息を聞いた。

「ロイド。アルトゥーロの若君相手に、魔法で騒動を起こしたそうだな」

「正確ではありません。手合わせを申し込まれ、魔法剣術によってお相手したというだけです」

「なるほど。だが周りにそう正確に情報が伝わるわけではないということも、お前ならわかるだろう。とりわけ、魔法の絡むものはどうあっても目立つ」

ロイドは反論しかけ、だが口を閉ざした。苛立ちを抑える。そのつもりはなかったとはいえ、結果的に近衛の不名誉を拭うために駆り出された——と自ら説明するのも億劫《おっくう》だった。

父の下へ情報が伝わるのが早いことも、その分、内容に正確さを欠くことがあるのも今にはじまったことではない。――伝わる情報が意図的に歪曲されることがあっても驚きはしない。

（馬鹿馬鹿しい）

あの場に居合わせた近衛騎士たちの顔が浮かび、ロイドは内心で吐き捨てた。彼らが、事の次第を正確に伝達するだけの謙虚さを持っているとは思えなかった。

結局、ロイドは短く返すに留めた。

「無意味に魔法を使ったことはありません」

剣術のみならともかく、魔法が絡むと事故や怪我の危険性は跳ね上がる。一般論として考えれば、父の懸念は的外れではない。

――だが父の意図はそれだけではないとロイドは察した。

「それとも、魔法を使うなと？」

「……有事の際以外は極力控えろと言っている」

ロイドは自分の言葉に棘が生じるのを感じた。だが、父の顔と声にも険が強くなる。

ブライトは寛大で聡明な父親と言われる。その父が、唯一視野を狭くし、意地になるのが魔法に関することだとロイドは思う。特にロイドの魔法に関して難色を示した。

――父自身が魔法を使えないからか。

ロイドはそんな冷ややかな反発心を覚えたこともあった。

だが今は、少し違う考えを持っている。

魔法は、母ロザリーにとって忌まわしい記憶に関わるものだ。罪を犯したという義理の姉に繋がる要素だ。魔法を避けたがるのは、ロザリーに思い出させたくないという意図があるのだろう。そして父自身も思い出したくない記憶であるのかもしれない。

（……《黒の魔女》ウィステリア・イレーネ）

父も、母も目を背けている名。

ロイドはブライトに軽く礼をし、振り切るようにして部屋に戻った。

〝悪女〟ウィステリア・イレーネ

エスシアル王宮の南東区画にある古い館に、ロイドはしばしば通っていた。その日も、昼を少し過ぎた頃に訪れた。

館の中にこもっている研究員たちははじめこそロイドを敬遠していたが、今は見慣れたようで慌てる様子もない。

ロイドは三階の角部屋――もとは書斎だったと思われるそこに向かった。

部屋の主はいつもと変わらずに、長机に見慣れぬ器具を並べ、実験を行っている。

「ラブラ殿」

「ああ、ロイド君。ちょうどよかった」

魔法管理院所属の第四魔法研究長、ベンジャミン＝ラブラは顔を上げてロイドに答えた。

「ちょうどよかったとは？」

「先日、フォルセスのアルトゥーロ家の若君と手合わせしたと聞きました。向こうも魔法剣術を使ったのでしょう？　どうでしたか？」

ロイドは少し考え込んだ。ラブラの言うところの〝どうでしたか〟というのはヘルマンの技量ではないだろう。アルトゥーロの使った魔法がどうだったかという意味だ。

「簡単な強化系の魔法だと思いました。基礎的で手本通りの。これといって変わったところはありませんでした。むろん、魔力素だけを使った魔法でした」

「そうですか。まあ、アルトゥーロが魔法剣術を取り入れ始めたのは最近だと聞きますし、それでも十分賞賛に値しますね。ロイド君を基準にすると判断を誤ります」

「私に魔法をご教授くださったのはラブラ殿です」

ラブラは照れたように笑った。五十に近いはずのこの研究長は、魔法研究一筋で結婚はおろか恋人がいるという噂も聞かない。そのせいか純朴なところがあって、眼鏡の奥の眠たげな目や柔和な顔つきもあり、威厳がないと揶揄する者もいた。

だがロイドの知る限り、確実に魔法研究の第一人者だった。こんな小さな研究所で汲々《きゅうきゅう》としていていい人材ではない。ロイドがこれほど長く、一人の人間に師事するのはラブラだけだった。

ロイドはこれまで高度な魔法を使う宮廷魔術師たちに師事したこともあったが、彼らはまったく独自の理論とも呼べぬ偏見と感覚によって魔法を使うばかりで、しかも秘密主義でもあった。

ロイドが彼らの力量を超えようとすると、たちまち拒み、妨げる。誰の下でも長続きしなかった。

金色の瞳が、長机に並べられた管の群れに向く。濃度の違う瘴気が、黒い砂状になって封じられていた。

「……瘴気に関して、何か判明したことは？」

「いえ、何も」

ラブラの答えは短かった。ロイドも、今日こそはと答えを期待していたわけではない。

魔法の研究には、瘴気の研究も欠かせない。魔法の源となる魔力素は、瘴気が変異したものであるからだ。――ロイドにそう教えたのもラブラだった。

「あの方が存命でいらしたら、とつい思ってしまいます」

ラブラは力なく、そして悲しげに笑って言った。

――あの方。

ラブラが何度か口にするそれが誰を意味するのか、ロイドは知っていた。

黒の魔女。藤色の目の悪女などと呼ばれる人物。

（……ウィステリア・イレーネ＝ラファティ）

二十年以上前に、《未明の地》の番人になった女の名だった。

魔法管理院の記録によれば、ウィステリア・イレーネ＝ラファティは特異な体質の持ち主だったという。その素行を抜きにしても、魔女や妖女と呼ばれるほどに。

ロイドは何の気なしに問うた。

「……その女性は、瘴気を好んだ、と聞いていますが」

「好んだのではありません。耐性があったのです」

ラブラは頭を振り、彼にしては強い口調で否定した。

「あの方は……悪女などでは、決してない。穏やかで聡明で——強く、美しい人でした」

遠く、記憶の中だけにある佳景を見るような表情でラブラは言った。そうしてからはっとしたように目を伏せる。なぜか、己を恥じているようだった。

ロイドは反論を控えた。

ラブラは、ウィステリア・イレーネ＝ラファティと交流のあった一人だという。

その人となりを実際に知っているためか、記録とは真逆のことを言う。

だが、そんなラブラが周囲からどのように言われているかもロイドは知っている。

『惑わされたのでしょうね。彼はあの通り、研究一辺倒で異性に対してまったく不馴れです。あの悪女は、一部の者には賞賛されるほどの見目であったそうです。そんな見目で、他の令嬢は見向きもしないラブラの研究を賞賛する、あるいは理解を示すふりをする。純朴な青年を欺くことなど、さも容易であったことでしょう』

ロイドには真偽をはかりかねた。だがラブラは地位にも興味がないように少々人が好きすぎるところがあり、ラブラ以外の多くの人間が、魔法管理院の公式記録を信じているのも事実だった。

記録によれば、ウィステリア・イレーネ＝ラファティは体質だけでなくその性も悪女であったため——当初、別の娘が候補として検討されていたが、番人の責務を肩代わりさせることにしたという。つまり、体よく追放されたのだ。家名もそのときに剥奪されている。

だが記録に意図的にぼかされている部分があるのはロイドにもわかった。

ウィステリア・イレーネが実際にどんな罪を犯したのかは、一つしか書かれていない。

聖剣《サルティス》の窃盗――それのみだ。

他国に売ろうとしたが、その前に罪が発覚して捕まり、《未明の地》に追放される際に剣も持ち去られたということだった。

ロイドの興味をひいたのは、持ち主を選ぶはずの聖剣が、なぜか罪を犯した女にたやすく持ち去られたという点だった。女はいったいどのような手段を使ったのだろう。それに宝石ではなく、役に立たぬ骨董品も同然とされていた剣をわざわざ盗んだのはどういう意図があったのか。背後に犯罪集団との繋がりがあったというわけでもない。

ウィステリア・イレーネ＝ラファティがどのような人物だったのか、いまいちつかみきれない。

ラブラ以外にもう一人、更に知っていそうな人物がロイドの近くにいる。

だが、訊ねることは禁じられていた。

『……彼女のことは聞くな。特に、ロザリーの前では決して口にするな』

父――ルイニング公爵ブライトは、かつてないほど厳しい顔でそう言った。

血の繋がりがないとはいえ、ウィステリア・イレーネは妻ロザリーの義理の姉にあたる。そんな身内と言える人間が追放処分などという大層な醜聞となったから、忌避しているのかもしれない。

父が魔法を疎んじるのも、ひいては《未明の地》や番人といったこととも関連し、ウィステリア・イレーネを連想させるからだと考えられる。

ロイドは長い溜め息をついた。こんな余計なことを考えるのも、退屈で苛立っているからに他ならない。

（何か、もっと――）

この冷めた感覚を振り払う何かが欲しかった。

それこそ心を乱すような――。

エスターの声が、耳の奥で火花のように散って、消えた。

白薔薇のために

退屈を見透かしたかのように、ロイドの下に御前馬上槍試合への招待状が届いた。むろん、観客を沸かせる参加者側としてだ。

ロイドは過去にも何度か同様の催しに参加し、そのすべてで優勝している。

今回の大会が以前と違うのは、魔法の使用が全面的に禁止されていることだった。純粋な武の腕で競えという。

はじめの頃は魔法の使用に制限はなく、やがて魔法使用者とそれ以外の部門に分けられて制限されてきたが、そのどれでも優勝者を代えることができなかったためについに禁止となったようだった。

ロイドは薄く笑いながら、参加の返事を送った。

当日は天が大会を嘉《よみ》したかのごとく、空は青々と晴れ渡った。

舞台として指定されたのは王都南西の平原だった。常ならのどかな自然の広がる地はいま、舞台の仕切りや参加者用の控え天幕、観客席を設置されて、にわかに闘技場と化している。

美々しく着飾った鎧をまとい、馬に跨がる騎士や徒歩の剣士たちが次々と集まっていた。主な参加者は貴族階級だが、試合を盛り上げるためにと身分を問わず腕に覚えのある者も募集されていた。

その参加者たちが、いつにもまして熱を帯びていることにロイドは気づいた。

この大会では成績上位者に褒美が与えられるのはむろん、平民から騎士身分への取り立てもありうる。

だが今回はそればかりではないようだ。

控え室代わりの天幕の周りをうろつく他の参加者が、ちらちらと一定の方向へ視線を送っている。

ロイドは気取られないようにその視線をなぞった。

ぐるりと柵で囲まれた舞台から少し離れたところに、全体を見渡せるように観客席が高くもうけられている。特に高い席は王族だ。

そのひときわ高い席には、遠目にも華やかに着飾った女性たちがいた。王妃や王女で、参加者の視線はそこへ集中している。

その中で、特に目を引く王女がいた。こちらには横顔を見せ、姉妹と歓談している。結い上げられた亜麻色の髪に、鮮やかな緑のドレスに包まれた姿は凛と真っ直ぐで美しい。

（……あれが〝白薔薇〟か）

甘い言葉や熱心な求愛者の顔で近づく貴公子や、時として外国の貴族でさえはねのけるという誇り高き第三王女、アイリーン・シェリル。際立った美貌ゆえに父王に溺愛されると同時に、手駒としてどう利用すべきか、マーシアル王も慎重になっているという。

ふと、その白薔薇が控えの天幕に顔を向けた。熱心に見つめていた参加者たちがどよめく。

新緑色の瞳がこちらを真っ直ぐに見たように感じ、ロイドは虚を衝かれた。

――王女は、確かに美しい顔立ちをしていた。だが何よりも目を引くのは、輝くような新緑の双眸だ。

少し小さめの唇が、わずかに綻んだように見える。白薔薇の微笑に、あれは自分にこそ向けられたものだと男たちが色めき立つ。

しかしその時にはもはや、王女はこちらを見てはいなかった。

（……見間違いか？）

ロイドは数度、瞬いた。王女は自分に微笑みかけたような気がした。

意味ありげな視線、熱を持った視線、媚びたような微笑に、ロイドは慣れている。だが王女の向けてきたものは、そのどれとも異なっているように思えた。しかし、騒ぐ男たちと同列になるのも馬鹿らしく思い、それ以上考えることをやめた。

「勝者、ロイド・アレン＝ルイニング！」

審判が厳かに宣言すると、柵の外の観客席からも歓声があがった。――もっともその歓声は、いくばくか作りものめいて響いた。

ロイドは軽く息を乱しながら、手綱を繰って馬をゆっくりと下げた。

決勝の相手は、王室騎士団長の息子だった。ロイドと同年代だが熊のような男で、闘志を剥き出しに睨んできた。だが今は馬から落とされて槍を手放し、呆然としたように馬上のロイドを見上げている。

その姿を見ても、ロイドは何も思わなかった。勝利の高揚も充実もない。歓声の中に、幾度となく聞いたあの言葉が聞こえる。

「さすがは、あのブライト殿の息子――」

「〝生ける宝石〟の才か、まったく羨ましい――」

「――魔物を相手にする方だ、人間相手では肩慣らしにもならぬのでは」

鋭敏になった耳が拾う、ざわめき、冷やかす声。ロイドの心はすっと冷えていく。勝負の緊張感によって忘れていられた倦怠感が戻ってくる。十代の頃であれば、かまびすしい観客たちにそのまま槍を突きつけて黙らせていたかもしれない。

ロイドを含む上位数名の勝者は、馬を降りて鎧姿のまま、観客席――王族の席の足元に整列した。

王と王妃から激励の言葉とともに褒賞を下賜される。

並んだ勝者のうち、下位から順に豪奢な外套や装飾品を王女の手で渡される。

そうして最後にロイドの番になったとき、頭を垂れて塞がっていた視界の端に、緑の裾が見えた。

「最も栄誉ある勝者ロイド・アレン＝ルイニングに、これを」

ぴんと張った、だが少し高めの声だった。

ロイドはゆっくりと顔を上げる。

たっぷりとした襞《ひだ》の、陽に透けて垂れる長い袖から、白い手が伸びていた。小さな傷一つないその両手が恭しく捧げ持つのは、優勝者にのみ与えられる剣だった。

だがその剣の見事な意匠も、ロイドの意識を奪うことはなかった。

その向こう――剣を掲げてこちらを見下ろす、〝白薔薇〟と目が合った。

白く小さな顔を、絹のように流れる亜麻色の髪が縁取っている。形の良い鼻、やや小さめの唇は意外なほどあどけなく、少女めいた印象を強くする。

だが溌剌とした目は強い意思を滲ませてはっきりとロイドを見つめていた。

夏の陽射しを浴びた若緑のような眸《め》だった。

ぼやけた世界の中で、その色だけが浮かび上がっているように見える。

珍しい、とロイドは思った。

こんな鮮やかな目に出会ったのはいつぶりか。あるいは初めてかもしれない。

こちらを真っ直ぐに見つめてくる目は、熱に浮かされているのでも、何かを期待しているのでもない。

相手を推し量ろうとする挑戦的な目だ。

ロイドは口角を上げていた。

直視してくる緑の目を、真っ直ぐに見つめ返す。

「気高き姫君の美しき御手から賜ることこそ、この剣にも優る栄誉です」

手を伸ばし、剣を恭しく受け取る。

その間も互いに視線が逸れることはなかった。王女の唇もまた、微笑を浮かべていた。

それから、ロイドの行動は迅速果敢だった。

一転して社交の場に足繁く赴いて人脈を伝い、王家の催しには必ず出席し、王女アイリーンとの接触を求めた。

恋多き男と呼ばれながらほとんどが受け身であった青年の変貌ぶりは、周囲をたいそう驚かせた。

更に周りを騒然とさせたのは、近づくものすべてを棘で払っていた〝白薔薇〟が、ロイドにはその棘を向けなかったということだった。

ロイドは大胆に、だが決して礼を失しない範囲でアイリーンと接触を持った。

やがて言葉を交わすようになり、気高き白薔薇の言葉は一層ロイドの興味を引いた。

『わたくしは自分の価値を知っています。その価値に釣り合う相手を、ずっと探していました』

この身の価値を知らぬ男、恋を楽しみたいだけの男、権力しか頭にない男、己の価値を見誤っている男――そういった男は自分に釣り合わないと第三王女は言う。

そして緑の目をきらめかせ、ロイドを見つめる。ロイド・アレン＝ルイニングという男の価値を見定めようとするかのように。

「ロイド。あなたは自分自身の価値を証明できて？　わたくしを求める気持ちを、その情熱を証明してほしいの。陳腐なものも曖昧なものも嫌い。意味のある、確かなものがほしい」

その言葉が、態度が、ロイドにはより好ましく思えた。

かつての恋人たちとも違い、はっきりと確かな証を求めるのも気に入った。

王女がロイドの価値を見定めたように、ロイドもまた王女の価値を見た。

第三王女アイリーンならば、伴侶として不足はない。

他とは違う。くだらない風評に対処せねばならないわずらわしさはなく、一方で容易く手に入る存在ではないところも気に入った。

（欲しいな）

自分の心が動くのを、久しぶりに感じた。他にない鮮やかな色を持つこの王女を側に置きたい。

そうすれば、倦むような単調さを、退屈を、少しでも遠ざけることができるかもしれない。

そして、この気高き白薔薇が情熱の証として求めるものは生半可なものではない。

ロイド自身、己と己の情熱を証明するのに足る非凡なものを探した。

神話の時代から存在し、自ら主を選び、長く誰の所有も許さなかった聖剣《サルティス》を発見したとき、それこそ己にふさわしいと思った。

ロイドは迷わなかった。

一時の別れの際、優雅に差し出された白い手を恭しく取り、その甲に唇を落とした。アイリーンがそれを許したのはこのときがはじめてだった。

緑の目に案じる色はなく、傲然とした期待にきらめいている。

「お戻りを楽しみにしています、ロイド」

アイリーンの声は穏やかだったが、その言葉は強かった。

ロイドの勝利を疑わず、そして持ち帰ってくるものが己にふさわしいと知っている者の顔があった。

互いに求めているものは同じで、互いにそれを知っていた。

「はい。必ずや証を手に、殿下のもとに戻ってまいります」

ロイドはそれだけ告げ、唇に微笑を浮かべた。

門を開く前に

左手首に嵌《は》めた銀の腕輪を確かめる。

触れた右手の指先に、冷たく硬質な感触があった。同じものが右手首にもある。

ロイドの金の瞳は、静かな火を帯びて両手首の腕輪を眺めた。

「いかがですか、ロイド君」

「問題なさそうです。これなら」

「いえ、もう少し待ってください。念のためにあと二回ほど確認を」

ベンジャミン＝ラブラは苦笑いして、逸るロイドをなだめた。

「焦らずとも、《未明の地》は逃げませんよ。――それに、聖剣も」

人が好い男の語尾に、どこか自嘲の響きが感じられた。

それを少し訝しく思いながらも、ロイドはラブラに従った。今回のことは、ラブラの協力なしには成し遂げられない。

通い慣れた研究所も、今はどこか緊張した空気が漂っている。

その空気をもたらしたロイド自身は、むしろ淡い高揚感さえ覚えていた。

――《門》を開き、《未明の地》へ赴く。そのための準備は整いつつあった。

番人と関わりなく《未明の地》へ赴くなど前代未聞だった。

それが可能になったのは、ロイドの戦闘能力やこれまでの魔物討伐戦績を前提とし、ラブラの研究が進んでいたこと、〝白薔薇〟の口添えがあったことなど複数の要因による。

ロイドに恐怖はなかった。見栄を張っているわけでも、《未明の地》へ行って聖剣サルティスを取り戻すという行動を甘く見ているわけでもない。

ただ、そうすることで己の力を証明する――証立てをするという挑戦と、未知のものへの好奇心に強くかき立てられていた。

（……聖剣は、ウィステリア・イレーネが持ち去った）

《未明の地》にあることは確かだが、今どんな状態であるのかまではわからない。

「ロイド君。くどいようですがもう一度確認します。《門》は二十三年前と同じ地点に開きます。運が味方すれば、聖剣サルティスはそこに遺っているでしょうが……」

「運悪くその地点から持ち去られていれば、見つからない。周辺を探索する必要がある。そのための猶予を確保するために、この装飾品がある」

ロイドが後を引き取って言うと、ラブラはうなずいた。

「猶予といってもそう長い時間ではありません。発見できなかった場合はすぐに帰還の合図を送ってください。《門》を開けるのは二度だけ。ロイド君が行き、そして帰るときだけです。救援は一人も送れませんから、もう一度《門》を開くまで身の安全をなんとしても確保してください。《未明の地》は異界であり、未知の魔物が多く存在するはずです。そうでなくとも、一定以上の瘴気に侵されれば、待つのは死のみです」

いつになく厳しい顔で饒舌に語る男に、ロイドはただ首肯する。《未明の地》に関してラブラの知見に及ぶ者はいない。

ロイドがもう一度、首と手足首の装飾品を確認していると、ラブラは少しの間黙り込んだ。

今度は絞り出すような声が聞こえた。

「一つ、ロイド君に頼みがあります。――ありえない、とは思っていますが」

ロイドは目を上げ、ためらいがちに告げる男を見た。

「もし、ウィステリア様を見つけたら……」

ラブラは目を伏せ、言い淀む。ロイドは銀の睫毛を瞬かせた。

――番人として《未明の地》へ往き、生きて還った者は一人もいない。

亡骸すらも見つからない。

他ならぬラブラ自身が、そのことをわかっているはずだった。

ロイドは続く言葉を待ち、やがて相手の躊躇を払うように言葉にした。

「亡骸を見つけたら、一部を持ち帰りますか」

「い、いえ！　それは……僕のような人間が頼んでいいことではありません。ですが、その、もし、見つけたら……簡単でいい、弔ってあげてくれますか」

　わかりました、とロイドは短く答えた。

　ラブラはやや言葉に詰まるような様子を見せたあと、深く溜め息をついた。そしてまた、迷いを示す沈黙のあとで重たげに口を開く。

「……《未明の地》に存在する魔物は、この世界に現れる魔物とは比べものにならぬほど多種多様です。何が起こるかわからない。記録には人の形を模すものもいたとあります。意図的な模倣なのか……別の作用なのかは、わかりませんが」

　ラブラは顔を上げてロイドを見た。眼鏡の奥、皺の目立つその目には悲愴な色が浮かんでいた。

「あるいはもし……ウィステリア様の形をした、何かがいたら。どうか、眠らせてあげてください」

　――あの方をこれ以上汚さないために。

　切迫した目が、言葉が、ロイドに即答をためらわせた。

　安易に請け負うことを許さないものがそこにあった。懇願――あるいは祈りにも似たもの。

　ロイドは決して嘘を言わず、約束を違えない。そうあることを己に課していた。

　数拍の後、ロイドは一度だけ目を閉じる。そして、ゆっくりと瞼を持ち上げる。

「わかりました」

　短く、簡潔に言った。

　ラブラの顔が、泣き笑いのような表情に変わるのを見た。

ロイド自身は、ウィステリア・イレーネにいかなる感傷も関わりもない。もはや相手が人でなく、サルティスのために必要なら、ためらうことなく斬る。

だが、だからこそ、剣を振るう理由に一欠片の追悼が紛れ込んだとしても構わない。

(――せめて、静かな死を)

咎を負い、番人として死地に追いやられた女であったとしても、それぐらいは許されるべきだった。


口づけの一つも、想いを返されることも知らぬまま

ふ、とロイドは浅いまどろみから目覚めた。

――誰かに、呼ばれたような気がした。

闇に目が慣れてくると、妙な部屋だと徐々に認識する。

『小僧』

低い声が頭の中に響いて、とっさに跳ね起きた。

見慣れぬ、物置のような部屋が目に飛び込んでくる。まともな家とも思えない歪な木肌が剥き出しの部屋。

少し遅れて、自分の現状を思い出す。《未明の地》。番人ウィステリア・イレーネの家。もう夜だから眠れと言われて、あてがわれた部屋の中で横になった。頭の隅に警戒を保ったまま浅くまどろ

んで、どれくらい時間が経ったのか。

『騒ぐな。イレーネには聞かせん話だ』

声が再び、ロイドの頭の中に響く。このいかめしく、老年とも青年ともつかぬ男の声は聖剣《サルティス》だ。

見回しても、この部屋の中にはいない。声だけが聞こえる。別の部屋にいるのか。

不馴れな感覚に思わず顔をしかめながら、ロイドは神経を研ぎ澄ました。

『お前はあくまで弟子で、イレーネは一応師だ。それ以外の何ものでもない。己の言葉は必ず守れよ』

薄闇の中、ロイドは金色の目を瞬かせる。聖剣が何を言わんとしているか、すぐには計りかねた。

――自分が口にした言葉の、何を指摘しようとしているのか。

頭の中に響く声は、束の間止んだ。

やがて、今度はやや低くなった声がした。

『あれは、哀れな女だ。たとえ戯れでも手を出すな。特にお前は』

ロイドはわずかに目を見張った。

あまりに予想外の言葉に少々理解が遅れ、やがて皮肉の笑いが唇に浮かんだ。

それはこれまで他の男にも幾度となく遠回しに、あるいは直接的に受けてきたものだった。

――聖剣の言葉とは思えない。

「何を言うかと思えば……。そこまで相手に困っていない。たとえ向こうから求められたとしても応じない。私が何のためにお前の身を求めているか、聞いていなかったのか」

ロイドは知らず、挑発の口調になった。張り詰めた体を少し緩め、座ったまま右膝を立てて手を預けた。

これまで恋多き男と言われ、言い寄られることは多かったが、詰られるような関係を持ったことは一度もない。

「哀れな女とは——番人として一人でこの地に生き続けている様を言っているのか？」

確かに、番人としてのウィステリア・イレーネは驚嘆すべき存在だった。番人としての役目を果たしながら、いまだに生き続けてなお正気を保っている——どんな英雄とも異なる偉業だ。

そして、想像していたような魔女でも異形でもなかった。驚くほど若い人の姿をしており、裾の長い乗馬服に似た青色の衣装に身を包み、邪魔だとばかりに髪を束ね、化粧気もまったくない。肌を余計に青白く見せるような紫の目と光を吸い込むような漆黒の髪は多少目を引く。だがそこに禍々しさはない。

醜女でもない。むしろ、化粧なしにもはっきりわかるほど整った顔立ちをしている。

見目が良いだけの相手ならばロイドは見慣れていたが、かつて魔法研究長のラブラが惑わされたなどという噂が立つのも無理はないと思えるほどだった。

だが今では、ラブラは美貌に惑わされたのではないと考えるようになっていた。

『あの方は……悪女などでは、決してない。穏やかで聡明で——強く、美しい人でした』

純朴な研究長の声と眼指しの意味を、ようやく知る。

（ラブラ殿の言葉が正しかったということか）

魔女と言われた女は、冤罪のみならず、その性質も記録とはまったく異なる。それは何度かロイドを困惑させるほどだった。

そんな女が、何一つ、何ものからも賞賛されず、それどころか貶められて記録されている——それが決して愉快なものではないことは、子供でも理解できる状況だ。

聖剣は沈黙する。その無言に疑いを向けられているような気がして、ロイドはとっさに反発するような言葉を投げかけた。

「その忠告が必要なのは魔女殿のほうでは？　私よりよほどそういった手管に長けているのではないか？」

今度は、聖剣の怒りに満ちたうなりが聞こえた。

——真の主と認められるためには、あまり褒められた態度ではなかったのかもしれない。

あまりに安い挑発を口にした。

ロイドの冷静な部分はそう思ったが、これまで何かに媚びることも機嫌を取ることもしたことはない。これからもするつもりはなかった。

やがてサルティスは怒りの残滓を帯びながら、言った。

『あれは、口づけの一つも、想いを返されることも知らぬまま、拙《つたな》い恋のために身を捧げた……愚かで、悲しい女だ』

どこか嘆きにも似た響きがまじった。

ロイドは虚を衝かれた。

「恋？　どういう意味だ」

思わぬ言葉に、すぐ問い返す。

ウィステリア・イレーネ＝ラファティが番人になったことと関係しているのか。

だが聖剣は沈黙した。

その後ロイドは続く言葉を待ったが、促してもサルティスは答えない。

「……一体何が言いたい」

顔を歪め、つぶやく。

答えるのは覆い隠すような静かな闇だけだった。

四章◆一人では、決して

いつもと違う朝

久しぶりに、ウィステリアはあまり眠れぬ夜を過ごした。

魔物に怯えるという以外で、こんな緊張を強いられるものがあるとは知らなかった。

どうやら、自分以外の人間が隣の部屋にいるという状態は落ち着かないものらしい。

ましてその人間というのがブライトの血を引き、しかもよく似た青年であれば尚更だ。

（……悪い夢のようだ）

もしかしたらロイドという青年は自分が生み出した夢に過ぎず、隣の部屋はいつもと同じ物置のままなのではないだろうか。つい、そんなことを思ってしまう。

浅く溜め息をついて、ウィステリアは寝台から身を起こした。

寝台の側に置いた、小さな石に目をやる。時間の経過で色が変わるそれは、いまは赤みの強い紫色に変化しており、早朝であることを告げていた。

足元近くの台にたてかけた剣に目を向ける。

「おはよう、サルト」

『眠れたか？　さすがのお前でも、古ぼけて埃《ほこり》を被った娘の慎みとやらを思い出したか。まあ、年頃というにはあまりにも――ぬぉっ、何をする無礼者!!』

起床早々に皮肉を飛ばしてくる剣に、上着を放り投げて覆った。

ウィステリアは立ち上がり、部屋の角に設けた衣装掛けの前に立つ。同じ型の普段着と寝衣をつるしてある端に、一着だけ目を引く型の異なる衣装があった。

ウィステリアの目はそこでしばし止まった。

丁寧に折りたたんでかけてあるその衣装は、まだ一度も着たことはなかった。

それは、唯一、ドレスといっていい形をしている。

ある日以外には、決して着ない。一つの目的のためだけに着る、儀式のための衣装。

（……まだ）

まだ、これを着るときではない。少なくとも、今はまだ。――ロイドを向こうへ帰すまでは。

ウィステリアは自分の気持ちをそう確かめ、また一日生きることを決めた。

今日着る分の服をいったん寝台に放り投げ、ざっくりと髪を結い、寝衣のまま上着だけ羽織る。

顔を洗うために、浴室へ行く必要があった。

ほんのわずかにためらってから、そっと寝室を出る。昨日は相当消耗しただろうから、ロイドはまだ眠っているだろう――。

だが一歩踏み出したとたん、昨日まで物置だった部屋の簡素な扉が開いた。

ウィステリアは思わずぎくりと足を止めた。

薄暗い空間でも淡く発光しているような黄金の目が、ウィステリアを認めてかすかに見開かれる。

対照的な輝きの銀色の髪が、解かれてしどけなく肩から一房滑り落ちていた。

襟元は緩んで滑らかな肌が覗き、薄く浮かび上がる喉仏や鎖骨——それから細い銀の首飾りが垣間見える。

——いかがわしい。

ウィステリアはとっさにそんなことを思い、大いに怯んだ。

が、先に口を開いたのはロイドのほうだった。

「おはよう、師匠」

言葉とは裏腹に、青年は露骨なしかめ面をしていた。


「服が必要だな」

ウィステリアはやや早口にそう言った。

慌ただしく身支度を終え、朝食の時間にロイドと向き合う形で座っている。

目は手元の繊維に落としたままだ。この鮮やかな橙色の繊維の塊は、《未明の地》における食べられる植物の一つで、主食のひとつとしてよく朝に食べる。味も悪くない。

テーブルの向こうに腰掛けるロイドは、ウィステリアの椅子の側にたてかけられたサルティスを一瞥した。それからウィステリアに目を戻し、言う。

「服？」

何を言い出すのかと言わんばかりの声色に、ウィステリアは短く首肯した。

「考えてみれば盲点だった。君が最短で一月ここに滞在するとして、その間それ一着というわけには」

「別に、気にする必要はない。行軍のときにはもっと不衛生な環境で長期間過ごしたから慣れている。沐浴できる環境があれば十分だ」

「従軍経験があるのか君は、いやそれはともかくここは軍の中ではないし不衛生な環境を君に強いるつもりはないというかそもそも不衛生な環境は身体の状態を明らかに悪化させそんな状態では君の目的に無視できぬ影響が出るに違いなく仮にも君の一時的な後見人的存在となるからには最低限環境を整える義務が」

「……何をそんなに焦っているんだ」

「焦ってなどいない！　衣類と衛生の重要性について議論しているんだ」

ロイドが訝しげな顔をする一方、ウィステリアは手の中の繊維を執拗《しつよう》にちぎりながら言い募った。

――いまさら昔の、令嬢時代の慎みやら礼儀やらを持ち出すつもりはないし、ここはそんな世界ではない。寝衣といっても実用性一択のゆるいシャツと下衣なのだが、それでも他人に見られるというのはやはり気まずいのだ、と思い出させられた。

思い出すついでに、ロイドの服の問題にたどりついたのである。

そして更にまた小さな、問題と言うほどでもない気まずさが生じている。

（た、食べにくい……）

誰かに見られていると思うと咀嚼しにくい。嚥下しづらい。食事の作法や行儀といったものはとうに捨てたはずであったのに。

他人と食事を共にする、というのはどれくらいぶりだろう。

あるいはその他人が、あまりにも自分が見知った——特別に思い出のある——顔に酷似しているのがいけないのか。

（いや、彼は年齢的に子供であり、私の甥にもあたるわけで……）

年上の人間として、然るべき落ち着きを持っていなければならない。

ウィステリアはひそかに長々と息を吐き、自分を戒めた。

当のロイドは、気に留めてもいないようだった。

テーブルに着いた最初こそ、見慣れぬ朝食に形容しがたい表情を見せたが、文句も言わずに口をつけている。

ルイニング公爵家の令息からしたら貧相極まりない、しかも冥界ともされる異界の奇怪な食物にも怯まないあたり、なかなか肝が据わっている。淡々とした表情を崩さず、味や食感に対して何か言うでもないので尚更意外だった。

無論、和やかな雑談などというものはまったく発生しなかった。

素早く朝食を片付けた後で、ウィステリアは軽く手の平を上に振る仕草をした。

「まず採寸だ。立ってくれ」

「そんなものは後でいい。……まさか、あなたが一人で仕立てるのか？　というか、あなたが着ている衣装も、いったいどうやって……」

ウィステリアは言葉では答えず、踵を返すと、ロイドの寝床となった元物置部屋から何枚かの布と巻き尺を持ち出した。

怪訝そうな顔をする青年に向かい、「その場で静止していてくれ」と年上の大人らしいしかめ面で告げる。

それからテーブルの上に、腕を広げた形の型布を広げる。そして、ウィスティリアはロイドとの距離を詰めた。

植物の繊維から作った巻き尺の端をぴたりと青年の左肩にあて、右肩まで伸ばす。

「……」

ロイドの眉がかすかに動き、物言いたげに唇が動く。だがそこから不満や抗議の言葉が飛び出すことはなく、代わりに金色の眼指しが名状しがたい光を帯びて、ほとんど距離のない位置で動く女を見下ろした。

ウィステリアは今度は青年の腕の付け根から手首までを、輪郭にそって巻き尺を伸ばした。

(長い。広い)

素直な驚きが心にわいた。肩は思いのほか大きく、腕は太く長い。ロイドは思ったより着やせするたちなのかもしれない。こうやって実際に測ると、青年というより立派な体格の男性だった。

女性の中でも結構な長身であるウィステリアより更に背が高く、近づくと肩幅も手足の長さもまるでかなわなかった。

「よく鍛えられているな」

ウィステリアは感心して思わずこぼしたが、ロイドは一度瞬いただけだった。

「ちょっと腕を上げてくれ。両方ともだ」

ロイドは億劫そうにしながらも、存外素直に両手を上げた。

ウィステリアはその脇腹辺りに手を伸ばし、巻き尺で引き締まった胴体を一周させた。ちょうど抱きつくような恰好になる。

「おい、」

「ん？　これで絞め殺したりはしないから心配するな」

「そうじゃない。……もしかして、わざと……」

ロイドは低く舌打ちせんばかりに言う。だが、測った数値をもとにテーブルの上の型布を折ったり伸ばしたりするウィステリアは気にしなかった。

椅子にたてかけられたままのサルティスが、嘲笑うような声をあげた。

『なんだ、小僧。相手には困っていないのではなかったのか』

ロイドはたちまち射殺すような眼光を聖剣に投げ、ウィステリアは顔を上げた。

「なんだ？　何の話だ」

『こちらの話だ。気にするな』

サルティスはどこか白々しく言った。

そうしてウィステリアはひとしきりロイドの全身を採寸した。脚などを測るときにはいっそうロイドの眉間の皺が増えているような気がしたが、構わず続けた。

テーブルの上には、採寸した値に合わせて布でつくった型ができあがっている。

よし、と小さくつぶやき、ウィステリアは右手を軽く持ち上げた。

「《おいで、働き羽たち》」

力を乗せて言葉にすると同時に、右手で宙に円を描いた。その形に、紫がかった黒の光が現れる。

その黒い光の円から、次々と昆虫のような生き物たちが飛び出した。

ロイドが黄金の目を見開き、身構える。

現れ出た生物たちは、奇妙な姿をしていた。膨らんだ下腹部や頭部の触角、大きな目は蜂に似ているが、背で忙しなく羽ばたく細長い二対の翅は蜻蛉に似ている。手足は三対あり、細かくこすり合わせる動作をする。

蜂とも蜻蛉ともつかぬものたちは、花蜜に誘われるように白い手に吸い寄せられた。細く小さな手足でそっとウィステリアの指に触れ、頭部にある綿毛に包まれたような触角をぴくぴくと動かす。

すぐに白い指先から黒紫の砂状のものが滲み出し、小さな触角に吸い込まれた。

砂状のものを受け取った生物からぱっと指を離れ、テーブルの上の型布に降り立つ。他の個体も同じ動きを繰り返す。

そして三対の手足をこすり合わせたかと思うと、口から糸を吐き出し始めた。その糸で、型の端から端まで往復する。

何匹もそうすると瞬く間に糸が重なり太く幅広くなって、布の片鱗になっていく。

それはさながら、生きた織機《しょっき》だった。

「これは……魔物が？」

ロイドは体に警戒を漂わせたまま言う。

織られていく衣を見つめながらウィステリアは首肯した。

「魔物だが、彼らは無害だ。対価さえ払えばこうして協力してくれる。私の服も、彼らが作ってくれたものだ。服以外にも、身の回りで頼めることは多い」

「……対価とは何だ」

「少々の《瘴気》。それも、私の体を循環したものがお好みらしい」

ロイドは眉根を寄せたまま、にわかに信じがたいという顔をした。

それも無理はないことかもしれないとウィステリアは思い、説明を付け加えた。

「蜂蜜というものがあるだろう。花の蜜を蜂が集めて、自分たちで作る蜜だ。彼らにとっては、私の体に取り込まれた《瘴気》がそれに近いのかもしれないと思っている」

『ずいぶん可愛らしい喩《たと》えをするではないかイレーネ。年を考えたほうがいいぞ。聞いているこちらが羞恥を……やめろ振るな!!』

おもむろに歩み寄って聖剣を振って黙らせてから、ウィステリアはロイドに目を向けた。

「さて、服は彼らに任せるとして、これからだが……」

そうつぶやいているうちに、ほとんど一息にロイドが距離を詰めた。

音も無く、優雅で軽やかですらある足運びにウィステリアは虚を衝かれる。

「悪いが」

ロイドは、いきなり言った。

何が――ウィステリアが思ったときには腕をつかまれ、強く肩を押されて体が反転する。

「……っ‼」

あっという間に後ろで両手をねじられ、無防備な背を取られた。

ロイドは片手だけでウィステリアの両手を封じていた。

突然のことに、ウィステリアは目を白黒させる。

「隙しかないな。この程度なら力ずくでサルティスを奪える」

若き挑戦者が冷ややかに笑うのを感じたとき、ウィステリアはようやく理解した。

昨晩の言葉。挑む、とこれ以上ないくらいに宣言されていた。

――悠長な自分を叱咤する。だがそれ以上に、静かで鋭い怒りがわいた。

ゆえに、ウィステリアはゆっくりと振り向いた。

青年に向かってふっと微笑みかけると、金色の目にかすかな驚きが見え、

「《弛緩》」

その目に向け、放った。

「な、――っ！」

たちまちロイドの手が解け、片膝をつく。

ウィステリアはくるりと体を青年に向け、両肩を軽く振った。

腰に手を当て、わずかに前屈みになってロイドを見下ろす。

「さすがに侮りが過ぎるぞ、青年」

ロイドはうめき、悔しげにウィステリアを見上げた。

『浅はかだな、小僧。そこのイレーネが武芸に秀でた人間だとでも思うてか？　不老でも身体能力は並だ。素質で言えばむしろそれ以下だ。だが瘴気から魔法を使うという点で、今のお前ごときがかなう相手ではない』

「貶すのか褒めるのかどちらかにしてくれ、サルト」

ウィステリアは小さく苦笑した。聖剣の言い方は相変わらずだったが、反論のない程度には正確だった。

──ウィステリアはもともと武人ではなく、そのような素質があったわけでもない。

単純な武術の腕のみでいえば、ロイドには到底かなわないだろう。だが、この異界で生き延びるために必要なのは武術の腕ではない。

ふいに、目元を歪めていたロイドが小さく唇を動かした。ごく小さな動きだったが、ウィステリアは直感で悟った。

「だめだロイド！」

とっさに手を伸ばし、指で唇を押さえた。

制止されるとは思わなかったのか、険しくなっていた金の目が見開かれる。

ウィステリアはその目を見つめ返し、ぐ、と指先に力をこめて柔らかいものを押し、眉をつり上げた。

「無理矢理解こうとしても無駄だ。抵抗するたび、口を噛んだり自分の身を傷つける気か。それはただの無謀で愚か者のやることだぞ」

「……」

「聞いているか、青年。弟子。君は私の弟子になったんだろう。なら私の言うことを聞け。体を傷つけて無理矢理振り払おうとするのは禁止だ。わかったか？」

ウィステリアは厳しい声でまくしたてる。ロイドは若い青年であり一応の弟子であり、関係としては甥にもあたる。色々な意味で、ウィステリアは保護者になるべき立場だった。

――ロイドには、どうも自分の身を顧みないような危ういところがあるらしい。

そこは注意しておかねばならなかった。

ロイドは目元を歪めていたが、銀色の長い睫毛を一度瞬かせた。

そして、大きな溜め息をついた。

唇の間から流れた熱のこもる吐息は、ウィステリアの指を直撃する。

そこではじめてウィステリアはびくりとし、熱湯にでも触れたように手を撥ね上げた。

「聞いている。口を塞がれたら返答できないということをご存じないようだが」

ロイドは嫌みの響きを隠そうともせずに言った。

ウィステリアは思わず撥ね上げた手をもう一方の手で庇った。

「そ、そうか。悪かった。わかってくれたのならいい」

テーブルの上で織られている服を確認する振りをして、ロイドから目と体を逸らす。

（な、何を動揺している……！　ああいや、お、驚いただけで！）

庇った手の下で、つい触れてしまった唇の柔らかさや吐息の熱さが遅れてまざまざと蘇ってくる。

『何を焦ってる、この戯《たわ》け。乙女のような気味悪い反応を……ひっ！　いきなり握るな力をこめるな!!』

「ああサルト、君の感触は落ち着くな。君の性格に似て硬くてごつごつしてて実に触り心地がよくない。だが堅実だ」

『この無礼者っ！　変態め――!!』

乙女のような悲鳴をあげるサルティスをにぎにぎと握るうち、ウィステリアは少し落ち着きを取り戻した。

――そんな聖剣と師の様子を見た青年は一人、白けた目を向けていた。

「魔女ではなく、もしや痴女のほうか……？」

ぽつりとこぼされたつぶやきに答えるものはいなかった。


「――それで、今後の方針についてだが」

ウィステリアは腕組みをしつつ、一応は神妙な態度になった弟子を見た。

「私はだいたい外に出る。その間、君はここで留守番――というのをずっと続けるわけにもいくまい」

「当然だ」

「せめてもう少し謙遜したまえ、居候。それでともかく、君もここにずっと閉じこもるわけにもいかないと考えると、まず修得せねばならないものが二つある」

真っ直ぐに見つめてくる金の瞳を見つめ返しながら、ウィステリアは右手の人差し指をぴんと伸ばした。

「一つ目は《反射》。これは、体の周りに薄い魔力の膜を張る。見えない鎧のようなものだな。これで、君の体内に入り込もうとする《瘴気》をできるだけ防ぐ」

「……そんなことが、できるのか」

「技術としては可能だ。君がどの程度まで修得できるかによるが」

ウィステリアが言うと、青年の金眼に鋭利な光が増した。自信家な青年の中で、好戦的な意欲が首をもたげるのがありありとわかった。

更にウィステリアは中指を伸ばした。

「二つ目は《浮遊》。この地での主な移動手段はこれだ。魔物を避け、自分の足で移動するより遥かに長い距離を移動できる上、障害物にも左右されない」

了解した、とロイドは短く言った。それからふと、探るような目でウィステリアを見た。

「あなたは……この地で番人としてどのように過ごしているんだ？　外に出て、何をする？」

「……この家が完成して安定するようになってからは、《大竜樹》を巡回して観察するようにしている。ああ、《大竜樹》というのは――」

ウィステリアは独自に名付けたものについて、簡単に説明をした。

「――《大竜樹》の活動は不定期で、法則はいまだ見つけられていない。私がこの地に来てからは安定しているが、いつまた活発化するかわからないからな。一応、こまめに見回るようにしている。根の周りの蕾を観察するか、周辺の生物の動きを観察することで、状態を把握できるしある程度推測もできる」

ロイドはほんのわずかに目を見開いた。それからすぐ怜悧な表情に戻り、ぽつりとつぶやく。

「真実、《未明の地》の番人、というわけか」

何気ない言葉だった。棘を含む笑いでも、哀れみですらもない。むしろかすかな賞賛さえ滲んでいるように感じられる。

――だがそれは、ざらりとウィステリアの奥を逆撫でした。

「望んでなったわけじゃない」

気づけば、尖った声でそうこぼしていた。唇が歪んでいるのが自分でもわかった。

澱んだ泥がふいに攪拌《かくはん》されて舞い上がるかのごとく、胸の底が揺れている。

金の両眼が数度瞬き、訝るようにかすかに細められたのを見て、ようやく失言を悟る。

――ロイドが、あまりにもブライトと似た顔をしているから。

ウィステリアは目を背け、話を変えた。

「ともかく、《反射》からだ。君は、魔法をどの程度使える？」

「一通りは」

ロイドは短く言って肩をすくめた。

簡潔だがまったく謙遜を知らぬ答えに、ウィステリアは呆気にとられた。

「御託はいい。一度、やってみてくれ」

ロイドの言葉に、サルティスが小馬鹿にしたような声をあげる。

ウィステリアもむっとする。が、一度手本を見せろというのはもっともで、小さな怒りを抑え込む。

ゆっくりと一度目を閉じ、息を吸って緩やかに吐き出す。

閉じた瞼の裏で、体の中に入り込むものをそっと外へ押し返す感覚を持つ。

体の周りの空気がかすかに揺らぐのが感じられ、ウィステリアは瞼を持ち上げた。

全身をごく淡い光の膜が覆っている。ロイドに目を戻す。

「これが《反射》だ」

金色の眸が、わずかに大きくなったように見えた。

「……無詠唱か」

「これはそこまで難しくないし、いまは意識を乱されるものもないからな。できそうか？」

魔法は強い集中を必要とし、そのための引き金として特定の言葉――呪文と呼ばれる――を使うことが多い。裏を返せば、必要な集中を得られれば呪文は要らないということだった。呪文を口にすることを詠唱と呼び、それなしに発動する無詠唱は同じ魔法でもより難易度が高くなる。

ロイドはそれ以上言わず、ウィステリアがしたのと同じように目を閉じた。呼吸も緩慢になる。

――おや、とウィステリアは内心で驚いた。まずは質問の一つや二つは飛んでくるものと思っていた。

意地を張っているようにも見えない。それどころか一瞬、倦んだような気配すら漂ったように見えた。

（……それだけ、これまで見様見真似でなんとかなってきたということか？）

自信もそこまで行けばよほどのものだ。呆れなのか感嘆なのかどちらともつかぬ思いが湧く。

（だが……）

それでも、異界《ここ》ではいきなり模倣できるものではない。

紫の目を眇め、ウィステリアはロイドの全身を――肉体の向こうに見える魔力の流れを見た。

ロイドが目を開けた。

「……膜というからには魔力素を収束、滞留させるものと思ったが、違うのか。発散か？」

「いや、問題はそこではない。試しに、指先に軽く火を熾してみてくれ」

青年は怪訝そうな顔をしたが、素直に右手の人差し指を軽く持ち上げた。その指の周りで、かすかに空気の流れが乱れるのをウィステリアは見た。

だが、それだけだった。

ロイド自身も訝しく思っているようで、眉を険しくしてしばらくそうしていたが、かすかな火すらも熾らなかった。

間もなくロイドもはっきりと異変に気づいたようだった。

「これは……」

「そう。ここで使うのは魔力素ではなく瘴気だ。魔力素と瘴気は似ているようで違う。魔力素から魔法を使うのと同じようにして、瘴気から魔法を起こそうとすると支障が出る。まったく別物ではないから一部は同じように発動させられるが。君が、私に斬りかかってきたときに使った魔法などはそうだ」

ウィステリアは言いながら、自分の指を宙に閃かせた。指先に緋色の火が踊り、戯れて消える。

魔法は織物に例えられる。魔力素と瘴気はどちらもその素となる糸だが、色や強度など様々な性質が異なる。異なる糸を使っても、似たような織物を織ることができる。だが性質の違いを見極め、織り方をそれぞれの性質に合わせなければならない。

ロイドは、ウィステリアの言葉を正しく理解したようだった。表情が引き締まり、倦むような気配が消える。

ウィステリアはそれに安堵しつつ、最後に一押しすることにした。ロイド自身の命を守るために必要なことだった。

「ここは異界だ。侮らないほうがいい」

忠告に、傲慢な青年は反論しなかった。そして、金色の目で真っ直ぐにウィステリアを見つめた。

「助言に感謝する。あなたに従おう、師匠」

含みなくそう告げたロイドの目に、わずかに輝きが増しているように見えた。

これほど率直に改められるとは思わず、今度はウィステリアのほうがむずがゆいような、恥ずかしいような気持ちになった。それをごまかすように咳払いを一つする。

そして少し考え込んでから、言った。

「瘴気は特に、体内の魔力の流れと密接に関係する。瘴気は、魔力の流れを止めやすい」

「魔力の、流れ？」

「ああ。私がそう呼んでいるだけだが……。私がいない間、向こうでは魔法をどう捉えているんだ？　二十三年前に比べ、何か新しい理論などが発表されたか？」

ロイドは少し考え、いや、と短く答えた。自分の知る限り、この二十三年ほどの間、有力な仮説や理論を唱える者はいなかったという。

（相変わらず、感覚に頼っているのか）

ウィステリアは淡く苦い気持ちになった。

ふいに、がむしゃらに《未明の地》と魔法の研究をしていた日々が脳裏をよぎった。――ただ一人のために、そうしていた日々のことが。

「……君の父上は、魔法を使えないままか？」

言葉が、勝手に口から転がり落ちた。はっとしても、吐き出した言葉はもう消せない。

「そうだが」

ロイドは怪訝そうな顔をした。なぜいきなりそんなことを聞かれたのかわからないというように。

ウィステリアは急いで頭を振り、なんでもない、と会話を打ち切る。

胸の奥からふいに、浮かぶものがあった。重石が緩んで、抑圧していたものが水面へと逃れ出る。

（――《未明の地》の研究など、意味がなかった）

ブライトには、魔法など要らなかった。彼との未来を手に入れるためという利己的な目的はあったにせよ、ブライトを守ることにもなればと思ってやったことは、結局何の意味もなかったのだ。

そんなものがなくても、ブライトの未来には何の障害にもならなかった。

彼はロザリーと結婚して、ロイドという子供にも恵まれたのだから。

足元でふいに底なしの闇が開き、吸い込まれるような――。

『イ、イ、イレーネ。話の途中に脱線するなどいよいよ耄碌したのではないか？』

常の軽口より鋭く、強い聖剣の声が響く。

ウィステリアははっと意識を引き戻す。足元の闇を意識から締め出す。

サルティスに目を向け、無言で謝罪と礼を送る。

（もう、過ぎたことだ）

二十年以上も前――こうして、ブライトそっくりの青年が生まれ育つほどの時間が、過ぎたのだ。

自分の感情にかたく蓋をする。

疑念を滲ませるロイドに目を戻した。

「話が逸れたな、すまない。魔力の流れについてだ。人を含め、魔法を使う生物は二種類の力を使う。外に漂う《魔力素》あるいは《瘴気》と、内にある《魔力》だ。この魔力というのは全身を巡っている。目に見えない血管と血液のようなものだと思ってほしい」

ロイドははじめて聞くのか、些細な仕草も見逃すまいとするようにウィステリアを凝視した。

「その魔力の流れというのは……どうやったら見える？」

「意識して視る訓練をすれば見えるようになる。瘴気から魔法を使うときは、この魔力の流れを意識することが特に重要だ。魔力素と違い、瘴気は体内に吸収されやすく、しかもこの魔力の流れを狂わせたり詰まらせたりするからな」

「その流れの狂いや詰まりが、魔法の不発を引き起こしていると？」

「半分はそうだ。もう半分は、瘴気と魔力素の性質の違いを知らず、同じように扱ってしまっているからだ。まずこの魔力の流れを狂わせないことが重要だ。そして魔力の流れの上で、最も重要で注意しなければならない部位がある」

ウィステリアは言葉をいったん切って、ロイドが理解していることを確かめてから、続ける。

「魔力の流れを司る、重要な部位だ。両手首と、両足首。私は《関門》と呼んでいる」

言いながら、ウィステリアは指でそれぞれ左右の自分の手首を、そして、目で自分の足首を示した。

「この《関門》が詰まったり——あるいは破壊されたりすると、魔法そのものが使えなくなる」

ロイドが、金の目を小さく見開いた。

「魔法が使えなくなる……、そんなことが起こるのか」

「ああ。詰まっただけなら一時的なもので済むが、破壊されると永久的に失う」

「壊すのは、どうやる？」

「瘴気を過度に詰まらせるか、《関門》に魔力を集中して穿つ。後者のほうが現実的だが、相手の《関門》を壊すには、相手を上回る力量が必要だ。魔物の《関門》を壊そうとするより、普通に戦って打ち倒したほうが容易い」

了解した、とロイドはつぶやき、得たばかりの知識を刻み込むようにしばらく黙っていた。

それを待ってから、ウィステリアは話を切り替える。

「ではまず、魔力の流れを意識するところからやってもらおうか。私は《大竜樹》の見回りに行ってくるから、その間に練習してくれ」

ロイドは物言いたげに片眉を上げてウィステリアを見た。

ウィステリアは小さく頭を振った。

「さすがに今の君を外に連れ出す気にはならない。まあ、三日ぐらい集中すれば魔力の流れを視ることができるようになるとは思う」

ロイドは目元を歪めた。あからさまな初心者扱いが不服だとでもいうような顔だった。

だがそれを声にすることはなく、「わかった」とだけつぶやいた。

ウィステリアはロイドに訓練のやり方と意識すべき点を教えると、サルティスを抱いて家を出た。


青と緑、ときどき黄色が帯状にまじった異界の空をウィステリアは飛んでいく。

ふいに、腕の中のサルティスが言った。

『さっさとあの小僧を追い返せよ、イレーネ。ある程度面倒を見てやったら、叩き潰してやれ』

「ん……、なんだ、ご機嫌斜めかサルト？」

『あんな小僧を前に、いまさらうろたえるお前が見苦しいからだ』

からかうつもりが、サルティスの言葉が棘となって胸を刺す。ウィステリアは口を閉ざした。

ロイドの姿は、いやでも過去を思い出させる。

――ブライトのこと。ロザリーのこと。養親のこと。

自分が失った世界。時間。人々。知らなければ忘れていられるものを呼び覚まし、揺り動かしてくる。

ロイドは、手を伸ばせば触れることのできる向こうの世界そのものだった。

（考えたらだめだ）

サルティスを抱く腕に力をこめ、強く目を閉じる。

――時間だけは無限に存在するこの世界で、後ろを振り向くことや前を見ることは死よりもおそろしかった。

こんなことで

体質こそ特異であったものの、ウィステリアは魔法の扱いに才能があったわけではなかった。むしろ元の世界にいた頃は、魔力素を感じ取ることはできても魔法は使えないほうだった。

それらを踏まえ、瘴気への耐性があることから、瘴気を魔法に変換するほうが得意なのでは――と指摘したのは他ならぬサルティスだった。

聖剣の指摘は、結果としては当たった。

だがそれでもサルティスを師として魔法を使えるようになるまでは、決して楽な道のりではなかった。

ただ、〝番人〟ウィステリアは他にやることもなく、時間だけはあった。

自決するためのあと一歩の勇気を持てなかったから、ずるずると生き延びた。

生きるためには魔法が必要だった。

だから時間をかけて修得し、編み出していった。ウィステリアにとって魔法は生存することと密接に関わっている。

――少なくとも、身につけた魔法はお前を裏切らない。お前から離れない。お前が己を誤らぬ限り。

サルティスがかつて言ったその言葉は、今も胸に残っている。

何もかも失った後で、自分が手に入れられるものがある。生存に必要というだけでなく、馬鹿馬鹿しいほど単純なその理由のために、ウィステリアは魔法を磨き続けた。

理論立てて一定以上まで極めようとすると、魔法がそう容易いものではないと理解するようになった。

そもそも、かつての宮廷魔術師たちですら――魔力の流れなどというのは意識もしていなかっただろう。

だからロイドがどれほど抜きんでた素質を持っていたとしても、流れを視ることを三日間でできるように、というのは少々急ぎすぎた設定だったかもしれない。

《浮遊》で行ける範囲の《大竜樹》をいくつか見て回るうち、ウィステリアは空が暗くなっていることに気づいた。

いつの間にか夜が足早に迫っていたようで、帰路を少し急ぐ。

家の中に留まっているはずのロイドをあまり放置しておくのも心配だった。

やがて遠目にぽつんと縦長の影が見えてくる――完全に枯れた《大竜樹》と、その洞にある自宅だ。踵で強く宙を蹴って加速し、巨木の頂上部に回った。

巨木の中は大きな洞になっているが、飛び込むとやがて行き止まりになる。板状になった幹の名残が塞いでいるところへ、コン、と軽く踵を鳴らして打ち付ける。すると魔力に反応して水面の波紋のように幹が揺れ、ウィステリアの体はふわりとすり抜けた。

落下し続け、見慣れた自宅の天井をすり抜け、今度は床に踵がつく。ちょうど居間に着地すると、なびいていた上衣の裾がはたりと落ちる。

ふとかすかな違和感を覚えて顔を上げると、ロイドがすぐそこにいた。

突然天井から帰還した師を見て、弟子はかすかに目を見張ったようだった。

互いに互いを直視し合う。ウィステリアは妙な気まずさを感じた。

――やがてその原因に気づいた。

こうして、自分以外の誰かに帰ってくるところを見られるというのが久しくなかったからだ。

妙にうろたえたまま、そんな言葉を口にした。

「た……、ただいま?」

ロイドは無言だった。突然現れた家主に驚いた――というには少し長く、その目はウィステリアの全身を眺める。

銀の睫毛の下、黄金の目に鋭い輝きが宿ったかと思うと、形の良い唇がふっとつり上がった。

「あなたの魔力の流れは、深い紫と黒の二種類で視えるのか」

その言葉の意味を、ウィステリアはやや遅れてから理解した。

今度は自分が目を見開く番だった。

「まさか……視えるのか?」

「ああ。ここと、ここに――」

ウィステリアを見つめながら、ロイドは自分の手首を指さして言う。

「全身を巡る、細い川の流れのようなものとは違い、大きく太い光が横たわっているな。腕輪や枷のようにも見えるが、これが《関門》か」

「そ、そうだ」

ウィステリアはためらいがちにうなずいた。

反射的に自分もロイドの全身を眺めた。

魔力は人によってその大きさや量や質すべてが違う。魔力の流れも、人によってまったく異なる色や輝きで見えるのだ。

ロイドの魔力は、白金色だった。流れて揺らめくたび、ところどころが金色に輝く。まぶしい光だ。青年の手足の《関門》は、枷と言うより金銀の腕輪のようにさえ見える。

流れが所々で細くなり、あるいは輝きが鈍っていたり、一部で滞ったりしているのは瘴気にさらされているせいだろう。

(一日で視えるようになるとは……!)

ウィステリアは言葉を失った。まだ、信じられない思いだった。

だがロイドがそれらしい嘘を言っているだけとは思えない。

(……おそろしい、才能だ)

思った以上にとんでもない青年であったのかもしれない。

――ブライトも〝生ける宝石〟と呼ばれ、美貌だけでなく文武に優れた秀才だったが、ロイドもそうであるようだ。否、魔法さえも使えるという意味で、あるいは。

（ブライト以上に……）

言葉を失った師の反応を見て、ロイドはふっと唇に挑戦的な微笑を浮かべた。

「サルティスを貫い受ける日はそう遠くなさそうだな」

まったく臆することない物言いに、ウィステリアは面食らった。

『おいイレーネ。一回ぐらい、その小僧を叩き潰しておけ。我が許す』

「落ち着けサルト」

露骨に不機嫌なうなり声をもらしたサルティスに、ウィステリアは苦笑いした。サルティスが先に反応したおかげで、毒気を抜かれて冷静さが保てた。

ロイドの自信家ぶりは、いかにも力の漲る年頃の青年らしい。これだけの才能を持っているなら、傲慢になるのも仕方のないことなのかもしれない。

「それで、次は？」

サルティスの言葉など聞こえていなかったかのように、ロイドは涼しげな顔で催促する。

ウィステリアは呆れ――だが青年のこめかみに汗が滲んでいるのを見て、開きかけた口を閉ざした。

疲労を顔に出さずにいるが、これだけの異様な速さで流れを視られるようになったということは、一日中ずっと集中していたのだろう。

ウィステリアは頭を振った。

「今日はもう休め。さすがに消耗が大きい」

「私は」

「だめだ。魔力系の消耗は自分が思っているより遥かに速い。気づいたら倒れていた、などということになりかねない」

「……それは、あなたの実体験からか」

ウィステリアは軽く肩をすくめ、そうだ、と短く答えた。

実体験というところに説得力を感じたのか、ロイドはそれ以上食い下がらなかった。

「さて、夕食にしようか」

話題を打ち切り、ウィステリアはロイドに背を向けた。

台所に立つと、ふいに背後で「ああ」と何かに気づいたような声がした。

ウィステリアが思わず振り向くと、淡く輝く金の目と合った。

「いいい、おかえり」

短い一言に、ウィステリアは目を丸くした。

ロイドは軽く手を振り、浴室に入っていった。

硬直していたウィステリアは、慌てて台所に体を戻した。

鉱石をくりぬいて作った流し台の縁を両手でつかむ。

――頬がじわじわと熱くなり、なぜか視界が揺れた。

（こんな……）

たったこんなことで。

もう聞けないと思っていた他愛ない言葉を、こんな形で聞けただけで。

吐く息が揺れる。胸の奥底が震えている。

イレーネ、とサルティスに呼ばれても、振り向けない。

しばらくその場から動けなかった。

灰色の世界の夢

久しぶりに強い疲労を覚えたからか、ロイドは夢を見た。

夢だとすぐに察したのは、強い既視感のある光景だったからだ。冷静に俯瞰する視点を保とうとする。だが夢は生々しさを増し、ロイドを引きずり込んでいく。

見慣れた、ルイニング公爵邸の広い庭。鮮やかな緑と花々の中で、まだ若い母と、自分よりも更に小さな弟妹が軽やかな声をあげて戯れている。

幼いロイドは静かに、離れたところからそれを眺めていた。

目に映るものは遠く、別の世界のような光景だった。

（何があんなに楽しい？　なぜあんなに幸せそうな顔ができる？）

どうしてあれほど明るく笑えるのか、楽しそうなのか。あれはそんなに楽しいことなのだろうか。

漠然と眺めていると、気の良い乳母が心配するように声をかけてきた。

――お寂しいのですか？

問われ、ロイドは困惑した。寂しい、という感情がよくわからなかったからだ。

ただ、遠い。目を細めて遠い景色を眺めるように、母と弟妹を見ているだけだった。

それは、形だけがよく似た別の生き物を見ているような感覚にも似ていたかもしれない。

ロイドのその感覚は、貴婦人としては類を見ないほど愛情深い母にはあまり理解できないもののようだった。

『ロイド、あなたはルイニング公爵家を継ぐ大切な身なのよ。そんな危ないことをしては駄目！』

母――公爵夫人ロザリーが眉をつり上げて言う。

公爵夫人としてはやや品位を欠くと言われても、夫と子供を愛する家族思いの妻。できるかぎり自らの手で三人の子供を育てきろうとする愛情深い母親。

『ですが母上。私にはもっと……他にも、できることがあると思うのです』

『趣味ならば、他にもっとあるでしょう？　あなたはこんなに優秀なのに……何も魔法だとか剣だとか、そんな危ないものに手を出す必要はないのよ。魔物の討伐なんて他の方がやるわ』

でも、と幼いロイドは反論しようとして、ますます母に否定された。

母は、こうと決めたら少し頑なになるところがあった。特に魔法に関することは顕著に嫌った。

――ルイニング公爵家は魔法の才に長けた血筋だということを、あまり重んじていないようにも見えた。あるいは、意図的に目を背けようとしているようだった。

『魔法なんてなくてもいいの。そんなもの、使わずともいいのよ。大切なのは自分自身なのだから！』

それはもっともらしい正論に思え、ロイドは幼いながらに葛藤を覚えた。

では、この魔法の才は意味のないものなのか。使い道のないものなのか。どうして母は、力を否定するような態度を取るのか。

その理由を察せられるようになったのは、もう少し後のことだった。

〝生ける宝石〟とまで言われたほどの当代ルイニング公爵ブライト、つまりロイドの父は魔法を使えない異端だったからだ。

『ロザリーは、私が魔法の才を持っていなくても気にしなかった。そのままの私でいいのだと教えてくれたんだ』

父が穏やかに笑いながらそう言ったとき、ロイドは理解した。

魔法を使えない父を肯定し、結婚した母。父にとっても母にとっても、魔法などなくていいものなのだ。むしろ、魔法以外のもののほうが価値があると信じているのだろう。だから二人は、珍しい恋愛結婚に至ったのかもしれない。

そう理解し、後に、ロイドにとっては血の繋がらない伯母——母の義姉である存在にたどりついたとき、ロイドは運命の皮肉ともいうべきものを冷ややかに笑った。

母の義姉、悪女とも呼ばれるウィステリア・イレーネは進んで魔法の研究に携わった人物だったのだ。

特殊な体質を持ち、母とは真逆に、魔法の価値を認めていた人物だったのだ。

だがその人物は罪を犯し、《未明の地》へ追いやられた。この世界の魔法を維持するための番人となった。

母はその人物をおそれ、真逆であろうとするあまりに余計に魔法を忌避しているのかもしれない。そんなふうに考えすらした。

しかしそこまで理解できても、ロイドは魔法や武術から離れることはできなかった。

平坦で単調な世界の中で、その二つだけがわずかに色づき、一時退屈を忘れさせてくれた。

――退屈。

何もかもが灰色の世界で沈んでいくようなその感覚を、誰も理解してはくれなかった。

他人から向けられる目や声は、どれも等しく冷ややかで敵意や粘つく羨望や苛立ちにまみれている。

『お前は、あのルイニングの嫡子だからな』

『さすが、君のような天才は僕たちとは感覚が違う』

『……見下しているのか、我々を』

同年代の子供であっても、教えを乞うた成人の魔術師でも変わらない。

(彼らには、俺が見えていないのか)

ロイドが何を言おうが何を感じようが決して伝わることはなく、こうだろうという形でしか認識されない。

――かつてある地方に出現した魔物の討伐軍の一員として加わったとき、魔物と組み合う形で山道の斜面を転がり落ちたことがある。

周りの騎士たちの驚く顔と叫びが、落下する感覚の中で奇妙に鮮やかだった。

落ちて叩きつけられ、ロイドはしばらく動けなかった。運よく死にはしなかったが、仰向けに倒れたまま痛みと衝撃にうめき、朦朧とした。薄く開いた目に、暗い空が――木々の影と降りしきる灰色の雨が見えた。

いかなる呼び声も、人影も見えない。

雨の音と、自分の荒い呼吸の音だけが響く。

世界はこんなにも暗く、単調で、冷たい。永遠に停滞した時間の中にいるようだった。

――彼らには、自分が見えていない。だから助けも来ない。

ブライトの息子、ルイニング公爵家の嫡子。ただその記号と枠だけがあって、ロイドという個はどこにもない。

降りしきる冷雨が浸透するように、ロイドはその事実を思い出す。

どれくらい時間が経ったのか、やがてロイドは立ち上がった。かろうじて手放さなかった剣を杖代わりに、よろめきながら体を庇い、歩いた。確固たる意思があったわけではない。ただ、体がまだ生きたがっていた。――まだ、何もなしていない。何の意味も見出せないまま終わりたくない。

自力で戻って来たロイドを、仲間たちは怪物でも見るような目で迎えた。

――あるいはただ一人、はじめから忌むような目を向けてきた男がいたことを思い出す。

『お前は、怪物だ』

王太子、イライアス・コンラッド＝マーシアル。これまで向けられたどの嫉妬とも羨望とも違う、異物を見るような目だった。

だがその意図を知ることはできなかった。

再び、目を焼くような空の青さが視界に広がる。

幼い弟妹、若い両親――ルイニング公爵の家族が、知り合いの貴族の領地へ行った日だ。

――その日の朝、ロイドは母と口論になった。

きっかけは些細なことだったが、神経を尖らせた母がいつものように、嫡子が余計なことをするなと語気を荒げたのだ。常より強い口論になった。

『どうしてあなたはそうなの、ロイド』

ロイドは黙り込み、陰鬱な目で母を見返した。

（〝どうして〟？　〝そう〟とはなんだ）

自分が自分であるということは問題なのか。

あるいは父と違うことがそうも許されないのか。

母は移動の間にすっかり機嫌を直した。言いたいことを言って気分が晴れたのか、大した口論ではないと思ったのか。その分だけ、ロイドは鬱屈を抱えた。

向かう先は、景勝地としても知られる緑豊かな田舎だった。

天気もよく、知人の家族と合流して外を散策しながら軽食をとるということになった。

相手の家族にはパトリシアやルイスと近い年頃の子供がいて、この世界に憂うべきことなど何一つないというような明るい笑顔と声で周囲を駆け回っていた。

ロイドはそれを、一人遠くから見ていた。

世界がどれほど明るくても、ロイドはそれを感じることができなかった。

一方で、遠くに見える青い山、周りを囲む緑の木々と鮮やかな青空があまりにも開放的で、みな気が緩んでいたのだろう。

パトリシアやルイスたちは駆けずり回るうちに、親や侍女たちから離れすぎていた。

幼い弟妹たちが駆けていった先が、「行ってはいけない」と強く言われていた方向で――その先は垂直な崖だと察したとき、ロイドは駆け出した。

背に、侍女や親たちが遅れて悲鳴をあげるのを聞いた。

『ルイス！　パトリシア！』

子供たちの先頭を走っていたのはルイスだった。

パトリシアや他の子供を追い抜き、ロイドは寸前で弟に追いついた。

だが勢い余ったルイスは、崖の先に足を踏み出しかけていた。

ロイドは踏み出し、ルイスの腕をつかんで後ろに強く放り投げた。

弟の、驚いたような顔が見えたのは一瞬だった。

踏み出した自分の右足は何も踏んでいない。

反動で、転落した。

激しい風に吹き付けられ、仰向けに落ちていく。全身の血が逆流し、意識が遠のく。

見上げる空の青さと、陽光が目を射る。

恐怖はなかった。

（くだらない）

こんなところで。馬鹿馬鹿しいほど呆気なく、滑稽だ。何もかもが。

（何も――）

誰も自分を見ない、呼ばない。何も見えず、誰の声も聞こえない。

すべてが瞬く間に遠くなり、切り立った崖が影絵のように視界を侵蝕して――


――そうして、目が覚めた。

叩きつけられたようにロイドの体は痙攣し、目を見開く。薄闇の中、不揃いな木の天井が映る。

ひどく体を打ち付けたように感じて息が詰まった。だが、その痛みは幻覚に過ぎない。

は、と少し乱れた息をつくと、鼓動が速くなっているのがわかった。

息を整え、自分の状態を冷静に観察する――やがて、異界の他人の家だと認識する。

久しぶりに、あまり思い出したくもない夢を見たようだった。

妹に似ず／父によく似て

（なんという……）

舌を巻くような思いを抱きながら、ウィステリアはなんとか師の威厳を保とうと精一杯厳しい顔をした。

家から少し離れ、青みがかった不毛の大地に降り立って少ししてのことだ。

サルティスを抱えつつ腕を組むウィステリアの前に、全身を淡い光で包んだ長身の青年が立っている。

もはやロイドは汗一つかいていない。それどころか無感動に言うのだった。

「ご感想は？」

「……《反射》は、大丈夫そうだ」

ロイドのさも当然だと言わんばかりの顔がまたちょっと憎たらしく思え、ウィステリアは表現を控えめにした。ほぼ完璧だ――などとは、ウィステリアにも少しの意地があったために言えなかった。

「なら次だ」

師のささやかな葛藤も知らず、弟子は淡白に言った。ふ、と薄い息を吐いて目を閉じる。

束ねられた髪が銀の尾のように揺れ、長身が浮き上がった。足が地を離れる。

ウィステリアはまた、驚きと苦々しさがまじったような思いを味わった。

（飲み込みが早すぎる……！）

魔力の流れを視ることからはじめ、瘴気の侵蝕を軽減する《反射》、空中に浮く《浮遊》まで、ロイドは驚くべき速さで修得しつつあった。

ウィステリアが想定していた、弱い《反射》を修得するまでの期間でロイドは《浮遊》の基本まで修得しつつあるのだ。しかも《反射》と同時に使えるようにまでなっている。

ウィステリアが家をあけている時間に、ロイドはおそるべき集中力で教えを反復して消化し、自らのものとしているようだった。のみならず、それを足がかりにして応用までこなそうとする。

――まるで野生の駿馬だ、とウィステリアは思った。

人に手綱を許さず、どこまでも独りで走って行ってしまう。押さえつけようとすれば振り切るように駆けていく。その先が崖であろうとも。

ロイドにはどこか、そんな危うさを感じさせるところがある。

（……サルトの言葉も少しわかるような気がする）

――恐れを知らないこの弟子は、油断すると本当に自分から聖剣を奪っていくかもしれない。

サルティスが認めるかどうかは別としても。

そのままゆっくりと高度を上げていくロイドに、ウィステリアははっとした。

「待て、ロイド。あまり高く飛ぶな」

「実際にはもっと高いところを飛んで移動するんだろう？」

「そうだが、もっと慣れてからだ。《浮遊》は《反射》とは危険度も、魔法としての難度もまったく違う。失敗は大怪我のみならず……墜落死にも繋がる」

ウィステリアの声は自然と厳しくなった。

ロイドは一度瞬くと、金色の目をわずかに眇める。

「――墜落か」

低くつぶやく。

反発でも傲慢さでもない、どこか冷たく倦んだような表情にウィステリアは虚を衝かれた。なぜこんな反応をされるのかわからなかった。

だがロイドはそれ以上を発するでもなく、足で再び大地を踏んだ。

「《浮遊》を訓練するなら、爪先の高さはここまでだ。慣れるまでは家の中でやってほしい」

ウィステリアは手で自分の胸のあたりを示した。《浮遊》が失敗しても、怪我をしない高さでなければならない。

不満げな言葉が返ってくるかと思いきや、ロイドは黙って目を向けるだけだった。

金の目にいつもより影が濃く見える。光の当たり方によるものだろうか。

（なんだ……？）

今日は少し、様子がおかしい。

ロイドは平淡な声でつぶやいた。

「あなたは、あまり私の母と似ていないな」

動かぬまま、ただ事実を述べるようにロイドは言った。

ウィステリアは大きく目を見張る。

「血縁関係はないとは聞いているが。性格や言動もあまり共通点がない」

他意なくロイドは続ける。

ウィステリアは呆然と声を失った。唐突に息が詰まる。その息苦しさで、ぐらりと視界が揺れたような気がした。

――記憶の中と同じ顔、よく似た声。

『どうせ、私は姉様みたいに綺麗じゃないんだから!!』

『そんなことは一言も言っていないが。ウィスと君は違う人間で、ウィスにはウィスの、君には君の良さがあるだろ?』

――なぜ。どうしてこんなことを、思い出す。

『どうして比べるんだ? 君のその赤毛は優しい色で――とても綺麗だ』

――自分とはまったく違うロザリー。だから彼は自分ではなくロザリーを、

「……っ」

ウィステリアは強く、奥歯を噛んだ。手を握ってこみあげたものを殺し、噴き出した過去を押し込める。

――愚かなウィステリア・イレーネ。

サルティスの言う通りだ。過ぎ去った、変えられぬ記憶に今でもこうして囚われそうになっている。

は、と自嘲の息をこぼし、自分に戒めを突き立てるように口を開いた。

「当然、似ていない。血の繋がりもなければ、性格もほとんど真逆と言って良かったからな。ロザリーには、私のような体質はなかったわけだし」

おどけるように肩をすくめる。

だが声に含まれた棘があからさまだったのか、ロイドは怪訝そうな顔をした。

ウィステリアは遅れて自分の口調に後悔する。誤魔化すように、つとめて軽く言った。

「そう言う君は、父上によく似ているな。君からすると、他の親子や兄弟姉妹はみな〝似ていない〟なんてことになるだろう」

他愛ない冗談のつもりだった。

しかしブライトに似た顔が、無感動を通り越して凍るのをウィステリアは見た。

その変化は一瞬で、ロイドは鋭く唇をつり上げた。曲刃の剣を思わせる笑みだった。

「そろそろ、師匠も自分の仕事に戻ったらどうだ。子守ではあるまいし、いつまでも付き添う必要はない」

「あ、ああ……」

完全に突き放すような調子に、ウィステリアはためらい、短く肯定することしかできなかった。

何かがロイドの気に障ったのか。少なくとも自分の言葉に原因があることだけはわかる。

気まずさと棘の尾を引いたままに、目を逸らす。

「……危ないことや、無理はしないでくれ」

結局、ウィステリアはそんな忠告とも言えぬ曖昧な言葉を残し、《浮遊》で空中に上った。逃げるようにその場を後にする。

ロイドはもうこちらを見ていなかった。

落ちる

『いつまでもうじうじと見苦しいぞ、イレーネ。あの弟子に何か言われるたびに心を乱されるつもりか』

「……わかってるよ。ただ、あの顔と声が、どうも……」

『刷り込みをされた雛かお前は。他の異性を知らぬところがいかにもわびしく哀れではないか。うむ、惨めだな！』

「それ以上言うと一回落とすぞ、サルト」

腕の中の聖剣は短く悪態をついて、黙った。

ウィステリアの口から溜め息がこぼれた。――わかっている、と心の中でもう一度つぶやきながら。

とうに忘れたつもりが、これほど過去を呼び起こされる自分はいかにも惨めだし、呆れる。

だが、この胸に靄《もや》がかったような感覚はそれだけが理由ではなかった。

（……ロイドは、ブライトと何かあるのだろうか）

ブライトと似ている、という言葉でロイドの態度が変わった気がする。

あれだけ見目も能力も似ていれば、これまで何度も同様のことを言われたはずだ。

（父と比べられて劣っているなどと言われているのか？　しかし……）

偉大な父に劣等感を抱く息子、というのは世に珍しくない。だがロイドの場合は、父より劣っているなどと言われるような能力の持ち主ではないのは確かだった。容姿にしてもそうだ。

（――知らないことばかり、だな）

一応は自分の弟子で、仮にも自分の甥にあたるというのに、ロイドの背景、家族との関係、ロザリーやブライトのその後のことを何も知らない。知ろうとしていないのだから、当たり前だった。

――知りたいという気持ちから必死に目を背けているのだから。

ウィステリアは強く瞼を閉じた。

知ってしまえば、きっと心が乱される。二十年以上かけて埋めたはずの過去のその先にさらされ、無傷でいられるとは思えない。ゆっくりと、瞼を持ち上げた。

（考えても仕方ない）

長く息を吐いて無理矢理に振り払い、空中に漂っていた体を起こした。身を翻す。

気まずさのあまりいつもより長めに見回りをしたが、空はもう暗くなっている。さすがにそろそろ帰らなければならない。

サルティスを抱えて、住居のある巨木を目指し、来た道を戻る。

（……《浮遊》は、どれくらいで修得するか）

ロイドのあの上達速度からすると、予想よりもっと速いかもしれない。《反射》とは比べものにならない難易度だが、彼ならあるいは、とおそれまじりに思う自分がいた。

やがて見慣れた巨木が視界に映り、大きくなっていく。

——その手前、自分と変わらぬ高度に、銀の輝きがきらめいた。

ウィステリアは大きく目を見開く。

驚愕に打たれたのも束の間、空中に静止していたその輝きが、ぐらりと揺れた。

反転する。

銀の光が落ちていく——。


「ロイド!!」

◆

——この暗い空のせいなのか。

意味もなく感傷的な過去を思い出したりするのは。目が覚めても不快なほどに引きずられるのは。

ロイドはぐるりと周りを見回した。

空は地上よりもずっと近くに見えるはずだが、ここが瘴気に満ちた異界であるためか、冬の夜のように冷たく重い。

遠くまで見回しても、不毛な荒野しかない。それも、濃紺や濃緑や暗い赤褐色というような、でたらめに色がつけられた大地だ。しかしはじめて目にする世界の光景だった。

『そう言う君は、父上によく似ているな』

あの他意のない一言が気に障った。そんな自分の反応に余計苛立った。

何も感じなくなるほどに聞き飽きた言葉であったというのに、師と認めた女の口から聞かされる
それは、無視できぬほど神経を逆撫でした。

あるいは師と認めた存在から言われたからこそ、これほど不快に感じるのか。

(父上は、この光景を見ることはできない)

ロイドは薄く嗤う。

大地は遥か足元にあり、視界は鳥のような高みにあった。

その高さでは、地上でのわずらわしさや陰鬱さを、束の間振り払えるように思えた。

自分の力を試したい。違う場所を見てみたい。そうすれば、何かが掴めるような気がした。

早く早く、と内側から身を焦がすようなその衝動を抑えることは難しかった。

ロイドは更に頭上を見る。

空はまだ遠い。異界の空は色が複雑に入り交じり、今は黒が濃くなりつつあり、かと思えば緑や
赤の帯状に時々光る。

そうして今度は場違いなほどに明るい青が、黒い空を切り裂く雷のように現れた。

その明るい青は、今朝夢に見たあの空の青さによく似ていた。

落ちて、遠のくばかりだった青空に。

一瞬、夢か現かわからなくなる。

ロイドは目を見開いた。

ぐらりと体が反転し、全身から急に力が抜けた。

『魔力系の消耗は自分が思っているより遥かに速い。気づいたら倒れていた、などということになりかねない』

耳元でささやかれているような鮮やかさで師の声が蘇り、ロイドは声をあげて自分を嗤いたくなった。

空を見上げ、また落ちていく。風の音が耳を聾《ろう》する。

恐怖はなかった。過去が脳裏をよぎった。

あの日落ちて——風になぶられた小さな体は、かろうじて崖に生えていた木に引っかかり、底への転落を免れた。だが生死の間を彷徨《さまよ》うほどの怪我を負った。

あの時は生還できた。

けれど今は垂直に、何も掴めずに吸い込まれるように落ちていく。

抗おうと思うのに体が重い。意思と体の連結が突然断たれたかのようで、暗く抗えぬ力に引きずり込まれていく。凍てつくような虚無感が身を包む。

（何も——）

あの時と同じ。

風が嘲笑しているような鋭い音、灰色の雨の幻聴だけが聞こえ、

「ロイド!!」

天啓のように、その声が世界を引き裂いた。

投げ出した手が、白い手に掴まれる。

暗い空が消え、ロイドの視界を別のものが埋め尽くす。

夜よりもなお漆黒の髪。浮かび上がるような白い輪郭。

紫水晶の瞳が鮮烈だった。双眸の中に小さな光点を帯び、遠い夜の星のように輝いている。

その顔が、歪む。

落下が止まったのは一瞬で、掴んだ手ごとウィステリアも引きずられた。

どれほど魔法に優れていようと、その体も腕力もただの女のもので、ロイドの体を支えきれない。

「離せ」

掴まれた手を、ロイドは振り払った。

巻き込むような愚は犯さない。自分の行動の代償を払うだけだ。落ちるのは一人でいい。

遠ざかる目に、手を振り払われて驚く女の顔が見える。

やがてそれも急速に小さくなって消え――

「馬鹿者!!」

叫びが再びロイドの耳を打ったとたん、ウィステリアは宙を蹴った。

金の目に映る姿は瞬く間に大きくなっていく。

ロイドが愕然としたとき、ウィステリアの体が胸に飛び込んだ。

温かな体が重なり、両腕に強く背を抱かれる。

「《転移》――!!」

風を裂く音よりもなお、その叫びがロイドの世界に響き渡った。


目眩に似た、大きく反転する感覚。

どさりと音がして、落ちた。

「う、っ……!!」

ロイドの耳元で、自分のものではないうめきが聞こえた。

落ちたはずの体が絨毯よりも柔らかく厚みのあるものに受け止められ、とっさに両腕で上体を起こす。

突いた両手の間に、白い輪郭があった。その下に緩く波打つ黒髪が床に広がっている。

積もりたての雪を思わせる肌の中、頬と目元にはっきりと赤みがさしている。色の薄かった唇までもが荒い呼吸に合わせて熟れた果実の色に染まっていた。

艶めいた黒い睫毛の下で、煌々と輝く紫水晶がロイドを睨んでいた。

「この――っ馬鹿弟子!!」

果実のような唇からは想像もできない鋭い声が放たれ、ロイドは硬直した。この女がこれほどはっきりと怒りを露わにし、真正面から大声を浴びせてくるのは初めてだった。

「私の言葉を聞いていなかったのか!?　慣れるまでは高く飛ぶなと言っただろう!!」

「……すまない」

「墜落死の危険があるとも言ったはずだ！　そんなこともわからないのか!!」

ロイドは口を閉ざし、ぶつけられた言葉を飲みこんだ。

師と認めた女の言葉はまったく正論で、反論の余地はなかった。急所を一突きにするような鋭さに冷静さを呼び戻され、己を羞《は》じる気持ちが熱となって顔に上る。

落ちるときに感じた、あの虚無感はもう消えていた。

弟子が強く唇を引き結んだのを見てか、ウィステリアはいくつか怒りの言葉を続けただけで口を閉ざした。息を整えることに専念するように、目を閉じて呼吸を均《なら》す。

胸が上下するたび、不可思議な糸で織られた衣が陽光を浴びた水面のような光沢に揺らめいた。

「本当に……こういったことはやめてくれ。あと少し私が遅かったら、君は……」

今度は静かな、絞り出すような声だった。

それが、水のようにロイドの心に浸透した。嗤われるより詰られるより、よほど耐えがたかった。

落ちる自分を見て、この女は何を感じたのか――そのことを、強く思い知らせてくる。

久しく忘れていた苦さと、ずしりと腹に鉛を詰められたような不快感――自分の力不足に対する憎悪と屈辱だった。

同時に、胸の奥をかすかにくすぐられるような感覚さえもあった。

かつてない奇妙な感覚だった。

鮮やかな怒りの裏に——師と認めた女の、無垢な思いを感じた。この身を案じたがゆえの強い怒り。そこには嘲りも冷笑も皮肉もない。

閉じられた瞼の黒い睫毛が、呼吸に合わせてかすかに揺れている。濡れたような艶を放つ漆黒で、毛先はかすかに上向いていた。

怒りと興奮のためめか、唇のいつにない赤みが、ロイドの目を吸い寄せた。

「……、助けてくれたことに、礼を言う。ありがとう」

ロイドは意識して目を引き剥がした。ああ、とウィステリアが短く答える。

そのあとで、ロイドはようやく周囲を見回した。枯れた巨木の中にある家——その内部の、自分に与えられた仮の寝床だった。

そして、自分の下にある体に目を戻した。背中から落ちていたはずが、いつの間にか師を下にしている。

「落下しながら、《転移》を使ったのか」

勝手な真似をした弟子を救うために。

——体を入れ替え、自分が下敷きになってまで。

白い瞼と黒い睫毛がゆっくりと持ち上がる。まだ誰の足跡も許していない雪に落ちた黒い羽根のような、とロイドは場違いな錯覚を抱いた。

投げかけられた言葉に感嘆を聞き取ったのか、ウィステリアはようやく笑った。

「そういうことだ。少しは私を敬い、忠告をちゃんと聞け」

苦笑いというには、あまりに透き通った微笑だった。

皮肉でも怒りでもない澄んだ声。

ふ、とウィステリアが微笑をおさめる。

「もしまた同じことが起きても、手を離すな」

ロイドは息を止めた。

自分を見上げる対の紫水晶から目を逸らせなくなる。

意識を奪われる。動けない。抗えぬ力を持った、魔法に囚われたように。


「一人で落ちようとするな。――ちゃんと、掴んでいるから」


静かに諭し、宥めるような声が脳の奥深くまで響く。

ロイドの視界が一瞬大きく揺れた。意識のすべてが、透き通る紫の双眸に引きよせられていく。

目を焼くような空の青さが、影絵のような切り立った崖の光景が遠くなる。

落ちていく中、伸ばされた白い手が鮮やかに蘇った。落ちてゆく自分を抱きとめた体の温かさまでもが。

――星の光を思わせる紫にすべて吸い込まれてゆく。

息が、できなくなる。

高度な魔法を落下しながら即座に使うなどという力量に感嘆したのでも、奮い立ったのでもない。

それとはまるで無関係で、理解のできない、

まるで――胸を穿《うが》たれたような。

「イレーネ」

手を伸ばす。自分の下敷きになって床に体を打ち付けたであろう女に向かって。

硬い床にこれ以上触れないよう、床と後頭部の間に手を潜り込ませる。その頭の小ささ、繊細さが更にロイドを息苦しくさせた。

指を、黒髪に絡める。

「――イレーネ」

自分でも理解できぬ、言葉にならないもののために、ただ名前を呼んだ。

その先の言葉がうまく見つからない。

紫の瞳が丸く見開かれる。

それでロイドはようやく、言葉を絞り出す。

「……痛みは？　怪我は？」

問うと、ウィステリアの動きがぴたりと止まり――赤みの引いていた頬が、再び火が一気に燃え

広がるように紅潮した。

そして急に、ロイドの下で慌てはじめた。

「ま、待て、これは、……！」

「イレーネ？　師匠？」

「そ、そうだサルト！　サルトを放り投げてきてしまった!!　回収しなければならない!!　直ちに今すぐ!!」

指から黒髪がすり抜け、ロイドの下からウィステリアが這い出た。

外に出るときはほとんど剣を抱えている両手が、今は空だった。

――とっさに自分を抱きとめるために、剣を放り出したのだ。そんな当然の事実が、なぜかロイドの意識を引いた。

ウィステリアは急いで部屋を飛び出すと、踵を蹴って浮かび上がる。ロイドに見えたのは、ほっそりした背と、上衣の裾を青い花のように翻らせながら天井をすり抜ける姿だった。

指を滑り落ちて乱れた黒髪の残像が、ロイドの瞼の裏を焼く。

――白い肌が赤く染まる様も、息を呑むような輝きの紫水晶の目すらも。

すべてが、あまりに鮮やかだった。


その夜、ロイドは再び聖剣の呼びかけを聞いた。

日頃の軽口とはまるで異なる、鋭く尖った声だった。

『堕ちるなよ』
短い警告の意味を、ロイドは聞かなかった。
そして、胸の内の言葉を声にすることもなかった。
(堕ちない)

——一人では、決して。

終章　淡い、けれど確かな黄金の光

息が上がる。

ウィスティリアの火照った頬を、異界の空気が冷たく撫でた。

《浮遊》で空を駆け戻りながら、地上を忙しなく見回す。やがて、暗く沈んだ大地にきらめく一点の光を見つけたとたん、急降下した。

「サルト！　すまない」

地上に降り立つと同時、光点の正体――大ぶりの宝石に黄金の柄を持つ剣に飛びついた。

空中でいきなり放り投げられ、大地に落ちた聖剣は、黒い鞘におさまったまま静かに地に横たわっている。

「お、怒ってる？　ごめん。ええと、傷は……」

ウィスティリアは焦りのまま、跪いた姿勢で両手を伸ばし、剣に鞘にさわさわと手を這わせた。ひとまず傷はないようで、長く安堵の息を吐く。

焦っていたとはいえ、空からいきなり落とす――などというかつてない暴挙に及んだのだから、怒濤の罵詈雑言を浴びせられてもおかしくない。

だが聖剣は不気味なほど沈黙していた。

「……サルト。サルティス。おーい……」

大きな剣を両手ですくいあげ、見つめる。それでも答えは返ってこない。

にわかに、冷たい不安がウィステリアの胸を刺した。

「なあ、サルト。サルティス。ごめん。……本当に、ごめん」

友人、家族、仲間、師匠――それ以上の存在である聖剣を放り出すなど、あってはならないことだった。

凍えるような無言に、ウィステリアは唇を引き結んだ。

かすかに震える手で剣を握り、その重みを感じながらぎゅっと胸に抱え込む。

この世界で自分の声に答えてくれるものは他にいない。――サルティスの無言は、なにより耐えられない。世界に一人きりだと、突きつけられる。

やがて、とても武具とは思えぬ盛大な溜め息が聞こえた。

『……ふん。少しは反省しろ、愚か者め』

「ご、ごめん。すまなかった。その、本当に悪いと思ってる――」

『浮気男のような謝罪をするな、馬鹿者。慌てすぎだろうが。あの生意気な小僧など一度や二度、落として痛い目にあわせればいい』

「あ、あの高度だと痛い目どころか死ぬぞ⁉」

『知らん。その程度で死ぬなら死なせておけ』

露骨に鼻を鳴らすような声をもらして拗ねる剣に、ウィステリアはようやく苦笑いをこぼした。

それから、サルティスを抱え込んだまま長々と息を吐いた。抱き込む手に、無意識に力がこもる。冷たく体が強ばる感覚が、ようやく薄らいでいく。

――あの時。

銀の光が落ちていくのを見たとき、全身が凍りつくような感覚に襲われた。ほとんど恐怖に似た衝動に突き動かされてサルティスを投げ出し、《転移》で飛び、なんとかロイドの手を掴んだ。

だがその手は、他ならぬロイド自身に払われた。

落ちてゆく金の目には、恐れや興奮はおろか、悲愴感も覚悟さえもなかった。一切の光を失ったような、昏い、吸い込まれるような虚《うろ》がそこにあった。

手を離せば、落ちる。

呆気なく、ロイドは死ぬ。――そのことを、ロイド自身が何の未練もなく受け入れている。

それが、ウィステリアの全身を落雷のように貫いた。

気づけば、がむしゃらにロイドを追っていた。必死に手を伸ばし、再び振り払われぬよう飛び込んでしがみついていた。

(……違うんだ)

当たり前のことであるのに、そのことを痛烈に突きつけられた。

――血の繋がりがあっても、どれほど容姿が酷似していても。

(ブライトは、あんな目をしなかった)

自分自身をも、呆気なく手放すような目は。

今になって、ロイドの虚ろな目と振り払われた手を思い、ウィステリアは身震いした。——一歩遅ければ、彼は。

『……あの小僧と何かあったか』

ふいにそんな言葉を投げかけられ、ウィステリアはびくりと肩を揺らした。

心を見透かすような質問に、妙にうろたえてしまう。

「な、なな何も。無事に、その、家まで戻した。そ、それで、急いでサルトを追ってきた」

『だからなぜ浮気男の言い訳のような口調になるんだ、お前は。やめろ気色の悪い』

「す、すまない」

動揺のあまり、ウィステリアはいつもの軽口で返すこともできなかった。

やがて、なぜかじわじわと気恥ずかしさのようなものが熱となって頬にのぼった。

真っ直ぐに自分を見下ろす金の目。

感情のままに怒鳴りつけると、ロイドは純粋に驚いたような顔をしていた。皮肉の一つでも飛んでくるかと思っていたのに、こちらが驚くほど素直に受け止めたようだった。

端整な顔に一瞬よぎったのは悔しさのようにも思えた。感情が戻り、あの虚ろさは消えていた。

そして、ふいに——昏い目は、まるで火に溶ける黄金のように変わった。

——イレーネ。

そう呼んだ、あの瞬間に。

声まで炎を孕んでいるかのような響きだった。あんなふうに名を呼ばれたことは、一度もない。あんな目で見つめられたことも。

――ブライトにさえ。

思い出すと、火にあてられたようにまた頬が熱くなる気がして、ウィステリアは慌てて頭を振った。

(本当に……あの声と、あの目は、だめだ)

長い時間の中でとうに風化したはずのものを、簡単に蘇らせてしまう。

こんなに心がかき乱されるのは、きっとそのせいだ。

――あまりにもブライトと同じ形をしているから。

その表情や性格は、まるで違うとしても。

(違う……でも同じ)

そうでなければ、こんなに心が騒ぐことへの説明がつかない。

自分でも理解しきれないもののために、ウィステリアはうなだれて一度息を止めた。それから重く長く息を吐き出す。

(慣れるしか……ないな)

他意のない一挙手一投足に振り回されていては、自分にとってもロイドにとっても良い状態にはならない。

ブライトのことも過去にできたのだ。いくらロイドが似ていても、きっとすぐに慣れて動揺などしなくなるだろう。

ウィステリアはサルティスを両手で抱え、立ち上がった。

「……戻ろう、サルト」

『当然だ。これに懲りたら心して丁重に扱え。敬ってへつらえ下僕』

「はいはい、気をつけるよ」

ウィステリアは軽く笑い、友人をしっかりと抱え直して地を蹴った。

ふわりと空に浮かび上がる。

見上げる異界の空は、瘴気で暗い。濃度が異なるところでは帯状に変色し、不安定に揺らいでいる。

どこまで行っても、この《未明の地》に太陽も月もありはしない。

なのにウィステリアの目は不思議と微かな明るさを感じた。

燃える火の名残のような——淡い、けれど確かな黄金の光だった。

番外編　僕にとって一番大事なのは

自分には無縁のものだと思っていた。

遥か遠い世界の――《未明の地》ほどにも遠い世界のことなのだと。

なのに、その遠い世界のほうが唐突に近づいてきたとき、どうしたらいいのだろう。


およそ非合理な、柄にもない下手な詩めいた考えをもてあそびながら、ベンジャミン＝ラブラは立ち尽くしていた。

通い慣れた、南東区画にある古い館の三階の研究室。ベンジャミンの生活、あるいは人生の中心となる魔法研究の拠点。

常のように何気なく足を踏み入れようとして立ち止まってしまった。

まるで、そこが不可侵の聖域であると突然気づいてしまったかのように。

壁に沿う収納棚、部屋の中央に実験器具の並んだ長机と椅子。無知なものからは嫌悪や揶揄を向けられるその場所に、一人の女性が腰掛けている。

緩く波打つ黒髪を飾り気もなく結い上げ、白く細い横顔をこちらに見せている。

先端が上向きの艶やかな睫毛の下に神秘的な紫の瞳がのぞき、その目は机の上に並んだ管――その中の黒い砂状のものを眺めていた。

眉間から鼻先にかけての滑らかな稜線、陶器を思わせる肌に少し血色の薄い唇は人形のように整った造形で、ベンジャミンは知らず息を呑んだ。

（な、なぜこんな綺麗な人が……）

無知や偏見ゆえに、《未明の地》の研究はともすれば怪しまれることが多い。彼女は、そんな研究に関わるべき女性ではない。

彼女は由緒正しきヴァテュエ伯爵ラファティ家のご令嬢で――。

ふと、白い横顔が動いた。艶やかな菖蒲を思わせる目が、ベンジャミンに向く。

立ち尽くしたまま挨拶の一つもできない男を見て少し驚いたように目を見開いたが、やがて柔らかく微笑んだ。

「こんにちは、ベンジャミン」

「こっ、こんにちは、ウィステリア様」

ベンジャミンの声はかすかに裏返った。

少し冷ややかに見える美貌とは裏腹に、ラファティ家の令嬢――ウィステリア・イレーネ＝ラファティは、柔らかく落ち着いた声の持ち主だった。

だが、こんなふうに微笑まれて何気ない挨拶をされるだけで、ベンジャミンは落ち着かなくなってしまう。彼女がここに通うようになって一月が経とうとしているというのにもかかわらずだ。

これまで魔法の研究一筋で、出世にも興味がなく、ご令嬢どころか異性にほど遠い生活を送ってきた身には、刺激が強すぎるのだ——友人たちは、そう言ってよくからかってくる。

だが、外見だけなら慣れるはずなのだ。

美しい陶器や風景を見て心が動いたところで、それをどうにかしようなどとは思わないように。

ウィステリアがはじめてここを訪れ、研究への参加を願い出たときは、焦りつつもそう考えるだけの理性はあった。

『魔法の仕組みについて解き明かしたいのです。……あまりに私欲がすぎる動機からですが』

どうぞよろしくお願いします、と彼女は丁重に礼をした。

ベンジャミンたちは驚いたし、疑いもしたが、ウィステリアはずっと真摯で親切だった。

研究に邁進するがゆえに、異性に不馴れな反面、純粋でもあった研究所の人間はすぐにウィステリアと打ち解けた。

珍しい仲間。美しい友人。あるいは少しだけ近くで眺められる、素晴らしい風景。ウィステリアはそんな存在だった。

——そのはずだったのだ。


「……では、この変質は瘴気の作用によるものでしょうか？」

「おそらくは……。ですが、《未明の地》に生息するものの本来の性質である可能性も考えられ——」

ウィステリアの質問に、ベンジャミンはおずおずと答えた。断定できない以上明確な回答を避けたが、そんなつもりはなくとも、誤魔化していると捉えられかねない。

だが紫の目の令嬢は、そうですね、と短く答えただけで、ベンジャミンの言葉を真剣に受け止めて思案する様子を見せた。

すると、今度はベンジャミンの隣にいた同僚が声を弾ませて言った。

「類似するものもありますので……！」

声の調子とは裏腹に、ますます質問の答えがわからなくなるような内容だった。

――おそらく、目の前の美しい人にいいところを見せようとしたのだろう。

それはベンジャミンにも痛いほどよくわかることであったので、同僚への批判は慎んだ。

ウィステリアはやはり、ベンジャミンのときと同じように真剣にうなずいて言葉を受け止め、考え込むように目を伏せる。

そうすると長い睫毛が際立って――白い肌との対比に、ベンジャミンの心は妙に騒いだ。慌てて頭を振って場違いな考えを追い払う。

（……この人は、相手の話をよく聞く）

礼儀正しく、上辺の愛想の良さと聞く振りで本心の冷ややかさを隠すのは貴人によくある態度だ。

だが、ウィステリアはそれとは違う。何度か接する中でベンジャミンにすらそれがわかった。

――しかも、それだけではない。

ウィステリアはふと目を上げて、口を開いた。

「比較してみてはいかがでしょう。他の資料などはありますか？」

「は、はい！　ただいまお持ちします……！」

ベンジャミンが反応する前に、隣の男がすっと立ち上がって部屋を出て行った。したたかに先を越され、ベンジャミンはやや恨みがましく同僚の背を見送った。

顔を戻すと、紫の目が机の上の管を見つめている。

(——ちゃんと、考える人だ)

ベンジャミンは内心で感嘆まじりにつぶやいた。

はじめこそ、令嬢が研究に参加したいなどと、どんな嫌がらせか気まぐれかと思ったが、今は違う。ウィステリアは最初からずっと真摯に学び、研究員たちにも丁寧に接した。

この外見に、そんな気質だ。令嬢としては行き遅れとされる二十歳を迎えたらしいが、ベンジャミンからすれば不可解極まりなかった。なぜこの人がいまだに結婚もせず婚約者さえいないのか——。

(……だ、だからといって!)

ベンジャミンは慌てて頭を振った。

ウィステリアがいまだ独り身であるからといって——だからといって、何だというのだ。自分にはまったく関係ない。

こんなに心が乱れるのはおかしい。

(こ、これは単なる……世俗的な、好奇心だ!)

おそらくは下世話な興味、そういったものだ。そうに違いない。

ウィステリアのような令嬢がなぜ、《未明の地》の研究に参加しようなどと思ったのか。

その理由は、もちろんはじめの頃に問うた。

ラファティ家の令嬢は静かに微笑して、魔法についてもっと深く学びたいからだと言った。そして、自分の特異な体質も役に立てるだろうから、と。

およそ相手の感情を読むとか腹芸などといったものと縁遠いところで生きてきたベンジャミンは、その答えをそのままの意味だけで受け取った。

それが浅はかだったと理解したのは、もう少し後になってからだった。

希有な体質にくわえ、研究に参加することで、ウィステリアが一部の人間から〝魔女〟や〝妖女〟などといった、未婚の令嬢としておよそ無視できぬ悪評にさらされていることを知った。

ベンジャミンは率直に腹を立て、そしてそれをどうにかしたいという安直な――稚拙な考えから、ウィステリアにそのまま思いを語った。具体的な仮説も対策もない、研究に携わる者としては褒められたものではない感情的な態度で。

――妙な噂がおさまるまでここへの出入りを控えてみてはどうか。

――あるいはくだらない噂を否定するためになんらかの手立てを講じたほうがいいのではないか。

そう言うと、ウィステリアは困ったような、諦めたような苦笑いを浮かべた。

「ご夫妻と妹に実害がなければ、構いません。ある程度は覚悟していたことなのです。結果が出せればば自然とおさまるでしょうし……あまり、時間がありませんから」

やんわりとした答えに、しかしベンジャミンは軽く衝撃を受けた。

(時間が、ない？)

そのときはじめて、ウィステリアの真摯さの中にあったもの、焦りに気づいた。

——なぜ、時間がないのか。何に焦っているのか。

何のために、《未明の地》や魔法の研究をしているのか。

ウィステリアは困ったように微笑するだけで、答えてはくれなかった。

だが白い目元はほんのわずかに赤みを帯びていた。まるで、はにかむように。

——ウィステリアがそんな表情を見せたのは、はじめてだった。

とたん、ベンジャミンはくらりと目が回るような感覚に襲われた。更には動悸までしはじめ、慌てて胸を押さえる。

（な、なんだ……!?）

風邪でも引いてしまったのだろうか。

かつて感じたことのない動悸に首を傾げた。


——その日、ベンジャミンがごく久しぶりに夜会に参加したのはとっさの思いつきによるものだった。

なんとなく結婚相手を探そう、と思い立ったからである。否。そこまで望まない。ただ、異性と会う機会を増やしておきたいと思ったのだ。

気心の知れた従僕はもはや言葉もないというほど呆れかえっていたし、両親にいたっては無反応だった。

彼らの意味するところは一つ。今更何を、である。

下級とはいえ貴族の嫡子にあたるベンジャミンは、本来ならば家を継がねばならない。しかし研究一筋で来たため、両親はとうに色々なものを諦めていた。しっかりした弟がいて、いざとなればそちらに家を継がせれば良いという楽観が大きい。由緒正しき爵位でもなく、また財を持っている家でもないからそういった小回りが利くのも幸いした。ベンジャミン自身、身分や家督に興味はなく、身代わりを引き受けてくれた弟には大いに恩義を感じている。

それに甘えて魔法研究に明け暮れた結果、大して地位も名誉も財もなく、見目も別段優れているわけでもなく――得体の知れない研究に没頭する、年の割に異性に不馴れで凡庸の具現化のような独身男ができあがってしまった。

そんな男が今になってどこぞの夜会に参加したところで、運良くお相手が見つかるはずもない。

ベンジャミンは冷静に自分の価値を判断できたし、これまで焦りを覚えたこともなかった。が、昨今の自分の浮つきぶりはどうしたことか。

(異性に、慣れていないからだ。ちゃんとした相手がいないから……)

――だから、あの紫の瞳の人を前にするとどうしようもなく心が乱れる。足元が浮つくような感覚に陥る。

これは一研究者として、それ以前に一紳士として大いに問題だ。あるべき理性的な態度とはほど遠いし、未婚のご令嬢という相手に対し――馬鹿げた妄想に囚われそうになってしまう。

これは一刻も早く対策を講じる必要がある、とベンジャミンは思った。

異性に不馴れゆえに冷静さを保てないのだから、対策は明快かつ簡潔だ。異性に慣れればいいのだ。それもできればウィステリアと同じ年か近しい年頃の他のご令嬢に接する機会を得られればよい。

かくして、ベンジャミンは夜会に臨んだのである。


――甘かった。

そう考えたときには既に手遅れだった。

大広間に集まる、着飾った紳士淑女の集団。その煌びやかさは目にまぶしく、さざめく人の集団は途方もない威圧感を放っている。

(む、無理だ……!!)

ベンジャミンは早々に挫け、よろよろと壁際に逃げた。

慣れぬ盛装のせいで余計に全身が重い。目も上げられず、早くも息切れがする。

たまに向けられる視線が、自分を嘲笑しているようにしか思えなかった。華やかな場に、とんだ道化が飛び込んできたとでも思われているのかもしれない。自分でも、不馴れな盛装をした自身を姿見で見た時、顔が引きつったほどなのだから。

実験器具の並んだ長机、所狭しと並んだ書物というあの静かで狭い世界がたちまち恋しくなり、ベンジャミンは本気で帰宅を考えた。

ざわりと周りの空気が騒いだのは、そんなときだった。

場に居た人々の視線が一斉に動く。

反射的に、ベンジャミンもそれを追った。自分と同じか、それ以上の道化でも現れたのかなどと思い――視線の先にあったものに目を見開いた。

シャンデリアの下でまばゆいほどに輝く白い肌。その肌との対比で一層目を奪う、結い上げられた艶やかな黒髪。ほっそりとした体に、品の良い臙脂《えんじ》色のドレスが驚く程よく似合う。

紅をさされていつもよりずっと赤い唇は、薔薇の花びらのようだった。目は伏せ気味で、長い睫毛の向こうに、ベンジャミンの知る紫の瞳がある。

（ウィステリア様……!?）

別人かと錯覚しそうになったが、あの顔立ち、髪や目の色、ほっそりとした体つきは確かにラファティ家の令嬢に違いなかった。

盛装した彼女はこれほど輝いて見えるのか。遅れてそう認識したとたん、ベンジャミンはかっと全身に火がつくように感じた。ひどく動揺し、耳まで赤くなる。

研究所に出入りするとき、ウィステリアは動きやすい乗馬服の上に防汚目的のローブを羽織っていた。それでも美しい人だった。

その人がいま、令嬢として美しく着飾っている。これが本来の彼女なのだと思い知らせてくる。

（う、うわ……！）

あまりの麗しさに直視するのもためらわれるほどだった。

なのに目が吸い寄せられるようで、顔を逸らしてはまたそろりと戻す、という不審な行動を繰り返してしまう。

うわ、と思わず小声でつぶやきながら、ベンジャミンは激しくなる鼓動を必死に抑えようとした。

だがそこでようやく、ウィステリアの隣に誰かがいることに気づいた。

頭が、ようやくその正体を認識する。

ベンジャミンは再び硬直した。顎が外れるのではないかというぐらい、ぽかんと口が開いた。

上品で艶のある灰色の夜会服に身を包んだ、長身痩躯の紳士だった。まばゆい銀の髪を隙なく整え、光を乗せたような輝く睫毛の下に、金色の瞳が輝いている。

名のある彫刻家の傑作であるかのような美貌に、優しげな微笑を浮かべていた。

同性から見てもどきりとするほどの笑みだった。

その男が差し出した腕に、ウィステリアの手がそっと添えられている。

(だ……誰、だ……?)

ベンジャミンはにわかに頭を殴られたような衝撃を受けた。よろけ、転倒しそうになったが、すぐ後ろが壁であったことが幸いした。

しばし呆然としていたが、やがて聴覚はざわめきを拾い、意味のある言葉に再構成する。

『ルイニングの――』

『あの方がブライト様――』

どうやら周囲の人々は、ウィステリアではなくその隣の男性のほうに注目しているようだった。

(ルイニング家の……ブライト?)

ベンジャミンは頭の中でかろうじて情報を繋げ、ようやく思い出した。

（じゃあ、あの人が、ルイニング公爵家の〝生ける宝石〟……？）

きらびやかな社交界とは程遠い生活を送っているベンジャミンでも、噂ぐらいは聞いたことがあった。いつの時代にも社交界の〝華〟と呼ばれる人物はいるが、今の時代はとびきりの貴公子がそれであるという。

地位、財産、名声、美貌、人望とあらゆるものを兼ね備えており、それなのにいまだ婚約者もなく独身だから、余計に噂になってしまうとのことだった。

ウィステリアの隣に立ち、エスコートしているのはそんな男らしかった。

急に、ベンジャミンは胸に痛みを感じた。激しい動悸もする。ここのところ何度もあった動悸よりずっと鋭く、痛みを伴う。慣れぬ場のせいで、急に体調を崩してしまったのだろうか。

なのになぜか叫び出したいような、いてもたってもいられない衝動に駆られた。

とっさに胸を押さえながらも、目はまた紫の瞳の令嬢を追おうとする。

いつしか、ゆったりとした楽曲が流れ始めている。自然と男女を引き合わせ、踊りへと誘う。

自分の周りで次々と一組になっていく男女を、ベンジャミンはただ傍観していた。まるで、夜空に瞬く遠い光をただ地上で眺めるだけの観測者のように。

そして瞬く光たちの中に、ひときわ強い輝きを放つ光点が現れる。

銀髪の男が優しく、だがためらいもなくウィステリアを引き寄せ、その手を取り、細い腰をもう一方の手で抱いた。

ウィステリアの白い横顔が少し驚いたように目を見開いたあと、滑らかな頬にさっと花開くように赤みがさすのをベンジャミンは見た。

そして、いつも温和な微笑を浮かべていた彼女は――ベンジャミンが見たこともない顔をして男を見つめ返していた。くすぐったく、はにかんで、甘く酔ったような。

男もまた、穏やかに微笑んでいる。

それは、二人がこのように向き合うのは初めてではないことをこれ以上ないほど傍観者に突きつけた。

ベンジャミンは目を逸らした。すうっと全身の体温が下がり、血の気が引く感覚を味わう。

（……そうか）

まったく論理的でない、不透明な、まともな説明にもなっていない何かがすとんと胸に落ちた。

これまでになく、ベンジャミンは明確に理解した。それはおそらく、直感というべきものだった。

ルイニングの貴公子だけを見つめる彼女の横顔と、いつか見たはにかむ顔が重なった。

（ウィステリア様が、《未明の地》や魔法の研究を続けるのは……）

頭を下げて頼み、悪評を立てられてもなお止めないのは。時間がないと焦る様子を見せた理由は――。


たぶん、いま目の前にあるもののためだ。

ラファティ家のご令嬢といえども、ヴァテュエ伯爵とルイニング公爵家では、家格の釣り合いがとれない。ベンジャミンにすらわかる道理だった。――だから、それを埋め合わせるために。

『あまりに私欲がすぎる動機からですが』

はじめに、ウィステリア自身がそう言っていたのだ。

（……何を、考えてるんだ、僕は）

自分の中に渦巻くこの感情が何なのか、まったく理解できない。――失望、落胆。そんなものはおかしい。

それどころか、裏切られたようにさえ感じるなど。

息もできないほどに苦痛を感じるなど。

優雅な楽曲はうつむくベンジャミンを嗤い、場違いな人間だと高らかに訴えてくるようだった。

堪えきれず踵を返そうとしたとき、ふいに小さな悲鳴が聞こえた。

思わず顔を上げると、ウィステリアのすぐ側に別の女性がいて、甲高い声で何事かを謝っていた。

どうやら衝突したらしい。ウィステリアを庇おうとするように銀髪の貴公子が体を引き寄せ、端整な目元にかすかな不快感を漂わせて相手の女性を見ている。

ウィステリアは少し困ったような顔をしながら、小さく頭を振り、謝罪を受け入れていた。

女性はすぐに離れていったが、ウィステリアを支えるように隣に立っていた貴公子が、気遣わしげな表情で見下ろした。

心配要らないとばかりにウィステリアは柔らかく笑い、それにまたベンジャミンは胸に刺されたような痛みを感じた。

曲が変わり、二人は移動しようとする。だがとたん、ウィステリアの動きがかすかにぎこちなくなっていることにベンジャミンは気づいた。

――体の右側、もしかしたら。

ベンジャミンは思わず踏み出しかけ、

「もしかして、足を？」

ルイニングの貴公子の、低くささやくような声がなぜか聞こえてしまった。通りのいい、凛とした響きの声だった。

ウィステリアが、慌てたように頭を振る。大丈夫、と焦ったように小声で答えているようだ。

だが男は銀の眉をかすかに寄せたかと思うと、ふいに身を屈めた。

今度はウィステリアが小さな悲鳴をあげた。そしてそれ以上に、周りから悲鳴とも歓声ともつかぬ声があがる。

銀髪の貴公子は軽々とウィステリアを横抱きにし、周りに微笑さえ振りまく。一見愛想の良い微笑は、しかし隙のない完璧な――無言のうちに干渉を拒む貴族的な顔だった。

ベンジャミンは愕然と立ち尽くすしかなかった。

抱き上げられ、大きく見開かれた紫の目――たちまち赤く染まる彼女の顔を、見た。夢見るように貴公子を見上げる表情を。

まるで歌劇の主役が退場していくように、貴公子はウィステリアを抱き上げたまま優雅に去っていった。

あとにはただ、ざわめく観衆ばかりが残される。

そしてベンジャミンは、その観衆の中でももっとも主役から遠いところにいた。

すべては過ぎ去り、終わっていた。

――もう、こんなところにはいられなかった。

ベンジャミンはうつむいたまま、冷たい夜気の満ちる外へ出た。馬車を呼ぶ力もなく、悄然と歩き出す。

(……何をしているんだ、僕は)

ずきずきと、まるで刃物で刺されたように胸が痛む。

(ウィステリア様の隣は、ああいう人がふさわしいんだ)

すべてに恵まれた貴公子。あの貴公子はウィステリアに優しく、実際に守る力もあるようだった。

紫の瞳が、陶然と見つめるのも無理はない相手だとわかってしまった。

子供でもわかる簡単な理屈。当然の結末。

ベンジャミンは息を止め、目元を拭った。喉が震える。目が痛む。滲む。

何をしているんだ、ともう一度自分に言い聞かせた。

(……僕にとって一番大事なのは《未明の地》の研究であって、それ以外はすべて二の次だ。どうでもいいことだ。馬鹿なことを考えるな)

落ち着け、冷静になれ――研究者としてあるべき自分はどうした。何度も自分にそう言い聞かせながら歩き続けた。

いつの間にか頬が濡れていたせいで、進むたびに当たる風がやけに冷たかった。

歩いて帰宅したせいでベンジャミンは風邪をひいた。だが、今回ばかりは幸いだった。しばらく研究所に行かずに済む理由になったからだ。

完治しても少し余分に休んでから、研究所に顔を出した。ここでも幸いなことに、今度はウィステリアのほうが休んでいてしばらく顔を合わせずに済んだ。

もしかしたらあの夜会で足をひねったせいかもしれないと思ったが、それを案じるのは自分の役目ではなかったし、その資格もない。

（……次に会ったときは）

きっと、いつも通りに接しよう。否、これまでとは違う、もっと落ち着いた、正しい態度で接しよう。

そう遠くない未来に、ウィステリアがあの貴公子と結婚することになっても――仲間として、友人として、きっと正しく祝福できるようになろう。

（僕にとって一番大事なのは、研究者であることだ）

ベンジャミン＝ラブラは、心に固くそう誓った。

――この時もまだ、共に研究する仲間としての日々がずっと続くと信じていた。

高い、小さい

【書き下ろし】

鈍く、軋むような胸の痛みとともに、ウィステリアはぼんやりと二人を見つめていた。

場に満ちるのは優雅な楽曲。嫉妬と羨望と感嘆のため息が間奏となって混じる。

その中心にあるのは、他の男性に抜きん出て長身の貴公子に、妖精のように小柄な少女が抱かれてくるくると踊る姿だった。

シャンデリアの下、美しい銀髪を輝かせ、ブライトの横顔は明るい笑みを見せている。それを見上げ、誘われて踊っているのは、社交界に出たばかりの妹だった。緊張しているのか、あるいは翻弄されたように感じてか、小柄なロザリーの横顔は真っ赤に染まり、時々眉をはね上げて怒ったような顔をする。

そんな二人が踊る様は、まるで絵画に描かれた一対のようで――。

養母の代理でロザリーの付添人としてやってきたウィステリアには、ひどく遠いものに見えた。


「……ウィステリア？　どこか、具合でも悪いの？」

気遣わしげな声に、ウィステリアははっと意識を戻した。顔を上げると、養母が案じるような目を向けている。

「それとも口に合わない？　他のものを作らせる？」

「い、いいえ！　大丈夫です。その、少し食欲がないだけで……」

ウィステリアは慌ててそう答えた。晩餐の最中、ウィステリアの前に置かれた主食の皿はちょうど二等分された肉の半分が残っている。

味はいつも通りよく、これまでなら完食していたところだった。

だが今は、ここのところずっと悩んでいることのために手が止まっていた。

――しっかり食べてしまったら、また背が伸びてしまうのではないか。

晩餐の食卓には夫妻とロザリーがいて、みな一様に健康的な食欲を示している。ロザリーなどは、あの小さな体のどこにそんなに入るのかというぐらいに食べていた。十四歳ということを考えても、ウィステリアには余計に羨ましくなってしまった。

――先日の夜会での光景が、まだ目に焼き付いている。ブライトと並んで、小さな妖精のように愛らしかった妹。

肉付きの割に縦に長い自分では、あんなふうになれない。

（やっぱり……もっと小柄な女性のほうが、好かれるのかしら）

同じ年頃の令嬢と並んでも、明らかに頭が飛び出てしまう。踵の高い靴など履こうものなら、平均的な身長の男性と並んでしまう。

『まあ、ずいぶん背が高くていらっしゃいますこと。あれでは夜会のお相手の男性も大変でしょう――』

『さぞかし他の方を見下しやすいでしょうねえ。いやだわ、あの善良伯閣下の娘だというのに』

背が伸びるほどに、くすくすと笑いながらそうささやく声が聞こえるようになった。そうすると、真っ先に不安になることがあった。

異性の目に――ブライトの目に、自分はどう映っているのだろう。そう思ったとたん、ぎゅっと喉が締まって食欲も減退してしまう。

ロザリーは小柄で、ラファティ夫人もであるから、並ぶと余計に目立ってしまうのだ。

ウィステリアはぐっと息を止め、不安をいったん押し止めた。結局、料理人への申し訳なさと養親に心配をかけたくないという気持ちが優って、運ばれたものをすべて食した。

一息ついてぽつぽつと他愛のない話をしたあと、養父が穏やかに切り出した。

「ウィステリア。ウェイルス家というのを知っているかね？」

「ウェイルス……？　いえ、聞いたことはありません」

「そうか。最近、力を伸ばしている商人の一家でね。そのウェイルスの現当主はなかなかの好人物なんだが、その彼にはロジャーという息子がいる。養子なんだそうだが、才能を見込んで自分の息子として引き取ったらしい」

ウィステリアは数度瞬いた。いきなり出された名に戸惑いながら、少し遅れて鼓動が不安に乱れた。――この切り出し方に、既視感があった。これまで何度か同様の流れがあったからだ。

「そのロジャーというのが、お前を見初めたらしい。妻に、と強く望んでいるそうだ」

ウィステリアはひゅっと息を呑んだ。とたん、恥ずかしさと動揺で頬が熱くなった。

「わ、私は、ロジャー・ウェイルス様を知らないのですが……」

「姉様は美人ですもの！　でも一目見て、というのは軽薄な理由だわっ！」

「こらこらロザリー。人をそう悪く言うものではありませんよ」

妹と養母のやりとりの傍らで、ウィステリアは目を伏せた。

（見初めた？　どこで……？）

ブライト以外で、異性と交流はない。

社交界での自分の評判もさほど良いわけでもない。一度遠目に見るだけで心を奪うような容貌でもなければ、地位や財産をもたらすような娘でもない。

「ともかく向こうは、一度会って話をするだけでもと言っていてね。よほどお前のことが気に入ったようで……。当主の人柄は私も知っているし、ロジャーは厳しく教育されているという話だから、軽率な申し出でもないと思う。お前が気が向かないのであれば断るが、どうする？」

穏やかな声で続けた養父に対し、まあ、とどこか弾むような声をあげたのは養母だった。

ウィステリアは言葉に詰まった。

――好意を寄せられるというのは、恥ずかしいが嫌ではない。

だが、だからと言って見知らぬ誰かと結婚するというのは考えられなかった。貴族の令嬢としてはそれが珍しいことではないとわかっていても。

（ブライト……）

婚約や結婚といった単語を聞くたび、脳裏に浮かんでしまう相手がいる。身の程知らずな、叶わぬ願いだと何度言い聞かせても消えてくれない。

ブライトへの思いが他への目や耳を塞ぎ、舌を縛り、口を重くさせる。

（……でも）

そのために、何度このような申し出を断ってきたのか。

養母が不安そうに、だがどこか期待をこめてこちらを見ている。既に結婚適齢期を迎え、焦りさえ覚えなければいけない身で、養親に心配をかけている。養親は自分の意思を尊重してくれている
――だからこそ。

ウィステリアはなんとか顔を持ち上げ、重い頬で笑みを作って答えた。

「一度、お話しするだけでよろしければ」

そうか、と優しげに応じた夫妻は、どこか安堵しているようにも見えた。


ウィステリア・イレーネ＝ラファティとロジャー＝ウェイルスとの面会は、ヴァテュエ伯爵の知人が所有する小さな邸で行われることとなった。未婚の令嬢であるウィステリアがウェイルスの邸でロジャーと会うわけにもいかず、その逆も然りで、中立を取った形になる。

付添人の侍女と共にウィステリアは馬車に揺られて邸に着いた。ウェイルス側の執事と思しき白髪の男性に案内されて中庭に向かう。

小さいがよく手入れされた庭に、品の良い飴色の椅子とテーブルが置かれていた。

そのテーブルの前に、身なりのいい若い青年がいた。こちらに背を向けて立ち、庭を眺めているようだった。

「ロジャー様。ウィステリア・イレーネ＝ラファティ様がお出でになりました」

案内役を務めた執事がそう言うと、青年が振り返った。青年はウィステリアを認めると、白い歯を見せて笑った。

「初めまして、ウィステリア・イレーネ様。私がロジャー＝ウェイルスです。ウィステリア様とお呼びしても？」

「……ええ。初めまして、ウェイルス様」

「どうかロジャーと呼んでください」

どうぞ、とロジャーが自らの手で椅子を引く。ウィステリアがその椅子に座ろうとすると、二人の距離が一瞬近づいた。目線の高さはほとんど変わらない。

その一瞬――ロジャーの目元がかすかに引きつったような気がした。

（え……？）

だが次の瞬間には、ロジャーは親しげな笑顔に戻っていた。

ウィステリアはためらいがちに席につき、その向かいにロジャーも腰を下ろした。

すぐに茶と菓子が運ばれ、並べられる。

ロジャーは両手を組み、かすかに身を乗り出した。下品とされないぎりぎりの気さくさ――だが節度あるというには野心的な仕草だった。

「既にご存知のことと思いますが、私は商人です。あなたがたのように高貴な生まれではないし、口調もそうです。意味もなく飾るのは苦手ですから率直に言いましょう。――あなたは遠くで見るより遥かにお美しい」

はっきりとした声と強い口調で言われ、ウィステリアは意表を突かれた。

悪びれもしない直接的な言葉に、じわりと頬が熱くなる。

「……光栄、ですわ、ロジャー様」

「少々粗野であることは許していただきたい。しかし商人は嘘はつきません。信用第一なので」

ロジャーは自信に溢れた笑みを浮かべた。まったく臆することも悪びれることもない態度はいっそ清々しく、ウィステリアは小さく笑った。

客観的に見ても、ロジャー・ウェイルスはまず美男子といわれるであろう類の青年だった。わずかに緑がかった焦げ茶の髪に濃く太い眉、彫りの深い目元に、灰青の双眸。やや鷲鼻気味で唇も厚めであるのが、どこか異国的な魅力を醸し出している。

ある意味ではブライトと正反対で、野心家で野性的な魅力を持つ男と捉えるか、眉をひそめて品がないと敬遠するか――令嬢の反応は大きく二分されるだろう。

だが結婚相手に困るほどには見えなかった。――やはり自分に声をかけた理由がわからない。

(この人は……私の身長を気にしないのかしら)

見るからにウィステリアの背は高い。先ほど近くで並び立ったときも、身長差はほとんどなかった。そういったものを好まない男性もいて、中には悪し様に言う者もいる。

「疑っておいでなのも無理はない。私のような、金しか魅力のない男からいきなり求愛されれば、あなたのような美しく地位のあるご令嬢は内心不快に思われることでしょう」

「！　そ、そんなことは……」

「はは、少々自虐が過ぎましたか。失礼ついでに言わせてもらうなら、私は実力主義で、過小評価されているものを見ると放っておけなくなる質なんです」

あまりにもあけすけな物言いは、むしろ怒りを招く暇すら与えない。ウィステリアは黒い睫毛を瞬かせた。

「あなたは希な美しさを持っているだけでなく、理想的な淑やかさを持った方だ。こうして顔を合わせるだけですぐにわかります。なぜ求婚者があなたの前に列をなさないのか、心底不思議でならない。いや、だからこそ、私のような人間にも幸運が巡ってきてくれたわけですが」

ロジャーは心底理解しがたいというように眉根を寄せて言った。皮肉にしてはあまりに露骨すぎる口調に、ウィステリアはむしろ呆気にとられた。こうまで直接的な言葉にされたことはこれまでなかった。

「あなたは過小評価されている宝石そのものだ。あなたの真価に気づいたものたちと争いにならぬうちに、いち早く跪いて貴女を乞おうと決めたんです。私の見る目は確かですよ」

ロジャーは肉食獣のようににやりと笑った。

ウィステリアはただ気圧され――同時に、居たたまれないような、くすぐったいような思いがした。社交辞令だとわかっていても、ブライト以外でこういった好意を向けてくる異性ははじめてだった。

初対面の日以降、ロジャーは更に熱心にウィステリアとの面会を求めた。それだけでなく、贈り物や散策や歌劇への誘いも幾度となくあり、断られてもまったく気を悪くした様子を見せない。

ウィステリアのほうもまた、これまでにない行動力と自信に満ちたロジャーに興味を持つようになった。ロジャーは押しが強かったものの引き際を見誤らず、距離感の保ち方が絶妙だった。あるいはウェイルスに見込まれた商才のなせる技なのかもしれない。

度々の贈り物の全ては断り切れず、いくつかは受け取り、同様に歌劇や散策の誘いに応じた。ウィステリアが一緒に出かけるたび、ロジャーは大仰に喜びを露わにし、聞いているほうが恥ずかしくなるような情熱的な言葉をかけてきた。

ロジャーに対する感情は、ウィステリア自身も不思議に思うものだった。ブライトに対する想いとはまったく違うものの、確かに好奇心や好意と言えるものだった。

ブライト以外で親しくなれた異性は、ロジャーがはじめてと言ってよかった。

だからふと、考える。このまま、ロジャーと距離を詰めていけば。あるいは。

(ブライトのことも……諦められるかしら)

わがままを言うべきではないと思うのに、ウィステリアが結婚を先延ばしにしてきたのはブライトの存在があるからだった。だが公爵家と伯爵家で、しかもルイニングの嫡子とヴァテュエ伯爵の養子でしかない自分とではあまりに身分に差がある。それに――ブライト自身が、ウィステリアを望んでくれるかどうかわからない。

だがロジャーとなら、そう言った問題は生じない。彼と結婚すれば養親や妹を安心させることもできるだろう。

――今までのロジャーを見る限り、親切で情熱的で、積極的だった。

野心家な面もある。結婚によって貴族との繋がりを得たいという打算もあるだろう。だがそれでも、今のように接してくれるなら――何度も捧げられる情熱的な言葉のうちのわずかでも本心からのものがあるのなら。それで十分なのではないか。
冷ややかな政略結婚よりはよほど確かなのではないか。ウィステリアは、どこか他人事のように
そう考えるようになっていた。
その日、ウィステリアが馬車に揺られてあまり人気のない公園に向かったのは、気晴らしもかね
てのことだった。
外の空気を吸いながら、結婚に対する考えをどうにか整理したかったからだ。
王都には、貴族たちの散策や小さな社交場として使われる公園がいくつもあるが、景観や交通の
利便性からあまり人気のない公園もある。ウィステリアが選んだのは後者だった。
閑静な公園は昼時を過ぎても人の気配はほとんどなく、遠目に人影がまばらに見えるぐらいだっ
た。道幅は少し狭く、左右に立つ木々が大きいせいか、昼でも少し暗く感じられる。
ウィステリアは日傘を差しながら、木々と平行するようにゆっくりと歩き始めた。枝葉の擦れる
音、自分のかすかな足音だけが聞こえ――ふいに、場違いに大きな笑い声が聞こえてきてはっとした。
「本当に腹の立つ男だなお前！　骨董品の次は女かよ！　大した目利きだぜ全く！」
「……おい、声が大きい」
ウィステリアは硬直した。傘の下から覗き見た光景に目を見開く。腹の立つ男、と大声で嗤った
のは見知らぬ男で――その男と向き合うもう一人の横顔は、最近何度も見ているものだった。
少し先の大きな木の下で、ロジャーはこちらに背を向け、もう一人の男と向かい合っている。

ウィステリアはとっさに近くの木に身を隠した。鼓動が乱れ始めていた。

――ただ偶然一緒の公園に来た。それだけのことなのに、自分は何をしているのだろう。

「貴族のお嬢様なんだろ？　伯爵家だっけ？」

ロジャーと向き合う男がやけに軽い口調で言う。

とたん、ウィステリアの心臓は大きく跳ねた。――お嬢様。伯爵家。

「ああ。俺の見立て通り、なかなかの値打ち品だ。見た目に難ありだが、それでもそこそこの値段はする。今のうちに安く落とせりゃ、大した儲けになる」

「難あり？　なんだ、三日と見られねえ面をしてるのか？」

「んな粗悪品に俺が手を出すわけねえだろ馬鹿。顔はわりといいほうだよ。愛想がねえけど、ま、貴族らしいといえば貴族らしい。髪が黒いのは染めさせりゃ済むし、肌の色も化粧でどうにでもなるだろ。目の色はなかなかいい。他にあんまり見ない色だ」

どくどくとウィステリアの心臓は早鐘を打つ。胸を押さえても、爆ぜるような心音は収まらない。

――別人のような話し方をするロジャーが信じられなかった。

「目？　何色だ？」

「紫」

友人の問いにロジャーが端的に答えたとき、ウィステリアはびくりと肩を揺らした。

――聞きたくない。知りたくない。

なのに動けない。

「おいおい、それのどこが難ありなんだよ」

「肉付きが悪い。それに――背が高すぎる」

「背ぇ？」

友人の男が裏返ったような声をあげる。

「家柄も顔も悪くないのに、敬遠してる男どもがいるのはそのせいだ。肉付きがいいってならまだしも、痩せてて縦に長いんだぜ。ただでさえ愛嬌がなくて可愛げのねえ顔なのに、背まで高かったら相手を威圧することにしか使えねえよ。お飾りとしちゃ致命的だ。もっとお偉い貴族さんの娘なら泣かす楽しみもまだあっただろうが。養い親とその娘のほうは小せえし愛想があるから余計に目立つんだよな。そっちに似りゃよかったのに。何すりゃあんな伸びるんだか」

そこまで金があるわけでもねえのに半端なんだよ――愚痴るように、ロジャーは吐き捨てた。友人の男が、げらげらと大声で笑う。

ウィステリアはうつむいたまま、震える唇を噛んだ。手の中で傘の柄をぎゅっと握り、呪縛されていた体を無理矢理動かす。元来た道を早足に戻る。

『あなたは過小評価されている宝石そのものだ。あなたの真価に気づいたものたちと争いにならぬうちに、いち早く跪いて私を選んでもらおうと思ったんです。私の見る目は確かですよ』

あの言葉の、本当の意味は。値打ち品。

（……馬鹿ね、私）

どうしてロジャーという男が、ブライトを忘れさせてくれるかもしれないなどと思ったのだろう。

——紫の目をした背の高い女について酷評をくわえる二人の男の声が、背後に遠ざかっていった。

それからウィステリアは一通の手紙を書いた。ロジャー宛のはじめての手紙だった。

ペン先が震え、何度も何度も書き損じ、感情のままに長文になっては破り捨てた末にまとまった一通だった。

手紙は残る。どこの者とも知れぬ恋文が後世で見世物になったりという例は少なくない。ラファティ夫妻や妹、ひいてはヴァテュエ伯爵家の品位を貶めるようなことだけは避けなければならない。

——それに、自分はロジャーを愛していたわけではない。自分もまた——どこかで、ロジャーを利用しようとしていただけだった。

だから、短い文だけを書いた。

『愛想のない、背の高すぎる女では商人の妻にふさわしくないと思います。あなたにこれ以上無為な時間を過ごさせたくはありません。いい伴侶が見つかりますように』

これまで受け取った贈り物と一緒に、その手紙を送った。

すぐに、ロジャーは「誤解がある」「謝罪を」との用件で何度も面会を求めてきたが、ウィステリアはすべて拒絶した。事情を聞いた養親やロザリーも、ウィステリアの行動を容認した。

少しすると、ロジャーからの接触は途絶えた。引き際は間違えない、商人の青年らしい去り方だった。

◆

居間の棚を整理していたウィステリアは、ぐっと爪先立った。手を思いきり伸ばし、指先で一番上の段に触れる。なんとか届きそうだった。わざわざ台を使うまでも、《浮遊》で浮かび上がるほどのものでもない――。

指先が段の中の容器をかすめる。が、たぐり寄せようとしてかえって奥に押し込んでしまった。

そのとき、ふっと後ろから影が落ちた。長い腕が伸び、大きな手が段の中に入る。

振り向いて呆気にとられたウィステリアに、銀髪金眼の弟子は無言でその容器を渡した。

「あ、ありが……とう？」

完全に不意をつかれ、ウィステリアはやや混乱した。この距離まで気づかせないというのはどういうことなのか。隙だらけだった、と遅れて自覚する。先日のように組み伏せられてもおかしくはなかった。

『礼を言ってる場合か。思いっきり背中をさらしおって』

テーブルの上に横たわっていた聖剣が透かさず叱責する。反論の余地はなく、う、とウィステリアは短くうめくだけだった。

が、弟子――ロイドは金色の目でウィステリアを見下ろしたあと、

「思ったより小さいな」

ぽつりとそんなことを言った。ウィステリアは目を丸くした。思わず、手渡された容器を握った。

「この容器が？」

「違う。あなたが」

「⁉」

更に予想外の言動を受け、ウィステリアは限界まで目を見開いた。

「ち、小さい……⁉」

「この高さで背伸びをして取れないとはな」

「おい、普通の女性は指さえも届かないぞ！　平然と届く君がおかしい！　だ、大体、君が相当に高いのであって、私が小さいわけではない‼　むしろかなり高いほうなんだからな‼」

思わず意地になって反論する師に、不遜な弟子は明らかに白けた顔をした。つまらない負け惜しみをしていると言わんばかりの表情である。

『少なくとも器は小さいな‼』

「外に埋めるぞサルト！」

勢いよく便乗してくる聖剣にも即反論しながら、ウィステリアは奇妙に動揺していた。

――これまで、背が高すぎるとか大きいと言われたことはあっても、小さいなどと言われることはなかった。小さいというのはロザリーや他の令嬢のように愛らしいものに対して使われる言葉だった。

ふと、十代の後半の頃に、背が高すぎると異性に酷評された記憶が脳裏をよぎった。あれはロジャーという人物だっただろうか。思えば、ロジャー自身は平均をやや下回るぐらいの背丈であったような気がする。だから、余計にこちらの背が高く見えたのかもしれない。

自然と、ウィステリアは目を上げて弟子を見た。

（……ロイドの背が相当高いんだ）

結果的に押しかけ弟子となった青年は、ブライトもそうであったようにかなりの長身だった。ブライトもまた、ウィステリアと並んでもずっと高かったのだ。

『ただでさえ愛嬌がなくて可愛げのねえ顔なのに、背まで高かったら相手を威圧することにしか使えねえよ』

かつてロジャーが言っていた言葉を思い出す。あれは友人に話していた分、辛辣な本音だったのだろう。確か、彼はあれから別の貴族の女性と結婚して――醜聞を起こし、結局王都を去ったらしいと聞いている。ウィステリアが彼をすぐに忘れられたのも、あれから二度と顔を合わせなかったからだ。

（威圧感、か）

この地で生き延び、長く過ごし、戦う力を手に入れて、威圧感という意味では過去の比ではなくなっているだろう。きっとそのために、まったくの初対面であったロイドには魔女とか化け物と呼べるくらいのものに見えたのだ。

「君はつくづく無謀というか、勇敢というか……」

思わずそうこぼすと、ロイドが目だけを動かしてウィステリアを見た。どういう意味か、とその目が問うている。

ふむ、とウィステリアはごまかすように言って、手の中の容器をにぎにぎと握った。

「あのな。この地に生きていて、この容姿で、しかも魔法を使う私のような人間ならば魔女とか魔物の類に見えたわけだろう。それでよく、弟子入りしようなどと思ったな。それだけ切実にサルトを求めていたにしても、もうちょっと疑うとかためらったりすべきでは……」

説く、というよりは疑問を呈《てい》する声になる。

だがロイドのほうも、言葉の意味をはかりかねるように目を眇めた。それから、軽く肩をすくめた。

「あれ以上疑う必要があったか？」

逆に問い返され、ウィステリアは虚を衝かれた。

「——それに」

ロイドはそう続けて、金の目でさっとウィステリアの全身を撫でた。感情のない、塵を払うために刷毛で一撫でするような仕草に似ていた。

「あなたの顔や姿で、相手に威圧を与えようとするのは無理があるな」

不敵に青年は言った。うっすらと挑発するように、わずかに口角を上げている。

ウィステリアはあ然とした。

——舐められているではないか、と憤る聖剣の声が傍らで聞こえる。

だがぱちぱちと瞬きをして、胸にこみあげた疑問のままに聞き返した。

「……威圧感を覚えないのか？　こう、私は冷ややかとか威圧的だと言われることが多かったんだが」

「状況次第だろう。まあ、沈黙して顔も体も一切動かずにいれば、相手によってはそういう印象も与えられるだろうな」

ロイドは淡々と言う。そこには遠慮や配慮といったものがなかった。

ウィステリアはなんとも言えない気持ちで眉根を寄せた。

「……それはつまり、喋ったり動いたりしたら違うということか？　私はそんなに妙な言動をしているのか……？」

『聞き苦しいぞイレーネ！　わざわざ小僧如きに聞くまでもない！　お前が若いのは外見だけ、中身は老婆のはずが未熟で落ち着きのない――ヒッ！　やめろ馬鹿！　落ちる、鞘が脱げる!!』

ウィステリアは無言でサルティスを逆さに持ち、鞘だけを握った。柄から滑り落ちそうになった聖剣が、ならず者に襲われた乙女のような悲鳴をあげる。

聖剣を黙らせたあと、ウィステリアは思わずぽつりとこぼした。

「……もしかしてこういうところか。サルトのせいで……」

『ぶ、無礼だぞイレーネ!!』

ロイドは、言うまでもないというようにごく浅く息を吐いた。そしてやはり淡々とした声で言った。

「いや。サルティス抜きにも、押しに弱そうだというのもすぐにわかる」

「!?　ど、どこが……っ!?」

「少し観察すれば。よほどあなたの外見しか見ていなければ別だろうが」

あとは多少押せば弟子入りできると思った――ロイドは涼しげな顔でそう続けた。目を丸くする師に向かい、更に追撃する。

「冷ややかどころか、お人好しの間違いではないのか」

残念だったな、と言外に言わんばかりの口調だった。

軽く衝撃的な指摘を受け、ウィステリアは動揺しながら、奇妙に顔が熱くなった。

——お人好し。外見しか見ていなければ。それはつまり、外見以外が見えているからこそ。

（な、なんという……）

不遜だとは思っていたものの、とことん恐れ知らずの青年であるらしい。——そして、どうやら思いのほか人をよく見ているらしかった。

感嘆混じりの呆れのような、あるいはどこか気恥ずかしいような、よくわからない感情に見舞われる。それはどこか、懐かしい感情でもあった。

『君は本当に優しい人だね』

——かつて、ロイドと同じ顔の彼はそう言って微笑んでくれた。

伸びすぎた背を気にして、夜会でうつむいた自分に顔を上げてと勇気づけてくれた。

かすかに苦い、けれどほのかな温もりが胸に広がる。

結局、ウィステリアは小さく笑った。

「……そうか」

そう短く答えたときには、胸の中の淡い温もりは消えていた。

それでも、熱があった感触だけは確かだった。

あとがき

こんにちは、もしくははじめまして。永野水貴と申します。このたびは『恋した人は、妹の代わりに死んでくれと言った。』をお手に取ってくださり、ありがとうございます。

あとがきということで、ふんわりと舞台裏の話などをしてみたいと思います。


今作は、私の中でずっと書きたかったものの一つです。実際にそのもののネタというより、自分なりにWebを意識してがっつり改造したものになります。

読んでくださった方はなんとなくうなずいてくださるのではないかと思うのですが、今作はわりと無謀？　な構成をしています。主人公の立ち位置や属性なども序盤とそれ以後でがらっと変わったりするのもその一つです。

これまでいつか書こうと思いつつも、「受けないだろうしなあ……」と思い、頭の片隅に追いやったまま、結構な年数が経ってしまいました。

それがあるとき「書いてしまえ」と吹っ切れ、勢いのままにかなりのスピードでこの一巻分の内容を書き上げました。

とはいえ、自分でも性癖を詰め込みすぎてしまったため、発表しはじめた頃は「やっぱり受けないかな……」などと絶望しかかっていたのですが、運良くたくさんの方に読んでもらえて、幸せな作品になれました。

この作品には私の好きなもの、書きたいもの、信じたいものがたくさん詰まっています。物語を書くことは楽しいことだ、というのを改めて思い出させてくれる作品になりました。

そして物語は読まれてこそ完成するものなので、多くの方に読んでもらえることで物語も作者も救われています。読んでくださった方一人一人に、救われたのだと思っています。

より救われたいのでよりたくさんの方に読んでもらえたらいいなと思います（本音）

この作品を読んでくださった方にとって、少しでも楽しい時間を提供できれば幸いです。

ここまで応援してくださった方には心から感謝しております。もちろん、この無茶な話に書籍化の機会をくださった編集さんや、すばらしいイラストで彩ってくださったとよた先生にも。

なんだか最終回のようなことを書いていますが、あとがきが苦手すぎて緊張しているだけです。

身も蓋もない感じで叫ぶと、「とにかく楽しく書いたから少しでも楽しんでもらえたら嬉しい！！！」

……この続きは更に盛り上がっていくので、できたらまた本の形でお会いできることを祈っております。

ではでは、これから本編読むよという方はいってらっしゃいませ！

二〇二一年五月　永野水貴

Character References

ウィステリア・イレーネ＝ラファティ

【年齢】実年齢４３歳／外見年齢２０代前半～半ばくらい
【性別】女性
【性格】根がお人好し、温厚で忍耐強い。基本的に穏やか。色んなものを抱え込みがち。
恋愛経験の少なさ、手痛い失恋経験から異性にはいまだに初心で臆病なところも。（慌てたり赤くなったりすると２０歳ごろの素の部分が出て、さらに若く見えるというイメージ）
魔法を見せたことで、ロイドに無理矢理弟子入りされる。

イレーネ、お前も四十三に到達だ。寂しい独り身のまま立派に婆になったではないか。

そう言うサルトは一体いくつなんだ？

我は、神話、伝説と呼ばれる時代から存在している。お前にはわからんくらいの歴史のある聖剣だからな！

Character References

ロイド・アレン＝ルイニング

【年齢】２２歳

【性別】男性

【性格】何かに付けて父と比べられてきたことから、やや皮肉屋、冷ややかな見方をしがち。素質に恵まれたゆえに傲慢で自信家な部分があり、自分自身、力の意味を見出せずに持て余している部分がある。生まれや容姿などを嫉まれてやっかみを受けるが、売られた喧嘩はしれっと買って完全にたたきのめすタイプ。礼儀正しい相手には、それなりに礼儀正しく対応する。恋人には誠実な対応をしているつもりだが、あまりにも型通りかつ情熱が伴っていないため、あまり長続きしなかった。ウィステリアと出会い、押しかけ弟子のようなものになる。両親とウィステリアの因縁については知らない。

お前はあくまで弟子で、イレーネは一応師だ。それ以外の何ものでもない。己の言葉は必ず守れよ。
いわれるまでもないが……サルティスは、師匠の何なんだ？
我は、イレーネの魔法の師匠であり保護者であり相棒だ。仮の主にすぎんがな。

『恋した人は』シリーズ累

GOODS

原作グッズ

NEW

描き下ろし

描き下ろしは届いてからのお楽しみ！

ポストカードセット2

書き下ろしSS&描き下ろしイラスト付き！

全2種

ミニアクリルスタンド

［好評発売中!!!!!!!!］

コミカライズグッズ

恋した人は、妹の代わりに死んでくれと言った。
SAMPLE

アクリルコースター

名場面ポストカードセット

※画像はイメージです。実際の商品と異なる場合があります。

詳しくは公式HPへ！

2025年1月から
TVアニメ放送開始!
U-NEXT・アニメ放題で最速配信決定!
没落予定の貴族だけど、
暇だったから魔法を極めてみた
©三木なずな・TOブックス/没落貴族製作委員会

COMICS

【漫画】秋咲りお

※8巻書影

最新話はコチラ!➡

コミックス⑨巻
今冬発売予定!

NOVEL

【イラスト】かぼちゃ

※8巻書影

原作小説⑨巻
今冬発売予定!

SPIN-OFF

【漫画】戸瀬大輝

最新話はコチラ!➡

「クリスはご主人様が大好き!」
コミックス
今冬発売予定!

ANIMATION

STAFF

原作：三木なずな『没落予定の貴族だけど、暇だったから魔法を極めてみた』（TOブックス刊）
原作イラスト：かぼちゃ
漫画：秋咲りお
監督：石倉賢一
シリーズ構成：髙橋龍也
キャラクターデザイン：大塚美登理
音楽：桶狭間ありさ
アニメーション制作：スタジオディーン×マーヴィージャック

CAST

リアム：村瀬 歩
アスナ：戸松 遥
ラードーン：杉田智和
ジョディ：早見沙織

詳しくはアニメ公式HPへ!
botsurakukizoku-anime.com

シリーズ累計 75万部突破!!（紙+電子）

アニメ化決定!!!!!

COMICS

第6巻
2025年
発売!

※第5巻書影　イラスト:よこわけ

コミカライズ大好評・連載中!

CORONA EX
コロナEX
TObooks

https://to-corona-ex.com/

最新話が
どこよりも
早く読める!

白豚貴族ですが
前世の記憶が
生えたので
ひよこな弟育てます

shirobuta
kizokudesuga
zensenokiokuga
haetanode
hiyokonaotoutosodatemasu

DRAMA CD

好評
発売中!

CAST
鳳蝶:久野美咲
レグルス:伊瀬茉莉也
アレクセイ・ロマノフ:土岐隼一
百華公主:豊崎愛生

シリーズ累計
50万部
突破!
(電子書籍を含む)

シリーズ公式HPはコチラ!

本がなければ
作ればいい――
原作小説
（本編通巻全33巻）
第一部
兵士の娘
（全3巻）
第二部
神殿の
巫女見習い
（全4巻）
第三部
領主の養女
（全5巻）
第四部
貴族院の
自称図書委員
（全9巻）
ハンネローレの
貴族院五年生1
8/10
ドラマCD
同時発売！
決定！
ありがとう、本好き！
シリーズ累計
1000万部
突破！（電子書籍を含む）
アニメーション制作：WIT STUDIO
TOジュニア文庫
コミックス
第一部
本がないなら
作ればいい！
（漫画：鈴華）
第二部
本のためなら
巫女になる！
（漫画：鈴華）
第三部
領地に本を
広げよう！
（漫画：波野涼）
第四部
貴族院の
図書館を救いたい！
（漫画：勝木光）
第五部
女神の化身
（全12巻）

夢物語では終わらせない
ビブリア・ファンタジー
ふぁんぶっく
1〜8巻
ドラマCD
1〜10
ミニマイングッズ
椎名優描き下ろし
第三部「領主の養女」
アニメ化
Story
とある女子大生が転生したのは、識字率が低くて本が少ない世界の兵士の娘。いくら読みたくても周りに本なんてあるはずない。本がないならどうする？　作ってしまえばいいじゃない！
兵士の娘、神殿の巫女、領主の養女、王の養女——次第に立場が変わっても彼女の想いは変わらない。
本好きのための、本好きに捧ぐ、ビブリア・ファンタジー！
詳しくは原作公式HPへ
https://www.tobooks.jp/booklove
本好きの下剋上
司書になるためには
手段を選んでいられません
香月美夜
miya kazuki
イラスト：椎名 優
you shiina

第二部最終章
涼が不在の中央諸国で
人類の存亡をかけた戦いが始まる!
V
著:久宝 忠
イラスト:天野 英
水属性の魔法使い
第二部　西方諸国編
2025年発売決定!!!

魔人大戦
水属性の魔法使い
5
漫画：墨天業
コミックス最新第5巻
好評発売中!!
水属性の魔法使い
絵：たく
ジュニア文庫
最新第2巻好評発売中!!
書き下ろしSS付き!
アンティーク風
ポストカードセット
好評発売中!

TOブックス
コミカライズ
連載最新話が
読める!!!!
「本好きの下剋上」をはじめとする
TVアニメ化作品盛りだくさん!!

漫画配信サイト
CORONA EX
コロナEX
TObooks
2nd Anniversary
詳しくはこちら!!
https://to-corona-ex.com/
2周年!!

恋した人は、妹の代わりに死んでくれと言った。
—妹と結婚した片思い相手がなぜ今さら私のもとに？と思ったら—

2021年10月1日　第1刷発行
2024年　8月1日　第5刷発行

著　者　永野水貴

発行者　本田武市

発行所　TOブックス
〒150-0002
東京都渋谷区渋谷三丁目1番1号　PMO渋谷Ⅱ　11階
TEL 0120-933-772（営業フリーダイヤル）
FAX 050-3156-0508

印刷・製本　中央精版印刷株式会社

ISBN978-4-86699-322-5